Matthew Costello
Neil Richards

Mydworth – Bei Ankunft Mord
& Tod im Mondschein

MYDWORTH – Ein Fall für Lord und Lady Mortimer. Die Serie

Ein glamouröses Ermittlerduo, ungewöhnliche Verbrechen, schnelle Autos, schicke Kleider und rauchende Revolver – das ist Mydworth, die neue Serie von Matthew Costello und Neil Richards, den Autoren der britischen Erfolgsserie Cherringham. Sir Harry Mortimer, ehemaliger Spion im Dienste ihrer Majestät, ermittelt zusammen mit seiner umwerfenden Ehefrau Kat, die es mit jedem Bösewicht aufnehmen kann! Mydworth ist eine spannende Zeitreise ins England der 20er Jahre – für Fans von Babylon Berlin, Downton Abbey, und Miss Fishers mysteriösen Mordfällen.

Die Hauptfiguren

Sir Harry Mortimer (32) kehrt nach langer Zeit im Ausland in seinen Heimatort Mydworth zurück. Der Sohn der wohlhabenden englischen Adelsfamilie hat als Pilot im Ersten Weltkrieg gekämpft und war danach zehn Jahre offiziell im diplomatischen Dienst tätig – in Wirklichkeit aber arbeitete Harry für den britischen Geheimdienst. Bei einem Einsatz in Kairo trifft er die wunderschöne Amerikanerin Kat Reilly, die ebenfalls verdeckt für ihre Regierung arbeitet. Die beiden verlieben sich und heiraten nach einer stürmischen Romanze. Das ungleiche Paar beschließt, zusammen nach England zu ziehen, um zur Ruhe zu kommen und sich dort ein beschauliches Leben aufzubauen. Aber es kommt anders als geplant ...

Kat Reilly (32) kommt aus einer anderen Welt als ihr adliger Ehemann. Sie stammt aus New York und ist in ärmlichen Verhältnissen in der Bronx aufgewachsen. Aber sie ist tough, intelligent und abenteuerlustig. Sie erkämpft sich ein Stipendium an der Universität, arbeitet im Ersten Weltkrieg als Krankenschwester auf den Schlachtfelder Frankreichs und wird dann vom amerikanischen Außenministerium rekrutiert. Ihr scharfer Humor und ihre modernen Ansichten bringen frischen Wind in das verschlafene Mydworth. Aber an ihre Rolle als Lady Mortimer muss sie sich erst noch gewöhnen ...

Über die Autoren

Matthew Costello ist Autor erfolgreicher Romane wie Vacation (2011), Home (2014) und Beneath Still Waters (1989), der sogar verfilmt wurde. Er schrieb für verschiedene Fernsehsender wie die BBC und hat dutzende Computer- und Videospiele gestaltet, von denen The 7th Guest, Doom 3, Rage und Pirates of the Caribbean besonders erfolgreich waren. Er lebt in den USA.

Neil Richards hat als Produzent und Autor für Film und Fernsehen gearbeitet sowie Drehbücher für die BBC, Disney und andere Sender verfasst, für die er bereits mehrfach für den BAFTA nominiert wurde. Für mehr als zwanzig Videospiele hat der Brite Drehbuch und Erzählung geschrieben, u.a. The Da Vinci Code und, gemeinsam mit Douglas Adams, Starship Titanic. Darüber hinaus berät er weltweit zum Thema Storytelling. Bereits seit den späten 90er Jahren schreibt er zusammen mit Matt Costello Texte, bislang allerdings nur fürs Fernsehen.

Seit 2013 schreiben das transatlantische Duo Matthew Costello und Neil Richards die Serie CHERRINGHAM, in der inzwischen 34 Folgen erschienen sind. MYDWORTH ist ihr neues gemeinsames Projekt.

MATTHEW COSTELLO
NEIL RICHARDS

MYDWORTH

Ein Fall für Lord und Lady Mortimer

Bei Ankunft Mord
& Tod im Mondschein

Aus dem Englischen von Sabine Schilasky

lübbe

MATTHEW COSTELLO
NEIL RICHARDS

MYDWORTH

EIN FALL FÜR LORD UND LADY MORTIMER

Bei Ankunft Mord

Aus dem Englischen von Sabine Schilasky

lübbe

Vollständige Taschenbuchausgabe
der bei Bastei Lübbe erschienenen E-Book-Ausgabe

MIX
Papier aus verantwortungsvollen Quellen
FSC® C014496
FSC www.fsc.org

Titel der englischen Originalausgaben: „Mydworth Mysteries - A Shot in the Dark" / „Mydworth Mysteries - A Little Night Murder"

Für diese Ausgabe:

Umschlaggestaltung: Kirstin Osenau unter Verwendung von Illustrationen von © Shutterstock: majeczka | maodoltee | Mallari | Oniks Astarit | Artiste2d3d | Ryan Garrett | Dimitris Leonidas | Konmac | photopeerayut | jular seesulai; © Richard Jenkins Photography
Satz: 3w+p GmbH, Rimpar (www.3wplusp.de)
Druck und Verarbeitung: GGP Media GmbH, Pößneck
Printed in Germany

ISBN 978-3-404-18595-5

5 4 3 2 1

Sie finden uns im Internet unter luebbe.de
Bitte beachten Sie auch: lesejury.de

Prolog
Sussex, England 1929

Lady Lavinia Fitzhenry blätterte um. Sie las den neuesten Roman des Amerikaners – Hemingway.

Immer wieder witzig, ein Buch von jemandem zu lesen, den man persönlich kennt – und mit dem man sogar den ein oder anderen Drink genommen hat.

Sie saß in ihrem Bett – Mydworth Manor war friedlich, und das Personal unten ging lautlos seinen Aufgaben nach.

So war Lesen eine reine Freude.

Lavinia hatte sich ein Glas Portwein mit hoch genommen, das leider schon leer war. Zudem war es spät genug, um allmählich das Licht zu löschen. Morgen stand ihr ein geschäftiger Tag bevor, denn bald würden Wochenendgäste aus London anreisen.

Was für ein Spaß! Klatsch, Musik und jeden Abend Cocktails vor dem Dinner!

Sie legte ihr Buch auf den Nachttisch und knipste das Licht aus. Sofort war das Schlafzimmer in Dunkelheit getaucht, und Lavinia schlummerte über dem Plänemachen fast ein. In diesem Moment …

Ein Geräusch.

Sie schlug die Augen auf.

Noch ein Geräusch: ein Rattern. Nicht nahe, sondern eindeutig irgendwo am anderen Ende des breiten Flurs hier oben im ersten Stock.

Und es klang wie eine Tür oder ein Fenster, die von einem Luftzug durchgerüttelt wurden. Nur dass es eigentlich eine ruhige Nacht war, in der sich kaum ein Lüftchen regte.

Da war es wieder! Ein lauteres Rattern.

Lavinia war niemand, der dasaß und abwartete. Ihr Leben lang hatte sie auf dieselbe Weise auf beängstigende Dinge reagiert: *Wenn du dich vor etwas fürchtest, stelle dich ihm.*

Sie schaltete das Licht wieder ein, war mit einer flinken Bewegung aus dem Bett, zog ihren Morgenmantel über und ging hinaus auf den Flur.

Sie stand regungslos vor ihrem Schlafzimmer und horchte.

Das Geräusch war verklungen.

Langsam bewegte sie sich den dunklen Korridor entlang und lauschte aufmerksam. Vorbei an der breiten Treppe, die hinunter in die Eingangshalle führte, in der den ganzen Abend Licht brannte – warm und beruhigend.

Sie ging weiter zu der Reihe von Gästezimmern, die ihre Besucher in wenigen Tagen bewohnen würden.

Hier blieb sie stehen. Alles war still.

Zeit, zurück ins Bett zu gehen, dachte sie und drehte sich um.

Da war ein Knacken. Das scharfe, spröde Geräusch von etwas, das im Zimmer gleich rechts von ihr einrastete.

Die Tür war geschlossen.

Natürlich war sie das – so, wie es sein sollte. Diese Zimmer waren schon seit Tagen geputzt und vorbereitet.

Lavinia griff nach dem Türknauf. Er fühlte sich kalt an.

Ein Drehen, ein hörbares Klicken, und die Tür ging auf. Lautlos trat sie ins Zimmer.

Ihre Augen hatten sich bereits an die Dunkelheit gewöhnt, sodass sie kein Licht machen musste, um festzustellen, dass hier alles in Ordnung war.

Die Tür zur Ankleide stand halb offen. Vage nahm Lavinia einen kühlen Luftzug aus dem Raum wahr. Eine Kälte, die dort nicht hingehörte.

Nachdem sie einmal tief Luft geholt hatte, öffnete sie die Tür weiter, ging hinein und sah … dass das Fenster sperrangelweit offen stand. Sie eilte hin, um es zu schließen und dieses nächtliche Abenteuer zu beenden.

Als sie das Fenster zuzog, blickte sie zum Rasen hinunter. Der Mond lugte zwischen zwei Wolken hervor.

Und Lavinia erstarrte.

Eine Gestalt ging langsam vom Haus weg auf den Wald zu.

Und während sie hinschaute, blieb die Gestalt stehen. Drehte sich um. Blickte zu ihr nach oben …

Lavinias Herz, das eben noch ruhig geschlagen hatte, pochte schneller. Sie wich vom Fenster zurück, dachte fieberhaft nach, welche Erklärung es hierfür geben könnte. Ihr fiel keine ein.

Sie trat erneut ans Fenster und spähte nach draußen.

Nun überkam sie beim Blick in die Dunkelheit eine unheimliche Vorahnung. Ein Gefühl, dass dieses Wochenende kein Spaß werden würde …

1. Heimkehr nach England

Kat Reilly beobachtete, wie ihr Mann Harry seine Augen gegen die Morgensonne abschirmte und das Entladen der Kanalfähre an der Pier von Newhaven betrachtete. Sie kannte ihn gut genug, um zu bemerken, dass er besorgt war.

Die *Pride of Sussex* hatte eine Stunde zu spät angelegt, und in der Hektik, die eingetreten war, als man versucht hatte, das Schiff zu wenden, hatte Kat bereits gesehen, dass ein Stück kostbare Fracht aus dem Netz gekippt und auf dem Kai zerschellt war.

Während das Dampfschiff schwarze Wolken in den Himmel rülpste, schwärmten lauter Lastwagen, Pferde- und Handkarren über den Kai, riefen Passagiere Anweisungen und versuchten Zöllner, das Geschehen zu dirigieren.

So viel zu der berühmten englischen Höflichkeit und dem Anstand, die sie bei dieser ersten Reise nach England erwartet hatte!

Sie musste jedoch zugeben, dass Sir Harry Mortimer wie immer ganz der ruhige, unerschütterliche britische Gentleman war – groß, schlank, das schwarze Haar länger denn je, das Jackett lässig über eine Schulter geworfen, ein weißes Baumwollhemd und dazu eine grellrote

Krawatte. Es fehlte nur noch ein Tennisschläger, um das Bild abzurunden.

Oder vielleicht eher … ein Cricketschläger?

Er drehte sich zu ihr um. »Hm … ich spreche mal kurz mit diesen Burschen da drüben. Damit sie, ähm …«

Sie grinste. »Und wie willst du das machen?«

Harry lächelte umwerfend und nickte. »Meinst du, sie werden meinen Rat nicht dankend annehmen?«

»Oh doch, mit offenen Armen, ohne Frage. Das oder mit geballten Fäusten.«

»Nun, es ist mein Wagen, den sie gleich auf die Pier fallen lassen werden.«

»Dein Wagen?«

»Ah, richtig, verzeih. Die Macht der Gewohnheit. Ich meine, unser Wagen. Er mag zwar kein Bugatti sein, aber dieser Alvis ist mir verdammt viel wert.«

»Viel Glück. Also in New York legt sich keiner mit Schauerleuten an.«

»Tja, ich schätze, hier drüben sind wir ein klein wenig zivilisierter, hm?«

»*Zivilisierter?* Es ist neun Uhr, und ich warte immer noch auf den Kaffee, den du mir versprochen hast.«

»Wie wäre es, wenn wir *en route* an einem Wirtshaus halten und meine Rückkehr in die Heimat sowie deinen ersten Besuch hier mit einem richtigen Frühstück feiern?«

»Gibt es auch falsches Frühstück?«

»Ich vergesse immer, dass du noch nicht ganz in unserer Sprache zu Hause bist. Ich meine ›opulent‹. Mit allem Drum und Dran.«

»Klingt köstlich.«

Er grinste, und sie sah ihm nach, als er zu einem Mann mit Mütze und blauem Overall ging. So, wie der Mann die Hände in die Hüften stemmte, könnte er der

Vorarbeiter sein – oder wie immer man hier jemanden nannte, der das Sagen hatte.

Nun gestikulierte Harry in Richtung ihres Wagens – dem wunderschönen, edlen Exemplar englischer Automobilbaukunst –, der in diesem Moment aus der Ladeluke gehievt wurde und bedenklich in den Seilen und Ketten schwankte.

Der Mann mit der Mütze nickte. Kein Lächeln. Doch Kat vermutete, dass Harry tat, was sie schon so oft bei ihm erlebt hatte. Ein paar Worte hier und da, und auf einmal *wollten* die Leute ihm helfen.

Kat war nicht sicher, ob er sich als »Sir« vorgestellt hatte, fragte sich jedoch, ob dieser :»Lord und Lady«-Kram bei den Hafenarbeitern gut ankommen würde.

Harry kehrte zu ihr zurück. »Alles astrein, ähm, ich meine, geregelt. Ich habe ihm eben erklärt, was unter der Plane versteckt ist, und gefragt, ob sie schon einmal solch einen Wagen ausgeladen haben.«

»Und?«

»Anscheinend zieht er Bentleys vor. Rolls-Royces auch, wenn es sein muss. Obwohl er sagte, falls ich ihm eine Probefahrt anbieten würde, würde er nicht ablehnen.«

»Ein Witzbold, hm?«

»Sehr bodenständig.«

»Tja, ich hätte ihm einfach etwas Geld zugesteckt.«

»Oh ja, hätte ich mir denken können. Das würde hier *niemals* wirken. Ein gestandener Profi wie er? Er würde das als Beleidigung auffassen.«

Was Kat bezweifelte. Zehn Jahre in den amerikanischen Botschaften von Istanbul bis Tokio hatten sie eines gelehrt: Eine Handvoll Dollar, und alles auf der Welt lief reibungslos.

Sie wandte sich um und sah, wie ihr Sportwagen ruhig heruntergelassen wurde. Und langsam, wie sie erfreut feststellte. Nun gab es also keinen Grund mehr zur Sorge.

Sie drehte sich wieder zu Harry, der beobachtete, wie ihre Gepäcktruhen ausgeladen wurden, um per Lastwagen nach Mydworth gebracht zu werden.

Anschließend würden sie zu ihrem neuen Zuhause fahren. Zumindest für Kat war es neu, für Harry nicht. Er war in Mydworth aufgewachsen und kannte jene Welt, ganz gleich, wie lange er fort gewesen war.

Plötzlich überwachte Harry das Ausladen nicht mehr.

»Hm«, brummelte er.

»Was ist?«, fragte sie, als er zu der Stelle sah, an der Wagen und Droschken vorfuhren, um Passagiere abzuholen.

Dort stand ein elegantes Auto. Kein Taxi, sondern ein sehr seriös wirkendes Gefährt. Und aus ihm stieg ein Mann in einer Chauffeursuniform, der nun in ihre Richtung blickte.

»Stimmt etwas nicht?«, fragte sie ihren Mann.

»Weiß ich nicht. Aber ich denke, das werden wir gleich herausfinden.«

Der Fahrer hielt einen weißen Briefumschlag in den Händen. Er kam direkt auf sie zu, nein, er eilte sogar.

Harry bildete sich einiges auf sein gutes Gespür ein. Es hatte ihm 1918 am Himmel über Belgien gute Dienste geleistet, wie auch bei seinen diversen Auslandseinsätzen für das Außenministerium. Mehrmals hatte es ihn schon vor Schaden bewahrt. Einmal sogar … *vor dem Tod.*

Nun sagte ihm selbiges Gespür, dass der Umschlag, den der Mann brachte, eher keine guten Neuigkeiten enthielt.

»Sir Harry Mortimer?«

Es war weniger eine Frage als eine Bestätigung.

Harry nickte kurz. Er bemerkte, wie auch Kat alles interessiert beäugte. Vermutlich fragte sie sich, worum es hier gehen könnte.

Der Chauffeur hielt Harry den Umschlag hin. »Dringendes aus Whitehall, Sir. Ich soll warten.«

Harry nahm den Umschlag und grinste Kat verhalten zu. »Warten, hm? Und worauf?«

Er zog die eingesteckte, aber nicht verklebte Umschlaglasche auf und holte ein einzelnes Blatt heraus. Sowohl das Wappen als auch die Adresse waren ihm bekannt. Die Nachricht war erbärmlich kurz, allerdings auch sehr klar.

»Was ist das, Harry?«

Ihm entging nicht, dass seine Frau ein wenig besorgt klang. Als sie sich dem Hafen von Newhaven genähert hatten, hatte Harry ihr geschildert, wie ihr künftiges gemeinsames Leben in seiner Heimat aussehen würde. *»Kein Umherziehen mehr für mich«*, hatte er gesagt. *»Eine nette, ruhige Bürotätigkeit in der Stadt, nur ein paar Tage die Woche am Schreibtisch, Lunch im Klub, und um fünf bin ich zu Hause, keine Hals-über-Kopf-Aktionen …«*

Worauf sie mit *»Das wage ich zu bezweifeln«* geantwortet hatte.

Er holte tief Luft und überlegte, wie er sich vor dem drücken konnte, was man laut diesem Brief von ihm wollte.

Es tat sich keine Lösung auf, also drehte er sich zu Kat um.

Sie sah seinem Blick an, dass Harry nicht glücklich war. Es hatte nur Sekunden gedauert, den Brief zu lesen, doch was darin auch stehen mochte, ihr Mann war … nicht erfreut.

»Dringende Besprechung. Es klingt ein wenig kopflos, aber anscheinend wollen sie mich dabeihaben.«

»Ach ja? Wann?«, fragte sie. Obwohl … Da der Chauffeur schon hier war, konnte sie sich die Antwort denken.

»Jetzt gleich, wie es scheint.« Er wedelte mit dem Brief herum. »Hier steht etwas von ›Krise‹, und die Herren im Ministerium gehen mit derlei Ausdrücken gewöhnlich sparsam um. Also …«

»Jetzt?«

Sie schaute sich um und sah, dass in diesem Moment ihr Alvis auf der Pier aufsetzte. Zwei Männer begannen, die schweren Persennings abzunehmen, die den Wagen auf der Reise geschützt hatten. Ein Stück des Lacks in British Racing Green blitzte im Sonnenlicht.

»Wir *wollten* doch zusammen zu unserem neuen Zuhause fahren, oder nicht? Die Laster bringen alles andere.«

»Na ja, rein theoretisch stehe ich immer noch – du weißt schon – im Dienste Seiner Majestät.«

»Ja, und du solltest dich in einigen Wochen melden. Aber auch dann nicht für einen Vollzeitposten.«

Harrys Blick wanderte nach rechts. Seine unglückliche Miene brachte Kat beinahe zum Nachgeben. *Beinahe.*

»Sag diesem charmanten Herrn, dass wir Dinge zu erledigen haben. Du kannst sie morgen treffen.«

Und nun tat Harry etwas, womit er stets ihre kleinen Meinungsverschiedenheiten beendete.

Er trat einen Schritt auf sie zu, lächelte verhalten, aber äußerst warmherzig – *genau wie an dem Silvesterabend in der britischen Botschaft in Kairo, als wir uns kennengelernt haben.* Und er legte eine Hand auf ihre Schulter.

Für einen Moment gab es nur sie beide auf der Pier.

»Ich weiß. Aber was, wenn es um dich ginge? Zurück in New York? Irgendein Bursche vom Ministerium?« Er stockte, die Hand nach wie vor auf ihrer Schulter – und Kat wusste, wie es ausgehen würde. »Was würdest du tun? Was *könntest* du tun?«

Und langsam erwiderte sie sein Lächeln, während sie auf seine Hand an ihrer Schulter klopfte.

»Schon okay, Harry. Ich verstehe es. Die Pflicht ruft.«

»Genau. König und Vaterland. Da steht es uns nicht zu, nach dem Warum zu fragen. Und keine Sorge, wir nehmen die Limousine in die Stadt, und ich lasse uns von Alfie wieder herfahren, sobald die Besprechung zu Ende ist.«

Alfie musste noch jemand aus Harrys Leben sein, den sie bisher nicht kennengelernt hatte. Sein – wie hatte er ihn genannt? – »Offiziersbursche« während des Krieges.

Jemand der, wie Harry gesagt hatte, absolut loyal war und alles für ihn tun würde, sogar, ihnen ihr Londoner *Quartier* zu beschaffen.

»Höchstens ein paar Stunden, dann kommen wir gleich wieder her, holen *unseren* Wagen und fahren los. Mit ein bisschen Glück ist die Krise dann überstanden.«

Das war also Harrys Plan. Doch Kat hatte noch nie viel vom Herumsitzen und Warten gehalten. Nicht, wenn es etwas zu erledigen gab.

»Nein«, sagte sie lächelnd. »Ich habe eine bessere Idee.«

Nun war es an Harry, überrascht zu sein. »Hast du?«

Und Kat nickte.

2. Die Sussex Downs

Harry kannte Kat gut genug, um zu wissen, dass sie durchaus ihre eigenen Vorstellungen von den meisten Dingen hatte. Und ihr war jede Scheu fremd, sie zu äußern.

»Steig du in den Wagen, fahr nach London und geh in deine Besprechung«, sagte sie. »Löse die Krise.«

Er lachte. »Hier neigen wir dazu, uns Zeit zu lassen mit dem Regeln von Krisen.«

Er sah hinüber zu dem wartenden Fahrer, dann zu dem Lastwagen, der mit ihrem Gepäck beladen war und gerade losfuhr.

»Und ich«, sagte sie langsam, »fahre zu unserem neuen Heim.«

Das hätte ich ahnen müssen, dachte Harry. Der Alvis … »Ja, ähm … gut. Aber es ist Folgendes, Kat …« Sie sah ihn mit ihren unglaublich blauen Augen an. »Die Straßen hier sind teuflisch«, sagte er. »Höllisch eng, verstehst du? Und hin und wieder haben wir diese vertrackten Tunnel – und Eisenbahnbrücken, weißt du? Nur eine Spur und mit Gegenverkehr. Man riskiert Kopf und Kragen …«

Kat legte eine Hand auf seinen Arm. Und mit dieser Berührung hatte er die Diskussion schon verloren.

»*Harry*, ich bin auf Landstraßen rund um Kairo, Istanbul und Rom gefahren. Ich denke, ich werde mit euren Straßen hier zurechtkommen. Die Karte ist im Handschuhfach, stimmt's?«

Er nickte, fand allerdings, es wäre einen letzten Versuch wert. »Und wir fahren auf der linken Seite. Bist du jemals links gefahren?«

»Links, rechts, ist doch alles dasselbe, nicht wahr? Ich finde zum Haus. Und ich sorge dafür, dass alles richtig ausgeladen und eingeräumt wird. Vielleicht lerne ich sogar diese Haushälterin kennen, von der du so viel erzählst.«

»Die liebe Maggie. Du wirst sie mögen.«

»Sicher, das werde ich. Also ist es entschieden.«

Für einen Moment stand Harry da. Er hatte hin und wieder verirrte Amerikaner auf den hiesigen Straßen gesehen. Ein Furcht einflößender Anblick.

»A-aber auf dem Land sind die Hecken und, nun ja, es gibt ein gewisses Protokoll, wer wen vorlässt ...«

»Protokoll? Mit Protokollen kenne ich mich aus.«

Nun kam sie näher an ihn heran und senkte die Stimme. Eine Stimme, die ihn an ihre erste Begegnung erinnerte. Als er sich verliebt hatte.

»Ich schaffe das.«

Harry nickte, denn offenbar war die Diskussion beendet. »Na schön, tja, ich gehe dann lieber, hm? Pass auf dich auf. Ich nehme den ersten Zug nach Mydworth, den ich bekomme, und ein Taxi vom Bahnhof. Hoffentlich bin ich nicht allzu lange nach der Cocktailstunde zu Hause.«

»Oh ja, das hoffe ich auch ... Der erste Abend im neuen Heim. Ich hatte mich darauf gefreut.«

»Ich mich auch. Tja ...« Er sah zu dem Alvis und zurück zu Kat. Und küsste sie. Ihn kümmerte nicht, wer es sah. »Na gut. Ich muss mich beeilen.« Mit diesen Worten drehte er sich um und eilte zu dem offiziellen Wagen, wo bereits die Tür für ihn geöffnet worden war.

Als er sich auf die Rückbank setzte, konnte er Kat lächelnd an der Pier stehen sehen.

Ein letztes Mal winkte er ihr zu, dann fuhr der Wagen von der Pier weg und in Richtung London.

Irgendwo zwischen Newhaven und Mydworth fuhr Kat an den Straßenrand, um zu verschnaufen. Sie hatte Harrys Warnungen entschieden zu wenig ernst genommen.

Zunächst war es wie immer aufregend gewesen, am Steuer des großen Wagens zu sitzen. Die Straßen waren ausreichend breit, die Sonne schien am blauen Himmel, und das Meer glitzerte, als sie die Küste entlang westlich in Richtung Brighton fuhr. Es herrschte kaum Verkehr, abgesehen von langsam tuckernden kleinen Wagen, Lieferfahrzeugen, Bussen und Pferdefuhrwerken.

Alle fuhren gelassen an ihr vorbei und hupten kurz zum Gruß.

Dann kam Brighton, die Promenade mit den eleganten Hotels und Villen auf der einen Seite. Dort drehten sich die Leute zum kehligen Röhren des Alvis-Rennmotors um.

Sie liebte es. Der Wagen machte Eindruck.

Dies war England. Das England, von dem sie als Kind gelesen und das sie in zahlreichen Filmen gesehen hatte. Und sie, Kat Reilly – Tochter eines Barbesitzers aus der Bronx – fuhr nun in einem glänzend grünen Sportwagen durch die berühmten Orte wie ein Filmstar, mit Sonnenbrille und dem fliegenden Haar im warmen Wind.

Kat Reilly!

Bin ich noch Kat Reilly? Oder höre ich jetzt auf den Namen … Lady Mortimer? In der heutigen Zeit? Hm …

Darüber sollten sie sich später unterhalten. Vielleicht nach den Cocktails.

Dann aber, als sie ein wenig schneller als angemessen durch einen gemauerten Tunnel fuhr, hätte sie um ein Haar den Kühler des Sportwagens in den eines entgegenkommenden Busses gerammt. Der Fahrer funkelte sie erbost an, als er mit quietschenden Reifen auswich und sehr dicht an ihr vorbeisauste. Der kostbare Alvis war nur noch Zentimeter von der Mauer entfernt gewesen.

Mit klopfendem Herzen war Kat danach strikt auf der linken Seite geblieben. Hinter ihr hatte der Bus dichten Qualm ausgestoßen, und die Fahrgäste hatten sich zu ihr umgedreht. *Ist der Wagen womöglich ein noch selteneres Phänomen als eine Frau am Steuer?*

Nun, dachte sie beim Blick über ein Weizenfeld in der spätnachmittäglichen Sonne, eine Lektion habe ich schon mal gelernt: Eisenbahnbrücken in England *können* heikel sein.

Dann löste sie die Handbremse, trat aufs Gaspedal, schwang das Lenkrad herum und bog zurück auf die Straße. Im Rückspiegel saß sie Staubwolken, die von den hinteren Reifen aufstoben.

Harry schaute zum Parlamentsgebäude, als der Wagen über die Westminster Bridge glitt. Big Ben schlug eben fünf Uhr. Wie Kat sagen würde, *»eine höllische Zeit für eine Besprechung«*. Auf den Straßen wimmelte es bereits von Büroangestellten und Geschäftsleuten, die auf dem Weg nach Hause und ins Wochenende waren.

Harry war schon seit ein paar Jahren nicht mehr in

London gewesen – sein Posten in Kairo war immer wieder um sechs Monate verlängert worden.

Und jetzt, als er die Busse mit den offenen Oberdecks sah, die sich zwischen den Taxis, Automobilen, Lastwagen, Motorrädern und Pferdefuhrwerken zum Parliament Square drängten, empfand er ein wohliges Kribbeln, weil er wieder Teil des Gewusels war.

Es gab viele großartige Städte auf der Welt, doch keine (bisher!) war so aufregend wie London. Zeitungsjungen riefen die Abendausgabe der *Post* aus. Ein alter Soldat spielte auf einer Zigeunergeige, seine Kappe umgedreht vor sich auf dem Pflaster. Ein Botenjunge sprang auf die hintere Plattform eines vorbeifahrenden Busses. Eine Gruppe kichernder Mädchen kaufte Eiskrem an einem Straßenkarren.

Wie er diese Stadt liebte!

Er konnte es nicht abwarten, sie seiner frisch angetrauten Frau zu zeigen – den ganzen hektischen Spaß hier, die Bars, Klubs, Restaurants, Theater, Cafés, die Oper, die Tanzveranstaltungen …

Kat würde das alles genauso lieben, das wusste er.

Und hatten sie sich erst in Mydworth eingelebt, würde er mit ihr herreisen und eine ganze Woche an seinem kleinen Wohnsitz in Bloomsbury verweilen, einige Partys besuchen und das Beste aus seinem neuen Leben des Teilzeitmüßiggangs machen.

Mit London und Mydworth hatten Kat und er das Beste zweier Welten gewonnen. Perfekt!

»Sir«, sagte der Fahrer – und Harry erkannte, dass sie in der King William Street angekommen waren, dem Haupteingang zum Außenministerium. Auch hier bewegte sich bereits ein steter Strom von Büroangestellten nach Hause.

Harry stieg flink aus. Zum Abschied nickte er dem

Fahrer zu und blickte dem wegfahrenden Wagen nach, während er sich Jackett und Krawatte richtete. Beides war nicht so streng wie seine übliche Bürokleidung gehalten, aber damit mussten sie sich hier eben abfinden.

Er drehte sich um und schaute an dem enormen Gebäude nach oben, das sich von der Parliament Street bis zur Horse Guards Parade erstreckte.

Das Parlament und Downing Street konnte man vergessen … Dies hier war die *wahre* Schaltzentrale des British Empire.

Und nun, rein theoretisch, für die nächsten Jahre sein Arbeitsplatz.

Er stieg die Stufen hinauf, in entgegengesetzter Richtung zu den herausschwärmenden Angestellten, und grinste einem bekannten Polizisten zu, der am Eingang Wache hielt, die Hände auf dem Rücken verschränkt.

»Guten Abend, Arthur!«

»Sir Harry! Wie schön, Sie wieder bei uns zu sehen!«

»Ja, es ist wunderbar, zurück zu sein.« Abermals betrachtete Harry das Gebäude. »Dies hier hat mir fürwahr gefehlt. Und wie geht es Marjory und den Sprösslingen?«

»Ich kann nicht klagen, Sir.« Er schmunzelte. »Jedenfalls nicht zu sehr! Die Kleinen halten mich jung.«

»Oh ja, das tun sie gewiss.« Harry lächelte und ging durch die Drehtür in die prächtige Eingangshalle.

Mit ein wenig Glück, dachte er, bin ich um halb sieben hier raus, erwische den Sieben-Uhr-Zug von Victoria aus und bin um acht in Mydworth. Dann gibt es Gin-Tonics mit Kat im Garten des Dower House – dem kleineren Landhaus ganz nahe beim Herrenhaus der Familie, Mydworth Manor.

Kat musste gestehen, dass sie sich hoffnungslos verfahren hatte.

Die Straße, die sie genommen hatte, hatte sich in ausschweifenden Kurven immer höher in die dunkel bewaldeten Hügel gewunden, bis schließlich Lücken zwischen den Bäumen aufgetaucht waren und ein schwindelerregendes Plateau von hohem, fruchtbarem Farmland freigegeben hatten. Das Meer war ungefähr dreißig Meilen weit weg – ein Silberstreif in der Ferne.

Doch irgendwie war es falsch. Dies war auf keinen Fall die Strecke nach Mydworth.

Sie fuhr an den Straßenrand, schaltete den Motor aus und saß in der wohlig warmen Stille. Vorübergehend vergaß sie die Fahrt, die vor ihr lag, und ließ sich ganz von der englischen Landschaft einnehmen. Nur für ein paar Minuten, dachte sie.

Ihr fielen die Augen zu.

Hoppla, Kat, wach auf!

Sie schüttelte den Kopf und stieg aus dem Auto. Dann nahm sie die Karte vom Vordersitz und breitete sie vollständig auf der niedrigen Motorhaube aus, um zu ergründen, wie sie fahren musste.

Nach Mydworth konnten es nicht mehr als zehn Meilen sein, oder? Leider sahen die Straßen auf der Karte eher wie verdrehte Maschen in einem schlecht gestrickten Pullover aus, der sich aufzuribbeln begann.

Auf einmal hörte sie ein Grollen. Irgendeine Maschine.

Sie blickte von der Karte auf in die Nachmittagssonne. Für ein Land, von dem sie gehört hatte, es wäre ständig bewölkt und trübe, war der Himmel erstaunlich blau. Recht schön.

Die »grollende« Maschine kam in Sicht. Sie tauchte

aus einem Feld mit hohem Weizen auf, nur wenige Meter von Kat entfernt.

Ein alter Traktor, rot mit rostiger, abblätternder Farbe. Er zog einen Holzkarren, in dem ein Schäferhund stand und über die Kante spähte. Der Traktor stieß graue Rauchwolken gen Himmel, und als er näher kam, nickte der Fahrer Kat zum Gruß zu.

Sie lächelte dem Mann mit der Mütze, dem Stoppelbart und der zweifelnden Miene zu. »Verzeihung, aber, ähm, ich frage mich …« Sie wies zu der Karte. Es war schwierig, sich über den Motorlärm verständlich zu machen. Lauter sagte sie: »Können Sie mir vielleicht … ähm … erklären …« Erneut zeigte sie auf die Karte und wurde noch lauter. »Ich will nach Mydworth!«

Der Mann, der sehr hoch über ihr saß, verlangsamte den bereits kriechenden Traktor, bis er stehen blieb. Dann schaltete er den Motor mit einem pfeifenden Keuchen aus.

»Amerikanerin, was?«, fragte er. »Was machen Sie denn hier?«

»Äh, ja, Amerikanerin, und was ich hier mache, ist … Ich versuche, nach Mydworth zu gelangen.«

»Mydworth?«, fragte er, als hätte er noch nie davon gehört. »*Mydworth?*«

Typisch, dachte Kat. Ich gerate an einen Mann, der noch nie seine Farm verlassen hat.

Sie wartete, während er sie musterte.

»Ist es weit?«, fragte sie. »Wenn Sie mir nur zeigen könnten …«

»Weit? Nein, ist nicht weit.« Der Mann schnaubte und blickte sich nach seinem Hund um, als wollte er sich vergewissern, dass der ihrer Unterhaltung folgte. »Aber Sie fahren in die falsche Richtung, so viel steht fest.«

Nicht gerade der hilfreichste Einheimische, den ich jemals getroffen habe, konstatierte Kat.

Dann jedoch kletterte er von seinem Traktor, bedeutete ihr mit einem Kopfnicken, ihm zu folgen, und ging auf die andere Straßenseite. Kat schaute zu dem Hund, der beschlossen hatte zu schlafen, und ging dem Farmer hinterher.

Er blieb am Straßenrand stehen und wies mit ausgestrecktem Arm über ein Weizenfeld zu einem Tal, das nur eine halbe Meile weit weg lag.

»Sehen Sie das da?«, fragte er. »Das ist Mydworth.«

Kat folgte seinem Arm mit ihrem Blick und sah hinunter ins Tal. Dort, zwischen sanften Hügeln, lag ein klassischer englischer Ort. *Wie aus dem Bilderbuch.*

»Das könnten Sie in fünf Minuten zu Fuß schaffen«, sagte er. »Wäre da nicht Ihr Automobil, was?«

Sie betrachtete den kleinen Ort: eine Ansammlung von Häusern und Straßen, ein paar Kirchtürme und in den Wiesen am Rand einige prächtige Herrenhäuser. Ein Fluss mäanderte träge hinunter ins Tal.

Etwa eine halbe Meile von der Ortsmitte gab es einen Bahnhof, aus dem in diesem Moment ein Zug in Richtung Hügel ratterte und dabei Dampf- und Rauchwolken in die Höhe schickte.

Das also ist Mydworth, dachte sie. Mein neues Zuhause.

Und plötzlich machte es ihr gar nichts mehr aus, dass sie sich verfahren hatte.

3. Willkommen in Mydworth

Harry sah den langen Konferenztisch hinab. Die Luft war von Zigarren verqualmt. Zwanzig oder mehr Außenpolitik-Experten jedweder Couleur waren hier, die Mienen ausnahmslos streng, die Stimmung gedämpft.

Das Durchschnittsalter ist mindestens fünfzig, dachte er. Womit ich der Jüngste im Raum wäre!

Am anderen Tischende las einer der Fernost-Handelsexperten laut aus einer Analyse der Kautschuk-Exporte und britischen Investitionstrends der letzten zehn Jahre vor.

Ist das ihr Ernst? Das soll dringend sein?

Würde sein Arbeitstag von nun an so aussehen? Endlose, langweilige Politikbesprechungen in fensterlosen, verqualmten Räumen?

Das will ich nicht hoffen! Falls doch, schmeiße ich das Ganze gleich wieder hin!

Verstohlen blickte er zu seiner Rolex Oyster. Beinahe sechs Uhr. Diese »Krisensitzung« ging jetzt schon seit einer Stunde, und bisher hatte er keine Ahnung, warum er hergebeten worden war.

Anscheinend gab es Gerüchte über einen kommunistischen Aufstand in Malaysia. Falls sie stimmten, würden die britischen Investitionen in der Gegend schnell in sich zusammenfallen, und es könnte Millionenverluste geben.

So, wie es aussah, gingen an der Börse bereits Gerüchte von einem Notfall um.

Doch Harry war Nahostexperte. Das Einzige, was er über Kautschuk oder Gummi wusste, war, dass sein geliebter Alvis mit Michelin-Reifen fuhr.

Was hat all dies mit mir zu tun, dachte er.

Er sah hinüber zu Sir Carlton Sinclair, dem Vorsitzenden – und Harrys Chef. Carlton bemerkte seinen fragenden Blick und hüstelte laut.

»Verzeihen Sie, Gentlemen, ich fürchte, Mortimer und ich haben eine weitere Besprechung in zehn Minuten. Daher müssen wir Sie bald verlassen.«

Harry nahm ein winziges Flackern in Carltons Augen wahr.

Noch eine Besprechung? Davon hat Carlton nichts erwähnt.

Doch auf einmal kam Harry der Gedanke, dass der wahre Grund, weshalb er nach London zitiert worden war, bald enthüllt werden würde.

»Sir Harry ist kürzlich aus Kairo zurückgekehrt, wo er – unter anderem – die Aufgabe hatte, ähm, nationalistische und kommunistische Vereinigungen im Auge zu behalten. Ich habe ihn in der Hoffnung hergebeten, dass wir alle von seiner Erfahrung profitieren können, auch wenn er sie in anderen Gefilden sammelte. Sir Harry, ich glaube, Sie haben eine kurze Vergleichsanalyse angefertigt …«

Oh nein, habe ich nicht, dachte Harry. *Und das weißt du auch.*

»Vielleicht könnten Sie uns kurz aufklären, bevor wir zu unserer nächsten Besprechung eilen?«

Harry lächelte und hoffte, dass er auf die Weise einige Sekunden schinden konnte, um seine nicht existente Analyse vorzubereiten. »Natürlich, Sir Carlton – und ich danke Ihnen vielmals für Ihre einleitenden Worte.«

Er schlug sein Notizbuch auf einer Seite auf, die eng beschrieben war (ein Vergleich von forellenhaltigen Flüssen nahe Mydworth, die er Kat im Herbst zeigen wollte), und strich einmal mit dem Finger über das Geschriebene, als müsste er sich an die besonders wichtigen Punkte erinnern.

»Meine Herren, ich würde gern mit ein wenig Hintergrundinformationen beginnen, sofern ich darf. Ich bin 1925 als diplomatischer Attaché nach Kairo gekommen …«

Kat fuhr langsam nach Mydworth hinein, wo das tiefe Brummen des Alvis in den engen Straßen hallte.

Die Bürgersteige waren beinahe leer, alle Läden geschlossen, die Rollos heruntergezogen und die Markisen eingeklappt.

Sie vermutete, dass die meisten Leute bereits zu Hause beim Abendessen saßen. *Dem Dinner? Oder wie heißt das hier drüben?*

Einige Automobile und hin und wieder ein Pferdekarren fuhren vorbei.

Sie gelangte zu einer kleinen Kreuzung. Nach links führte eine Kopfsteinpflasterstraße abwärts zu einem ferneren Flussufer.

Nach vorn verlief die Straße an einem Pub vorbei und verschwand hinter einer Biegung.

Beim Pub – dem King's Arms – standen die Türen weit offen, und einige Arbeiter tranken Pints, genossen eine Pfeife und beobachteten nun neugierig die Fremde in dem grünen Sportwagen.

Da muss ich mal mit Harry hin, dachte sie. Jetzt gerade wäre ein Ale oder was immer sie dort für ein Bier trinken, genau das Richtige.

Sie schaute nach rechts: ein Marktplatz, wie es aussah, umgeben von mehreren Läden – Café, Bäckerei, Zeitungsladen. In einer Ecke befand sich eine Wassertränke für Pferde, außerdem eine Wasserpumpe. Und am anderen Ende stand ein hohes Gebäude, fast so hoch wie die Kirchtürme. Eine Art Rathaus, vermutete Kat.

Sie hielt kurz an, denn auf der Straße war es ruhig. Draußen vor dem Pub war niemand. Nun kramte sie die handgezeichnete Skizze hervor, die Harry ihr vor rund einem Monat angefertigt hatte – wobei er nicht damit gerechnet hatte, dass Kat sie nutzen würde, um allein zu ihrem neuen Heim zu finden!

Danach legte sie den Gang ein, fuhr über den Platz und eine andere Kopfsteinpflasterstraße einen sanften Hügel hinauf. Auf der anderen Seite sah sie noch mehr Geschäfte. Sie stellten die Grundausstattung dar, die man für das hiesige Leben brauchte: Metzger, Bäcker, Schuster, Schmied, Fischhändler, Milchgeschäft …

Die Häuser waren zweigeschossig mit winzigen Fenstern im ersten Stock und teils ein bisschen schiefen Giebeln. Sie wirkten sehr mittelalterlich.

Oben kam noch eine Kreuzung. Geradeaus ging es zu einer großen Kirche mit Friedhof. Und an einer Ecke befand sich noch ein Pub *(natürlich)*. Das Green Man sah ein wenig vornehmer aus. Die Eingangstür war breit genug, dass man mit einem Auto hineinfahren könnte, und es gab sogar ein Restaurant.

Noch ein Blick auf Harrys Mappe, dann bog sie nach links und gleich wieder rechts auf einen Feldweg, der hinten um die Kirche herum und einen kleinen Hügel hinauf aus dem Dorf führte.

Falls sie die Karte richtig gelesen hatte, ging es hier

zum Dower House. Und mit ein wenig Glück hatte Harrys Haushälterin Maggie alles vorbereitet, die Betten gelüftet, vielleicht ein Feuer gemacht und Kaffee auf dem Herd.

Kat lächelte. Schon jetzt fühlte sie sich wie zu Hause.

Harry wich den frühen Theaterbesuchern auf der Victoria Street aus und rannte in Richtung Bahnhof.

In zwei Minuten fährt der Zug! Oh Gott!

Vorbei an den Bussen, der Reihe wartender Taxis und in den Bahnhof Victoria Station, wo es von Leuten wimmelte. Die Luft stand vor Dampf und Rauch, die Zeitungsverkäufer und Gepäckträger riefen laut, Zugräder kreischten und Loks pufften.

Harry suchte die Gleisnummer auf der Anzeigetafel raus und rannte wieder los, durch die Menge der Pendler, im Bogen um einen fülligen Gepäckträger herum und musste beinahe eine Hockwende über einen leeren Karren machen.

In dieser Situation zahlte sich aus, dass er jahrelang Rugby gespielt hatte.

Wieder schaute er zur Uhr. Eine Minute noch.

Mit dem Ticket in der Hand rannte Harry auf den Bahnsteig, als eben der Pfiff ertönte. Die großartige Dampflok zischte, ruckelte und setzte sich in Bewegung.

Harry raste den Bahnsteig entlang, griff nach der ersten Tür, die er erwischte, riss sie auf und sprang. Von drinnen packte ihn jemand und half ihm nach oben.

Und nun war er drin, zog die Tür an dem Lederriemen zu und schloss das Fenster, um den Rauch und Dampf auszusperren.

Geschafft!

Er blickte sich in dem Abteil um und quetschte sich in eine Lücke auf dem modrigen Polster, wobei er den anderen Fahrgästen und dem alten Mann neben sich zunickte, der ein Stück rückte, um ihm mehr Platz zu machen.

»Danke, alter Knabe!«, sagte er zu dem Pendler mit Melone, der ihn ins Abteil gezogen hatte.

»Das war ziemlich knapp«, antwortete der Mann, nahm die *Times* hervor und faltete sie sorgsam auseinander.

Ja, offensichtlich. Ich muss mich erst wieder an die Eigenarten meiner Landsleute gewöhnen. Ist eine Weile her, dachte Harry. »Meine Frau bringt mich um, wenn ich nicht zum Dinner zu Hause bin«, sagte er.

Wie oft hatte er diesen Satz als Junggeselle von anderen Männern gehört und doch nie geglaubt, er würde ihn eines Tages über die Lippen bringen!

Ich bin verheiratet. Ist das nicht interessant? Und auch noch mit einer Amerikanerin!

»Du liebe Güte, ja«, sagte der alte Mann neben Harry. »Es ist erstaunlich, wie wenige solcher Morde je vor Gericht kommen.«

Offensichtlich genoss der Mann es, seine Zeitung zu lesen und dabei hin und wieder Kommentare dazu zum Besten zu geben.

Die anderen Passagiere lachten höflich, und Harry lächelte ihnen zu – doch sie hatten die Nasen bereits wieder in ihren Abendblättern vergraben.

Er wandte sich zum Fenster, um den vertrauten Weg seiner Heimkehr zu verfolgen.

Der Zug fuhr jetzt über die Themse, vorbei an der Chelsea Bridge. Zur einen Seite war Battersea Park zu sehen, wo Familien entspannt die frühabendliche Sonne auskosteten. Zur Linken befand sich eine enorm große Baustelle – vermutlich das Fundament für Londons großartiges neues Kraftwerk.

Und während er all das Neue und das Alte auf sich wirken ließ, dachte er an Sir Carltons Worte in der kurzen Besprechung, die sie in seinem Büro abgehalten hatten.

Anscheinend hatte das Außenministerium eine Menge geplant, wie man Harry an seinen zwei bis drei Tagen wöchentlich einsetzen wollte.

»Keine öden Besprechungen, Harry. Ein Mann wie Sie … Ihre Talente und Fähigkeiten sollten bestmöglich genutzt werden.«

Und das Faszinierendste war folgender Satz gewesen: *»Ich kann nicht genau sagen, was sich ergeben wird. Aber eines verspreche ich Ihnen: Sie werden sich nicht langweilen.«*

Sir Carltons Worte waren, nun ja, recht erstaunlich gewesen.

Was würde sich wohl »ergeben«? Was für eine Arbeit? Zweifellos geheim, soweit Harry hatte entnehmen können. Und wichtig.

Und vielleicht, schätzte Harry, sogar gefährlich.

Kat stand da und betrachtete das Dower House.

Okay, dachte sie, es sieht … sehr englisch aus.

Dichte Rankgewächse mit ausladendem Laub und lila Blüten zogen sich an den beiden kleinen Säulen seitlich vom Eingang und die Fassade hinauf bis zu den drei Fenstern im Obergeschoss. Unten befand sich zu beiden Seiten der großen Haustür je ein Fenster.

Indes gab es ein Problem. Die Läden waren … sämtlich geschlossen. Das Haus war leer und verriegelt. Und an der Tür hing eine Nachricht: *»Reisetruhen ins Depot gebracht. Neue Lieferung am Montag um acht Uhr.«*

Folglich war der Lastwagen vor ihr hier gewesen,

hatte niemanden angetroffen und war ins Wochenende entschwunden.

Wie nett.

Und was war mit Maggie Dingsda – Harrys »unglaublicher« Haushälterin? Sollte sie nicht nach der Reise von Kairo her mit einem Willkommensmahl bereitstehen? Zehn Tage mit Schiff und Automobil – und nicht einmal eine Tasse Kaffee zur Begrüßung?

Kat zuckte mit den Schultern.

Sinnlos, sich deswegen zu ereifern. Dumme Sachen passieren.

Vielleicht lag ein Missverständnis vor. Es könnte sein, dass das Telegramm mit den geänderten Reiseplänen, das Harry in Marseille aufgegeben hatte, die Haushälterin nicht erreicht hatte.

Kat trat einen Schritt zurück und sah auf ihre Uhr.

Hm – halb acht. Wann wurde es hier dunkel? Sie schaute hinauf zum Himmel, wo die Sonne beinahe untergegangen war.

Bald.

Ihre Außendienstausbildung übernahm die Regie: *Geh deine Möglichkeiten durch, prüfe sie und handle.*

Und was waren ihre Möglichkeiten?

Nummer eins: auf Harry warten. *Hm – kalt – und es könnte lange dauern.*

Nummer zwei: ein Hotelzimmer im Ort buchen. *Wäre möglich, hätte ich ein Hotel gesehen. Aber das habe ich nicht. Dennoch musste es hier eines geben, oder nicht?*

Nummer drei: Pub? Einige Drinks mit den Einheimischen nehmen und auf Harry warten. *Verlockend, aber wahrscheinlich nicht die Heimkehr, die Harry erwartete.*

Nummer vier: Harrys Tante in deren Haus aufsuchen und – tja – die Verwandtschaft kennenlernen!

Sie überlegte einen Moment. *Ja, auf jeden Fall!*

Nummer vier war doch offensichtlich. Wozu waren Verwandte da? Und wohnte Tante Lavinia – *Lady* Lavinia, erinnerte sie sich – nicht in einem prächtigen Herrenhaus gleich die Straße hinauf?

Kat nahm ihre zerknüllte Kartenzeichnung hervor, strich sie glatt und sah sie an.

Dort war ein Weg eingezeichnet, der von der Rückseite des Hauses über ein paar Felder direkt zur Haustür des »Mortimer-Landsitzes« führte, wie Harry es bezeichnet hatte.

Mydworth Manor.

Es klang wahrlich nach jener Art Haus, in dem eine Frau einen anständigen Drink und ein Essen bekommen konnte, wenn sie es brauchte, nicht wahr?

Und Kat brauchte eindeutig beides.

Sie nahm sich ihre Jacke von der Rückbank des Alvis und befestigte das Verdeck des Wagens, falls es Regen gab. *Denn regnete es nicht immerfort in England?*

Anschließend schrieb sie eine Nachricht für Harry und befestigte sie an der Haustür.

Eventuell war er in einer Stunde zurück, und sie konnten gemeinsam eine kleine Familienzusammenkunft mit Tante Lavinia abhalten. Harry würde die Hausschlüssel suchen, und anschließend könnten sie wieder herkommen und ein wenig schlafen.

Auf dem Weg durch den Garten blieb Kat kurz stehen, um an einem überaus üppigen Rosenstrauch zu riechen, bevor sie durch die niedliche kleine Gartenpforte schlüpfte und über eine große Weide wanderte.

Nach fünf Minuten hielt sie inne, zog erneut die Zeichnung hervor und studierte sie sorgfältig.

Sie hatte gedacht, dass das Herrenhaus inzwischen zu sehen wäre, doch Kat konnte nichts außer einer fernen Hügelkette ausmachen.

Was nichts bedeuten musste. Die Weide führte sanft bergan, also war das Mortimer-Anwesen vermutlich in dem Tal dahinter.

Tante Lavinia wird überrascht sein, mich zu sehen, dachte Kat in der einsetzenden Dämmerung.

Allerdings wusste sie auch, dass Überraschungen bisweilen nicht willkommen waren.

4. Ein Todesfall im Herrenhaus

Harry knallte die Tür zum Abteil zu und beobachtete, wie der Zug langsam den Bahnhof von Mydworth verließ, hinaus in die Dunkelheit und in Richtung Küste.

Dann folgte Harry den anderen Pendlern am Kartenschalter vorbei und um das Gebäude herum zu dem winzigen Vorplatz, auf dem manchmal Taxis warteten.

Heute Abend jedoch war der Platz leer. Im Licht der einzigen Straßenlaterne schaute Harry auf seine Uhr.

Warten lohnte sich nicht. Am besten ging er zügig durch den Ort und nach Hause.

Es dürfte nur zwanzig Minuten dauern, sagte er sich und machte sich auf den Weg den Hügel hinauf.

Kat stieg über einen Zaun, rutschte aus und landete der Länge nach mit dem Gesicht im nassen Gras.

»Verdammt«, fluchte sie laut. »Verdammt, verdammt, verdammt!«

Dann stand sie auf und klopfte sich den Schmutz von ihrer kakifarbenen Hose und dem passenden Oberteil. Beides hatte sie ausgesucht, um den Stil eines ihrer großen Idole nachzuahmen – der fantastischen Amelia Earhart.

Nun jedoch war das Ensemble von Schlammflecken besudelt.

Ach, und wenn schon.

Eine halbe Stunde war sie bereits unterwegs – *so viel zu Harrys berühmten Zeichenkünsten.* Bisher hatte sie einen Bach überquert, eine Kuhherde weitläufig umrundet und in einer Hecke einen Schuh verloren. Ihr verbliebener Schuh, der nun schlammbedeckt war, nützte ihr wenig.

Ganz so hatte sie sich diesen Abend nicht vorgestellt.

Aber es kann nur noch besser werden, dachte sie und ging weiter über die Weide. Dabei gab sie acht, nicht in die Kuhfladen zu treten.

Zum Glück war ein Halbmond aufgegangen und spendete genug Licht, um genau das zu vermeiden.

Und dann hörte sie in der Ferne Musik – vertraute Musik.

Fats Waller!

Die Stimme hallte klar erkennbar über die Weide … »Ain't Misbehavin'. Saving all my love for you.«

Außergewöhnlich! Fats höchstselbst, hier inmitten der englischen Idylle!

Kat lief dem Klang entgegen. Minuten später erreichte sie den Hügelkamm und sah – unten in dem Tal, nur ein paar Hundert Meter entfernt – ein großes Herrenhaus.

Daneben wirkte das Dower House wie eine Hütte.

»Wow!«, entfuhr es ihr – diesmal mit gesenkter Stimme –, als sie stehen blieb und den unerwarteten Anblick und die Klänge in sich aufnahm.

Das Haus duckte sich recht klobig und quadratisch hinter makellosen Rasenflächen mit klassischen Statuen – umgeben von Wald.

Kat konnte auch mindestens ein Dutzend Fenster in

den oberen Stockwerken sehen, wo das Gemäuer von dichtem Efeu bewachsen war; einen prachtvollen Eingang mit leuchtenden Laternen sowie eine geschwungene Kiesauffahrt, die aus dem Wald kam und um einen Springbrunnen führte, auf dem sich ein Engel mit Pfeil und Bogen befand.

Und sogar von hier oben war zu erkennen, woher die Musik erklang: aus einem im Erdgeschoss gelegenen großen Wohnzimmer – oder wie immer sie es hier nannten –, das sich über die gesamte Seite des Hauses erstreckte und dessen Glasflügeltüren weit geöffnet waren. Etwa ein Dutzend Leute standen dort, alle in Abendgarderobe, plauderten und lachten. *Und trinken Cocktails!*

Die Musik verstummte kurz, bevor das Grammofon eine neue Schallplatte spielte. Es war ein Lied, das Harry und Kat in Kairo über alles geliebt hatten: *Let's Do It, Let's Fall in Love.*

Und das haben wir getan, dachte sie.

Auch wenn es ihrer Meinung nach weniger eine bewusste Entscheidung gewesen war als vielmehr … unvermeidlich.

Oh ja, das trifft es eher. Ein aufgeregtes Kribbeln durchfuhr sie und machte die verrückte Wanderung über die matschigen Weiden wieder wett. *Der erste Abend in England, und wir gehen auf eine Party, Kat!*

Sie strich sich einen verirrten Strohhalm aus dem Haar und wischte sich die schmutzigen Hände an ihrer Jacke ab.

Hm, ich werde mir wohl etwas zum Anziehen ausleihen müssen. Und unbedingt ein Paar Schuhe.

Beschwingten, barfüßigen Schrittes lief sie den Hang hinunter auf das Haus zu.

Kat überquerte den schattigen Rasen von Mydworth

Manor und beobachtete die elegant gekleideten Gäste, die höflich von dem Wohnzimmer in ein formelles Esszimmer geführt wurden: Hohe Fenster gaben den Blick auf eine lange Tafel mit blitzenden Kerzenleuchtern, Glas und Silber frei. Bedienstete standen bereit, das Dinner zu servieren.

Na, das ist doch mal was, dachte Kat.

Plötzlich wurde sie gewahr, dass sie in ihrem schmutzigen Aufzug eventuell nicht ganz so herzlich willkommen geheißen würde, wie sie es sich erhofft hatte.

Sollte sie lieber zum Dienstboteneingang gehen und jemanden um Hilfe bitten?

Ich will Tante Lavinia nicht erschrecken – oder ihre vornehmen Gäste!

Sie ging etwas näher zum Haus und versuchte, die Anlage des Anwesens einzuschätzen. Zu einer Seite des Hauses gab es ein Nebengebäude und, wie sie vermutete, Ställe – in der Dunkelheit konnte sie lediglich die Umrisse von Automobilen sehen, die in einer Reihe geparkt waren.

Als sie seitlich um das Herrenhaus herumging, auf der Suche nach dem Dienstboteneingang, blickte sie hinauf zu den Fenstern im oberen Stockwerk.

In einem von ihnen bemerkte sie etwas – einen Umriss und sich bewegende Schatten.

Es muss jemand sein, der zu spät zum Essen kommt. Wer es auch sein mag, sollte sich lieber beeilen, denn es duftet köstlich. Solch ein Mahl möchte man nicht versäumen!

Dann jedoch, während sie noch hinsah, erschien ein Mann am Fenster, dessen Umrisse vom Licht drinnen nachgezeichnet wurden. Kat beobachtete, wie er an den Fensterrahmen griff und sich hochstemmte!

Nun hörte sie durch das offene Fenster laute Stimmen aus besagtem Zimmer.

Was ist hier los?

Sie sah, wie der Mann sich umdrehte, als wollte er aus dem Fenster klettern, und mit dem Fuß Halt in dem Efeu und dem Rankgitter suchte. Inzwischen kehrte er Kat den Rücken zu – eine Hand am Fensterrahmen, die andere nach dem Efeu ausgestreckt.

Ein schriller Schrei ertönte aus dem Zimmer, der durchdringende, Angst einflößende Schrei einer Frau.

Und dort, direkt am Fenster, blitzte ein Mündungsfeuer auf, während gleichzeitig ein Schuss ertönte – der hier im Garten sehr laut zu hören war.

Der Kletterer fiel rückwärts, als wäre er gestoßen worden. Sein Kopf kippte nach hinten, er fuchtelte mit den Armen, trat mit den Beinen in die Luft und brauchte ewig, bis er unten ankam. Kat wusste, dass er aus der Höhe sehr hart landen würde.

Mit einem entsetzlichen dumpfen Knall schlug er auf dem Boden auf.

Kat stand regungslos da, den Mund offen vor Schreck, und konnte eine Sekunde lang weder etwas sagen noch tun. Ein anderer Mann erschien an dem Fenster, einen Arm erhoben, einen Revolver in der Hand und …

Peng!

Der zweite Schuss wirkte irgendwie lauter – als hätte der erste die Welt verstummen lassen. Auch das Mündungsfeuer blitzte heller …

Peng!

Und nun ein dritter.

Kat fühlte mehr, als sie hörte, wie die Kugel nahe bei ihr durch die Luft sauste, und begriff, dass sie in der Schusslinie stand. Zum zweiten Mal an diesem Tag übernahm ihr Instinkt die Führung, und sie lief geduckt in die nächste Deckung: hinter ein milchig weißes Steinpodest, auf dem eine behelmte Figur mit einem Schwert in einer Hand und einem Kopf in der anderen stand.

Hinter dem Podest stolperte sie, fiel – und stieß grob mit der Schulter gegen jemanden, der daraufhin rückwärts gegen das Podest kippte und laut ausrief …

»Was zum Teufel …?«

»Harry?«, fragte sie, packte den vertrauten Arm und hörte, wie zwei weitere Schüsse abgefeuert wurden.

Peng! Peng!

Und ein Marmorfragment platzte über ihren Köpfen ab.

»Kat? Kann ich dich nicht einen Nachmittag allein lassen, ohne dass ein Krieg ausbricht?«

»*Den* hier habe ich nicht angefangen.«

»Freut mich. Ähm, hast du eine Ahnung, was hier los ist?«

»Nicht die geringste. Aber es ist ein Mann am Boden, dort drüben bei den Sträuchern. Er ist aus dem Fenster gestürzt.«

»Ein ungeladener Gast vielleicht? Übrigens habe ich deine Nachricht bekommen.«

»Ja, dachte ich mir.«

Peng!

Kat sah einen Grasklumpen von ihren Füßen in die Dunkelheit wirbeln. Prompt zog sie die Beine etwas weiter ein.

»Okay, ich komme ein bisschen zu spät zu dieser Party«, sagte Harry. »Nur aus reinem Interesse, der wievielte Schuss ist das?«

Kat überlegte eine Sekunde. »Der sechste, glaube ich.«

»Du *glaubst?*«

»Nein, ich bin mir sicher.«

»Gut«, sagte Harry. »Dem Klang nach ist es ein gewöhnlicher Webley-Revolver. Er muss nachladen.«

Kat beobachtete, wie ihr Mann sich aufrichtete und seinen Anzug glatt strich, bevor er zum Fenster hinaufrief: »Sie da! Würden Sie das bitte lassen? Hier könnte jemand zu Schaden kommen.«

Peng!

»Ah«, sagte Kat verwirrt. »Entschuldige! *Das* muss der sechste gewesen sein.«

»Tja, zählen kann in solchen Momenten ein Problem sein.«

Auch Kat stand auf, schnappte sich ihren verbliebenen Schuh und blickte hinüber zum Haus. Dort brannten nun mehr Lichter als zuvor, und Leute scharten sich an den Fenstern unten. Überdies war Rufen und Schreien aus den oberen Zimmern zu hören.

»Harry, der Mann, der gestürzt ist …«, begann sie, wohl wissend, dass Sekunden über Leben und Tod entscheiden konnten. »Komm mit!«

Harry war ihr dicht auf den Fersen, als sie zum Haus lief.

Dort, in den Sträuchern und Blumen unter dem Fenster, aus dem die Schüsse abgegeben wurden, konnte sie einen dunklen Umriss sehen. Den Körper eines Mannes, auf dem Rücken liegend, regungslos. Die Gliedmaßen in unnatürlichen Winkeln abgespreizt.

Sie hockte sich neben ihn und griff auf der Suche nach einem Puls an seinen Hals. Seine Haut war noch warm, die Augen starrten blind nach oben. Ein junger Mann. Eine dunkle Locke hing ihm in die Stirn.

Harry stand neben Kat. »Spürst du was?«

Ich hasse es, wenn ich nichts tun kann. »Nein«, antwortete sie. »Er ist tot.«

5. Die Ankunft des Constable

Kat trat zurück, und Harry hockte sich hin, um den Toten zu inspizieren.

»Ein recht tiefer Sturz«, sagte er, wobei er zum Fenster oben nickte. Dann neigte er behutsam den Kopf des Mannes, und die Haarlocke glitt zur Seite. »Aber ich denke nicht, dass der ihn getötet hat.«

Nun erkannte Kat eine Schusswunde an der Schläfe des Mannes. Das Blut schimmerte sogar im Dunkeln.

Als junge freiwillige Krankenschwester hatte sie 1918 in Frankreich genug Opfer gesehen, um zu wissen, dass solch eine Wunde so gut wie sicher tödlich war.

Sie spürte Harrys warme Hand an ihrem Arm, seinen Körper neben ihrem, und wusste, dass er verstand, was in ihr vorging. Sie beide hatten den Krieg miterlebt. Und in Momenten wie diesem kehrte die Erinnerung ohne Vorwarnung zurück, grausam und bildgewaltig.

Kat stand auf – Harrys Hand lag noch auf ihrer Schulter – und drehte sich um, als eine Frauenstimme laut die Stille durchschnitt.

»Gütiger Gott! Harry? Bist du das?«

Plötzlich schien aus der Dunkelheit ein Taschenlampenkegel auf Harry und Kat, und eine Gruppe von Gestalten eilte auf sie zu. »Hallo, Tante Lavinia«, sagte Harry, der seine Augen abschirmte.

Als der Lichtstrahl gesenkt wurde und sich die Gruppe näherte, sah Kat eine große, elegante Frau, deren bunter japanischer Seidenschal den Mondschein perfekt einfing.

Das ist also die berühmte Lady Lavinia, dachte Kat und musterte die Frau aufmerksam. Harry hatte ihr so viel von seiner Tante erzählt – jedoch nicht, *wie* umwerfend sie war.

Groß wie Harry und mit einer Art lässiger Trägheit in ihren Bewegungen.

Ihr Haar war dunkel und modisch kurz, mitsamt diesen kecken Locken, die man sonst nur bei jüngeren Frauen sah. Ihre Kleidung war elegant, und ihre Züge waren klar konturiert – hohe Wangenknochen und kaum Make-up.

Sie sieht aus wie … wie ein … Leopard, dachte Kat.

Abrupt blieb Lavinia stehen, sichtlich schockiert, Harry zu sehen, und umso mehr, die Leiche zu seinen Füßen zu entdecken. »Ach du meine Güte«, sagte sie und richtete den Lampenstrahl auf den Toten, ehe sie nach Harrys Hand griff, als bräuchte sie Halt. »Armer Junge. Ist er … *tot*?«

»Ich fürchte, ja«, antwortete Harry. »Kennst du ihn?«

Kat beobachtete, wie Tante Lavinia sich nach unten beugte und rasch wieder aufrichtete.

»Oh Gott, es ist Coates. Mein Fahrer.«

»Tut mir aufrichtig leid«, sagte Harry. »Hast du eine Ahnung, was geschehen ist?«

»Wir hörten einen Schuss. Wie es aussieht, denke ich, dass Cousin Reggie ihn erschossen hat«, sagte Lavinia, die zu dem nach wie vor erleuchteten Fenster oben blickte. »Aber warum? Ich kann es dir beim besten Willen nicht sagen.«

»Ich glaube, das weiß ich vielleicht«, entgegnete Harry. Nun zückte er ein Taschentuch, hockte sich neben die Leiche und griff in die Jackentasche des Mannes … um ein aufwendig gearbeitetes Diamantkollier hervorzuholen.

Als er wieder aufstand, glitzerte der Schmuck in dem Licht, das vom Haus herstrahlte. Kat hörte, wie die kleine Menge der Schaulustigen hinter ihr nach Luft rang.

»Wie außergewöhnlich«, sagte Lavinia.

»Es ist nicht alles.« Harry nickte zum Blumenbeet. Und jetzt konnte Kat sehen, wie sich Licht in anderen Schmuckstücken verfing, die auf der Erde verstreut lagen: einzelne Edelsteine, Armreife, Ringe …

Der Mann musste sie in der Hand gehabt haben, als er stürzte.

Kat bemerkte, wie Harry das Taschentuch um die Halskette faltete und in seine Hosentasche steckte. Dann zog er sein Jackett aus und legte es sanft über die Leiche.

Nach wenigen Sekunden richtete er sich erneut auf und drehte sich zu der kleinen Gruppe in Abendkleidung um, die sich nun dichter zusammendrängte.

»Wir können nichts für ihn tun«, sagte er und dirigierte Lavinias Gäste behutsam weg vom Schauplatz. »Ich schlage vor, dass wir alle zurück ins Haus gehen und die Polizei rufen.«

Kat beobachtete, wie sich Tante Lavinia und ihre Gäste umdrehten und zum hell erleuchteten Hauseingang gingen. Dann legte Harry den Arm um Kats Schultern, und sie folgten ihnen.

»Harry, ich habe wirklich sechs Schüsse gehört«, sagte Kat leise.

»Oh, ich glaube dir. Zahlen sind deine Stärke.«

»Seltsam, findest du nicht?«

»Sehr sogar. Nun nimmst du ein heißes Bad, danach bekommst du einen Whisky, und wir reden, einverstanden? Doch zunächst …« Harry blickte zu der Menge, die ins Haus ging. »… behalten wir das für uns, hm?«

Kat nickte. Sie hatte dasselbe Gefühl.

»Mein lieber Harry«, sagte Lavinia, kaum dass die Gäste im Haus und nur noch sie drei draußen waren, wo sie auf die Polizei warteten. »Es ist eine Freude, dich wieder daheim zu haben. Aber was in aller Welt *tust* du im Garten?«

»Ach du meine Güte, hast du mein Telegramm nicht erhalten? Es wurde ziemlich langweilig in Marseille, deshalb habe ich den alten Alvis verladen lassen und Kurs nach England genommen, um …« Er stockte kurz und blinzelte noch ins grelle Licht. »… dir meine Frau vorzustellen.«

Lavinia drehte sich zu Kat um.

Dieser Blick … nicht überbordend freundlich, fand Kat.

Lag es an dem fehlenden Schuh? An dem Schlamm auf ihrer zerrissenen Kleidung?

Im hellen elektrischen Licht blickte Kat an sich hinunter. Rasch wechselte sie ihren Schuh von der rechten in die linke Hand und wischte sich über die Jacke.

»Freut mich sehr, Lady Lavinia«, sagte sie und hoffte, dass sie Harrys Tante korrekt angesprochen hatte. Sie streckte ihr die Hand hin.

Lavinia musterte sie skeptisch, als würde ihr ein nasser Fisch angeboten, nahm sie aber schließlich.

»Die Freude ist ganz meinerseits«, sagte Lavinia, obwohl Kat sich des Eindrucks nicht erwehren konnte, dass die Dame sich zu dieser »Freundlichkeit« zwingen musste.

Umso froher war Kat, dass sie von einer nahenden Glocke gerettet wurde.

Zu Hause in der Bronx bedeutete dieses Geräusch, dass der Eismann kam. Doch Kat wusste aus ihrer Zeit in Kairo, dass die britischen Polizeiwagen mit Glocken-, nicht mit Sirenenklang anrückten.

Sie stand neben Harry und beobachtete, wie sich die Automobilscheinwerfer durch die Bäume näherten und Schatten über den dunklen Rasen huschten.

»Nicht ganz die Heimkehr, die ich erwartet hatte«, raunte Harry leise, als Lavinia zur Seite trat, um mit einem Butler zu sprechen, der aus dem Haus gekommen war.

»Ich auch nicht«, sagte Kat.

»Übrigens gefällt mir dieser Stil sehr«, flüsterte er. »Du solltest häufiger Stroh tragen.«

Harry beobachtete, wie seine Tante dem Butler ruhig Anweisungen gab und danach wieder zu ihm kam.

»Harry, macht es dir etwas aus, mir hierbei zu helfen? Mit der Polizei und allem?«

Wie es klang, galt diese Bitte nicht seiner eben vorgestellten Braut. Doch er antwortete leise: »Selbstverständlich, Tante Lavinia. Am besten bleiben deine Gäste drinnen, solange wir uns um alles kümmern, nicht wahr?«

Er warf Kat einen Blick zu, der besagte: *»Wir« schließt dich mit ein, Kleines.*

Lavinia nickte. »Ich glaube – trotz der unglücklichen Ereignisse –, die verlängerte Cocktailstunde wird sie beschäftigt halten. Und es gibt ja nun keinen Mangel an Gesprächsstoff, sollte man meinen.«

Nach einem letzten Blick zu ihren Gästen, die untereinander tuschelten, als Benton sie mit einem frischen Tablett Drinks zurück ins Wohnzimmer führte, trat Lavinia vor zu dem Polizeiwagen, der schlitternd auf der Kieseinfahrt vor Mydworth Manor anhielt.

Zwei Officer stiegen aus dem Wagen und gingen mit angemessen ernster Miene auf Harrys Tante zu.

Einer von ihnen war eher groß und stattlich mit einem gepflegten Schnauzbart. Der andere – kleiner und erheblich dünner – trug eine Miniaturversion selbiger Oberlippenzier.

»Mylady«, sagte der Stattliche, »wir sind so schnell wie möglich gekommen.«

»Ja, sehr prompt, Sergeant.« Lavinia drehte sich zu Harry und Kat um, die nur einen Schritt hinter ihr waren. »Dies sind mein Neffe, Sir Harry Mortimer, und seine Frau, ähm, Lady Mortimer.«

Das kam ihr aber schwer über die Lippen, dachte Kat.

Der Sergeant starrte Kat an, sichtlich verblüfft ob ihres Aufzugs.

Wahrscheinlich hält er mich für die Gärtnerin.

Als er sich gefangen hatte, tippte er höflich an seine Mütze. »Sergeant Timms, Sir, und …«, ein vages Nicken zu dem anderen Officer, »… Constable Thomas.« Für einen Moment schienen alle unsicher, was genau sie als Nächstes tun sollten. »Nun denn, vielleicht sehen wir uns das Opfer an?«

Mit einem kurzen Blick zu Harry warf Lavinia ihm den Ball zu.

»Ähm, ja«, sagte er. »Hier entlang. Es ist kein schöner Anblick, fürchte ich.«

Kat folgte ihrem Mann, der die örtliche Polizei zu der Stelle führte, an der die Leiche lag.

Harry hob sein Jackett von der Leiche, und sowohl der Sergeant als auch der Constable richteten ihre Taschenlampen nach unten, wo sie den Strahl vom blutigen Kopf zu den Füßen und wieder zurückbewegten.

Sehr seltsam, dachte Kat, hier neben einem Toten zu stehen.

Abermals sagte keiner etwas.

»Und wer ist der Mann, Mylady?«

»Alfred Coates, mein Fahrer.«

Kat beobachtete, wie sich der Constable sichtlich neugierig vorbeugte. Dies könnte die erste Leiche sein, die er je gesehen hatte.

»Ihm wurde in den Kopf geschossen, Mylady«, sagte der Constable, während er sich wieder aufrichtete, als hätte er soeben eine sagenhafte Entdeckung gemacht.

»Anscheinend«, bestätigte Lavinia.

Sergeant Timms räusperte sich, nahm ein Notizbuch und einen Schreiber hervor und begann sich Notizen zu machen.

»Also … Alfred Coates? Mit ›e‹, nehme ich an?«

Kat sah Tante Lavinia nicken. Der Polizist stellte offensichtlich ihre Geduld auf die Probe.

»Danke«, sagte Timms. Dann fuhr er fort: »Dem Anschein nach«, er wies zur Leiche, »ist schwer zu sagen, ob ihn der Schuss getötet hat oder der darauf folgende Sturz.«

Kat war versucht, ihm zu erklären, dass eine Kugel in den Kopf für gewöhnlich tödlich ist. Doch sie hielt den Mund.

»Wie dem auch sei«, sagte Lavinia und schwenkte die Hand zu dem Toten, »er ist *tot*, der arme Kerl. Und, nun ja, dies ist alles recht ungewohnt für mich. Was tun wir jetzt?«

Kat bemerkte, dass Harry, der sonst nie um Worte

verlegen war, ziemlich still blieb. Dies war eine Seite von ihm, die er sonst nur bei der Arbeit zeigte, wie Kat wusste. Für ihn war das Leben eine große Tollerei, bis die Dinge ernst wurden. Dann jedoch – war er allem gewachsen.

»Wir rufen den Leichenbeschauer, Mylady. Falls es sein muss, klingeln wir ihn aus dem Bett. Er soll sich um das hier kümmern. Ich, ähm, werde mit allen reden müssen, versteht sich. Ihren Gästen. Um herauszufinden, was passiert ist.«

Nun mischte sich Harry leise und direkt wieder in das Gespräch ein.

»Sie sind alle drinnen«, sagte er. »Einschließlich des Mannes, der ihn erschossen hat.«

»Ah, demnach haben Sie den Schuldigen bereits dingfest gemacht?«, fragte Constable Thomas.

»Ich würde Cousin Reggie kaum einen ›Schuldigen‹ nennen«, sagte Lavinia.

»Reggie?«, fragte Timms.

»Wenn ich dürfte«, sagte Harry. »Das, ähm, Opfer wurde von einem Gast meiner Tante erschossen, Lord Tamworth, als Coates anscheinend aus dem Fenster steigen wollte.« Er zeigte nach oben.

Timms nickte und machte sich mehr Notizen, während Harry weitersprach.

»Mit diesen Sachen bei sich.«

Hier holte Harry das Taschentuch hervor und faltete es auseinander, um das Diamantkollier zu zeigen.

»Das war in Coates' Jackentasche.«

Timms beäugte die Juwelen mit offenem Mund. »Gut.«

»Es ist noch mehr Schmuck um die Leiche herum verteilt«, sagte Harry. »Von dem Sturz.«

»Ja, das sehe ich.«

»Ich gehe davon aus, dass Sie hier jemanden zur Bewachung abstellen werden, Sergeant, nicht wahr?«

»Sir?«, fragte Timms abwesend. »Ah, ja, natürlich. Damit über Nacht nichts angerührt wird.« Er nickte Constable Thomas zu. »Zuerst müssen wir Fragen stellen … ähm … die Namen aufnehmen …«

Kat hatte den Eindruck, dass der Sergeant sich den Ablauf in diesem Moment gerade erst ausdachte.

Lavinia machte einen Schritt auf den Mann zu. »Oh, ich danke Ihnen, Sergeant. Es ist eine abscheuliche Angelegenheit. Äußerst verstörend für alle. Aber ich verstehe vollkommen, dass Sie tun, was Sie tun müssen.«

»Vielen Dank, Mylady! Ich muss selbstverständlich noch den genauen Tathergang ermitteln. Wie es dazu kam, dass Ihr Fahrer … ähm … aus dem Fenster oben fiel. Und warum es … ähm … für nötig erachtet wurde, ihn zu erschießen. Constable Thomas und ich werden zunächst zu unserem Funkgerät im Automobil gehen und, wie ich schon sagte …«

»Ich weiß. Der Leichenbeschauer.«

Lavinia ging hinüber zu Harry und Kat und wies zu den breiten Eingangsstufen des Herrenhauses.

»Wollen wir?«

Und während die beiden Polizisten zu ihrem Wagen eilten, dessen grelle Scheinwerfer noch brannten, kehrte Lavinia mit Harry und Kat ins Haus zurück.

Zum ersten Mal übertrat Kat die Schwelle von Mydworth Manor und nahm die staunenswerte Einrichtung in sich auf. Schwarz-weiße Fliesen erstreckten sich über sechs bis neun Meter in jede Richtung. Oben an der Decke hing ein prachtvoller Kronleuchter, in dem elektrisches Licht funkelte.

Und weiter vorn schwangen sich zwei Treppen mit

polierten Handläufen hinauf zu einer Galerie und wer weiß wie vielen Korridoren zu den oberen Zimmern.

An den Wänden hingen Porträts der Ahnen. Bei einigen erkannte Kat eine gewisse Ähnlichkeit mit Harry auf Anhieb – die gleichen dunklen, eindringlichen Augen.

Ein junges Dienstmädchen stand unten an der Treppe.

Kat sah, dass das Mädchen geweint hatte – die Augen waren gerötet und blutunterlaufen. Sie beobachtete, wie Lavinia auf das Mädchen zuging, leise einige Worte mit ihm sprach und ihm dann ihren Schal gab. Das Mädchen nickte, lächelte matt und schlüpfte durch eine Tür, von der Kat annahm, dass sie nach unten führte.

Vor Jahren hatte Kat selbst in Manhattan bei einer wohlhabenden New Yorker Familie gearbeitet.

Sie konnte sich vorstellen, welch ein Schock der plötzliche, gewaltsame Tod eines Mitbediensteten für das Personal war.

»Harry«, sagte Lavinia, als sie sich zurück zu ihnen wandte, und berührte sein Handgelenk. »Behalte bitte Sergeant Timms im Blick, ja? Wir sollten wissen, was er in Erfahrung bringt.«

»Sehr gern, Tante Lavinia.« Harry nickte. »Und Kat passt natürlich auch mit auf.«

Kat sah, wie Lavinias Augen größer wurden – als hätte Harry vorgeschlagen, dass sie sich alle nackt auszogen und im Springbrunnen tanzten.

Na, das wäre doch eine Idee, dachte sie.

»Ihr beide?«, fragte Lavinia. »Ich meine, hältst du das für angemessen?«

»Durchaus«, antwortete Harry grinsend. »Ach, und übrigens, da das Dower House abgesperrt ist und unser Gepäck nicht vor Montag ankommt, mangelt es uns an einem Bett für die Nacht …«

»Natürlich! Ich lasse die Haushälterin ein Zimmer herrichten für dich und …«

Ach, sie ist ratlos, dachte Kat. Wie wird sie mich wohl nennen?

»… deine … Frau. Und Wechselgarderobe vielleicht?«

Das wird nicht leicht!

Lady Lavinia liebte Harry eindeutig, und Kat wusste, dass Harry genauso für sie empfand.

Nun wird meine Aufgabe darin bestehen, mich irgendwie hier einzufügen. Andererseits … Ich habe Herausforderungen ja schon immer gemocht.

Kat übernahm es, darauf zu antworten. »Vielen Dank, Lady Lavinia! Das ist sehr freundlich.«

Lavinia entgegnete todernst: »Es ist mir ein dringender Wunsch. Und, bitte«, hier blickte sie Harry kurz an, »nennen Sie mich Lavinia.«

Nun ist es so weit. »Ich bin Kat. Die Kurzform von Katherine.«

»Wie schrecklich … *modern* … Ah, Sergeant Timms«, sagte Lavinia, wandte sich von den beiden ab und schwebte über den Marmorboden zur Haustür, wo der Polizist wieder erschien.

Kat beobachtete, wie er sich die Schuhe an der Fußmatte sauber machte, ehe er seine Mütze abnahm und sie vorsichtig auf einen kleinen Tisch legte.

Wahrscheinlich nicht die Sorte Haus, die er in seinem Beruf häufiger betritt.

»Die Gäste sind gleich hier, Sergeant«, sagte Lavinia und zeigte zu einer Doppeltür, die Benton weit geöffnet hatte. Dann gingen alle in den großen Salon, aus dem ihnen Stimmengewirr und das Klimpern von Eiswürfeln in Gläsern entgegenkam.

6. Der Schütze

Harry wartete, während seine Tante zu ihrem Butler ging, um alles zu arrangieren.

Die Gäste standen in einer kleinen Gruppe am anderen Ende des ausladenden Raumes zusammen – und sprachen zweifellos über die ungewöhnlichen Ereignisse des Abends. Harry erwiderte das dezente Nicken von einen oder zweien, obwohl er keines der Gesichter wiedererkannte. Von hier waren diese Leute nicht. Gewiss Londoner Freunde von Tante Lavinia, dachte er. *So viel zu einem friedlichen Wochenende auf dem Lande.*

Bevor er zu dem Sergeant ging, sagte er zu Kat: »Zumindest haben wir einen Schlafplatz für heute Nacht, hm?« Kat lächelte. *Sie erträgt all das hier mit Fassung.* »Auch wenn es nicht *ganz* der gemütliche Abend ist, den ich im Sinn hatte«, ergänzte Harry.

»Nein. Und eindeutig nicht – wie war das Wort noch gleich? – das ›beschauliche‹ alte England, das ich mir vorgestellt hatte.«

»Ah, nun … Du wirst feststellen, dass Beschaulichkeit nie ins Spiel kommt, wenn es um meine Tante geht.«

»Ich glaube, sie mag mich nicht.«

»Tja, wahrscheinlich nicht. Noch nicht. Sie ist durch und durch Engländerin. Hier drüben braucht man eine

Zeit, um Leute zu mögen. Und sie hat dich ja eben erst kennengelernt, nicht? Aber ich denke, mit der Zeit wirst du erkennen, dass du mehr mit ihr gemein hast, als du glaubst.«

Er sah, dass Kat zu dem Sergeant zeigte, der ein kleines schwarzes Notizbuch aus seiner hinteren Tasche zog.

»Wie es aussieht, beginnt jetzt die ›Ermittlung‘«, sagte sie. »Und wir trotten einfach mit ihm mit, richtig?«

Harry nickte. Nun sprach der Sergeant nochmals mit Tante Lavinia, die auf ein Paar zeigte, das dicht nebeneinander auf einem aufwendig gearbeiteten kleinen Sofa aus rotem Brokat mit Goldverzierungen saß, welche die funkelnden Lichter des Kronleuchters einfingen.

Der Sergeant bejahte stumm und ging langsam auf die beiden zu. Das Paar hielt sich bei den Händen, saß vorgebeugt da und wirkte wie in Schockstarre.

Harry wusste, wer sie waren, obwohl er ihnen nur einmal vor langer Zeit bei einem Familienbegräbnis begegnet war: Cousin Reggie und seine Frau Claudia. Lord und Lady Tamworth. Er nickte Kat kaum merklich zu, und sie schlenderten – wie aus rein beiläufiger Neugier – in Richtung des Paares, das erst jetzt zu dem korpulenten Sergeant direkt vor ihnen aufblickte.

Sergeant Timms schien es nicht zu stören, dass Harry und sie dicht hinter ihm gingen und auch Lavinia ganz in der Nähe war.

»Ähm, Lord und Lady Tamworth?«, fragte Timms. »Eine furchtbare Sache, was da passiert ist. Ich muss Sie leider bitten, mir noch heute Abend einige Fragen zu beantworten, wenn Sie gestatten.«

Kat sah sich die Frau an – Lady Tamworth – sehnig, groß mit modisch kurzem, dunklem Haar. Ihre Augen waren weit aufgerissen vor Entsetzen ob dessen, was immer sie gesehen haben mochte. Allerdings schaute sie zu ihrem Mann, Lord Tamworth, damit *er* antwortete.

Äußerlich war er nicht auf Augenhöhe mit ihr. Auf dem kleinen Sofa sitzend wirkte Reggie eher klein. Aber seine Augen waren riesig, als stünde er ebenfalls noch unter Schock.

Es kommt ja nicht jeden Tag vor, dass man einen Mann erschießt, der aus dem eigenen Schlafzimmerfenster klettert.

»Natürlich«, sagte Reggie. »Selbstverständlich.«

»Ähm, vielleicht können Sie mir erzählen, was genau heute Abend geschehen ist?«

»Sergeant, ja, nun, es war kurz vor dem Dinner. Wir nahmen alle Drinks, hier unten. Es muss gegen Viertel vor acht gewesen sein. Irgendwann sagte meine Frau mir, dass sie noch mal rauf in unser Zimmer müsse.«

»Eigentlich gab es keinen wirklichen Grund«, sagte Claudia, »aber wäre ich nicht nach oben gegangen …«

Lord Tamworth tätschelte rasch ihre Hand. »Ist schon gut.« Dann sah er den Polizisten wieder an. »Ich habe mich weiter mit Leuten unterhalten – Sie wissen schon. Lady Lavinias Freunde sind wahrlich anständige Leute. Alle hatten einen famosen Abend, nichts Außergewöhnliches. Jedenfalls sagte Benton, das Dinner wäre bereit, und, nun ja, ich bemerkte, dass Claudia noch nicht zurück war, also bin ich schnell nach oben, um nachzusehen, ob alles in Ordnung ist …«

Kat sah, dass Lord Tamworth wartete, während Sergeant Timms eifrig mitschrieb.

»Jedenfalls … Sobald ich mich dem Zimmer näherte, vernahm ich Stimmen – ziemlich böse Stimmen.«

»Böse?«, fragte Timms.

»Hässlich. Drohend. Ich stieß unsere Zimmertür auf – aber da war niemand. Die Stimmen kamen aus der Ankleide nebenan. Und die Tür war geschlossen, verstehen Sie?«

»Ja«, sagte Timms. »Ich verstehe.«

»Ich habe gleich erkannt, dass etwas Übles vor sich geht. Also habe ich den alten Armee-Revolver aus meinem Koffer gezogen, die Tür zur Ankleide geöffnet …«

Kat bemerkte, dass inzwischen alle verstummt waren. Sie konnte die Gästegruppe auf der anderen Seite des Raumes sehen – Gläser in den Händen, große Augen und aufmerksam der dramatischen Erzählung lauschend.

»Und was genau haben Sie gesehen, Sir?«

»Ein ziemlich furchtbarer Anblick, kann ich Ihnen sagen! Claudia lag auf dem Boden, weinte sich die Augen aus. Sie war in einer schrecklichen Verfassung! Und zwei Männer in dem Raum! Der eine noch am Schmuckkasten meiner Frau, der andere, ein großer dunkelhaariger Bursche, floh schon durchs Fenster! Ich habe ihn nur sehr flüchtig gesehen.«

»Und beide Männer raubten Sie aus? War das Ihre Vermutung?«

Timms mag offensichtliche Fragen, dachte Kat.

»Na, was denken Sie denn, Mann? Selbstverständlich haben die uns ausgeraubt! Der Bursche hatte ein Schmuckkästchen mit Juwelen von meiner Frau in der Hand«, fuhr Tamworth fort. »Deshalb habe ich den alten Webley auf den Burschen gerichtet und ihn angeschrien: *Hände hoch, oder ich schieße!* Etwas in der Art. An die exakten Worte erinnere ich mich nicht.«

Kat fühlte, wie Harry ein wenig näher rückte. Und sie dachte: Mein Mann will sich der Party anschließen.

»Ähm, Cousin Reggie. Ist eine Weile her, hm? Oh, dies ist meine Frau. Kat.«

Nun blickten Reggie und seine Frau zu ihnen beiden auf, erst recht verwirrt.

»Was? Ah, ja, Harry. Stimmt. Ich hatte gehört, dass du in Nahost bist, mein Junge. Gerade zurück? Da hast du dir ja einen Abend ausgesucht!«

»Tja nun. Wir sind *gerade* angekommen, und es tut mir schrecklich leid, dass euch das passieren musste. Noch dazu in Mydworth Manor. In was für Zeiten leben wir nur?«

Kat beobachtete diesen kleinen Austausch höflicher Floskeln inmitten Reggies Aussage, wie es dazu kam, dass nur Minuten zuvor einem Mann in den Kopf geschossen wurde.

»Mich wundert nur eines«, sagte Harry. »Gewiss ist es praktisch, eine Waffe zu besitzen, aber hast du sie immer dabei, wenn du verreist?«

Hier merkte Sergeant Timms auf, und seinen geschürzten Lippen nach zu urteilen, war er wenig entzückt, dass seine Befragung unterbrochen wurde.

»Na ja, ja. Ich meine, später in der Woche reise ich weiter nach London, und heutzutage sind da so viele verzweifelte Menschen unterwegs. Vorsicht ist die Mutter der Porzellankiste, sage ich immer zu meiner lieben Claudia.«

Kat sah, dass Lord Tamworth' Frau – besagte Claudia – nickte. Allerdings schaute sie auch sehr gezielt Harry an.

Ein bisschen zu direkt, fand Kat.

Timms räusperte sich. »Demnach … haben Sie den Mann gewarnt?«, fragte er in der Hoffnung, die Geschichte wieder in die richtige Bahn lenken zu können.

»Oh durchaus. Ich habe ihm verflucht klar gesagt, was ich beabsichtige: *Stehen bleiben, oder ich schieße!*«

»Und was hat er getan?«

»Er hat mich vollkommen ignoriert! Verdammter Narr! Hat einfach den Schmuck in seine Tasche gestopft und ist zum Fenster gelaufen!«

»Und Ihre Frau, Sir?«

»Oh, ich habe dafür gesorgt, dass Lady Tamworth aus dem Weg war. Der erste Mann war bereits weg, ist mit der Hälfte des Schmucks über das verdammte Rankgitter geflohen. Und der zweite war auf der Fensterbank. Ich konnte ihn nicht entkommen lassen. Da habe ich geschossen.«

»Auf seinen Kopf?«, fragte Timms.

Und wieder eine Frage, deren Antwort allenthalben bekannt ist.

»Aber ja doch. Außer seinen Händen, mit denen er sich an den Fensterrahmen klammerte, war der leider das einzige Ziel.«

»Und Sie haben gleich beim ersten Schuss getroffen, Mylord?«

Reggie nickte und lächelte verhalten. »Im Krieg habe ich mir einen Ruf als guter Schütze erworben, kann ich Ihnen sagen.«

Kat sah, dass Harry ihr einen Blick zuwarf. *Etwas … interessierte ihn.*

»Und die anderen Schüsse?«

Claudia öffnete den Mund, als wollte sie etwas sagen, doch ihr Mann kam ihr zuvor.

»Ich bin zum Fenster gelaufen, das ist ja wohl klar. Der Mann, auf den ich geschossen hatte, lag am Boden, aber da war dieser andere Knabe, der sich ebenfalls Schmuck gegriffen hatte, und er war unten, rannte durch den Garten.«

»Und Sie waren sich sicher, dass dieser zweite Mann auch Ihren Schmuck genommen hatte?«, fragte Timms.

»Vollkommen sicher. Ich weiß doch, wie die Schmuckkästchen meiner Frau aussehen.«

»Demnach sind die beiden Kerle mit recht viel Beute davongekommen, Sir?«

An dieser Stelle bemerkte Kat, dass Claudia zu schluchzen anfing.

»Der Erste hatte fast alles«, heulte sie. »Alles!«

Reggie legte eine Hand auf ihr Knie und klopfte es sanft.

»Ja – alles ist weg.«

»Wie entsetzlich für euch beide«, sagte Harry. »Nur aus reiner Neugier: Reist ihr immer mit dem gesamten Schmuck?«

»Guter Gott, nein«, antwortete Reggie. »Aber die Sache ist die … Wir sind hier quasi auf der Durchreise zu einem Staatsbankett für den König und die Königin von Afghanistan – am Dienstag. Da mussten wir die funkelnden Diamanten mitnehmen. Bei solch einem Anlass hält man sich nicht zurück! Das ganz große Geschütz! Frack, Diademe, der ganze Kram.«

Kat hatte eine Frage zu dieser Geschichte. Genau genommen gingen ihr einige Fragen durch den Kopf. Aber da Harry und der Sergeant fürs Erste genügten, hielt sie sich zurück.

»Richtig. Und dieser Schmuck, vermute ich, war sehr wertvoll?«, fragte Harry vollkommen gelassen.

Diesmal antwortete Lady Tamworth mit wenigen Worten, die sie indes sehr ernst und grimmig aussprach.

»Er war ein Vermögen wert.«

»Ein Vermögen«, wiederholte Timms, während er sich Notizen machte. »Ich nehme an, Sie können das nicht genauer sagen, Mylord? Mylady?«

Reggie sah zu Claudia, die mit den Schultern zuckte, bevor sie das Gesicht in den Händen vergrub.

»Hm«, sagte Reggie. »Beide Kästchen. Diademe. Halsketten. Ohrringe. Alles reine Diamanten!«

»Vergessen wir nicht, Sir, dass wir eines der Kästchen retten konnten«, sagte Timms.

»Ah, ja, natürlich. Das andere Kästchen. Wenn ich schätzen müsste – zehntausend?«

»Zehntausend Pfund, Sir?«, wiederholte Timms und ließ beinahe sein Notizbuch fallen.

»Guineas, natürlich.«

Kat bemerkte, dass alle im Raum verstummt waren. Was wenig verwunderte. Diese Zahl war – enorm. Kein Wunder, dass Lord Tamworth mit einer Waffe auf die Diebe losgegangen war.

Sie sah zu Harry, der dezent eine Augenbraue hochzog. Und sie fragte sich, ob er dasselbe dachte wie sie.

Dies war kein zufälliger Diebstahl.

Er musste geplant gewesen sein. Jemand musste gewusst haben, dass der Schmuck dort war. Dieser Diebstahl war im Auftrag von jemandem geschehen, ganz gewiss.

7. Das Ende der Befragung

Was ist mit dem anderen Mann, der entkommen konnte?«, fragte Harry. »Hast du den richtig sehen können?«

»Ja«, stimmte Timms ein, »was ist mit ihm?«

Kat wusste, was die beiden dachten. Es müsste eine Fahndung ausgerufen werden – doch zunächst brauchten sie eine Beschreibung.

»Der ist in der Dunkelheit auf und davon. Ich habe geschossen, so gut ich konnte. Aber er ist im Zickzack gelaufen, mal in die eine Richtung, mal in die andere. Und er war fast nicht zu sehen!«

Nun konnte Kat sich nicht mehr zurückhalten.

»Aber Sie haben auf die Statue geschossen. Hinter der war ich nämlich in Deckung gegangen.«

»Ah, verstehe. Sie waren das? Hm. Tut mir entsetzlich leid, meine Liebe. Im Dunkeln sah ich nur, dass sich etwas bewegte, und ich dachte, der Schurke hätte sich hinter der Statue versteckt. Ich habe Ihnen hoffentlich keine Angst gemacht.«

Das leuchtet ein, dachte Kat. Auch wenn es ihr – für einen hervorragenden Schützen – eigenartig vorkam, wie wild die Kugeln durch die Luft geflogen waren.

»Ganz und gar nicht, Lord Tamworth.«

»Reggie, bitte«, sagte er lächelnd.

»Und Sie haben den Mann nicht erkannt, Sir?«, fragte Timms. »Hatten ihn nie zuvor gesehen?«

Reggie schien zu überlegen. »Nein, ich denke nicht.« Dann sah er seine Frau an. »Du, meine Liebe?«

»Nein, noch nie«, sagte sie kopfschüttelnd. »Groß. Schrecklicher Mann. Dunkles Haar.«

»Alter?«, fragte Timms. »Jung? Alt?«

Reggie und Claudia sahen einander achselzuckend an.

»Natürlich habe ich ihn nur sehr flüchtig gesehen, aber – in den Dreißigern?«, sagte Reggie. »Vielleicht in den Vierzigern?«

Timms schrieb in sein Notizbuch. Kat fiel auf, dass er ziemlich gereizt wirkte.

Diese Beschreibung trifft auf die Hälfte der Männer im Land zu.

»Und dieser Bursche – dieser Coates – war er Ihnen während Ihres Aufenthalts hier aufgefallen?«, fragte Timms.

»Inwiefern ›aufgefallen‹, Sergeant?«, erwiderte Claudia.

»Ich meine, der Mann war Lady Lavinias Fahrer hier in Mydworth. Also frage ich mich, ob Sie ihn jemals im Haus gesehen hatten. Vielleicht, wie er sich in den oberen Stockwerken aufhielt – wo er nicht sein sollte? Irgendetwas Verdächtiges?«

»Nein«, antwortete Claudia. »Er mag hier der Fahrer gewesen sein, aber ich hatte ihn noch nie im Leben gesehen.«

»Ich auch nicht«, stimmte Reggie ein. »Und – das kann ich Ihnen sagen, Sergeant – ich bin froh, dass ich es nie wieder muss.«

An der Tür bewegte sich etwas, und Kat sah den jungen Constable hereinkommen. Benton begleitete ihn zu Sergeant Timms.

Dort beugte sich der Constable nahe zu seinem Vorgesetzten und flüsterte ihm etwas zu.

Lavinia kam zu ihnen und berührte Lady Tamworth‹ Schulter. »Reggie und Claudia, ihr müsst furchtbar erschüttert sein. Kann ich irgendwas für euch tun? Egal was.«

Kat fragte sich, ob Lavinia sich für diesen Raub verantwortlich fühlte. Oder für die Schüsse?

Dies hier ist ihr Haus. Es war ihr Fahrer.

Bisher schien sie allerdings nicht erschüttert. Indes vermutete Kat, dass Leute ihres Standes in diesem Land wahre Meister des Bluffs waren.

»Nein, ich hoffe nur, die Polizei findet diesen Unhold!«, antwortete Reggie.

»*Und* holt unseren Schmuck zurück«, ergänzte Claudia.

In diesem Moment drehte Timms sich wieder zu ihnen. Seine kurze Unterhaltung mit dem Constable war vorbei.

»Der Leichenbeschauer ist unterwegs. Wie auch ein weiterer Constable, der heute Nacht im Garten Wache halten wird. Also«, sagte er und schaute in sein Notizbuch, »vielleicht noch ein oder zwei letzte Fragen, dann lasse ich Sie in Ruhe.«

»Natürlich«, sagte Reggie, stockte kurz, und fuhr fort: »Übrigens, ich bekomme doch keine Schwierigkeiten, oder? Sie wissen schon, wegen …«

Kat beobachtete, wie Timms sein Notizbuch zuschlug. »Oh, das bezweifle ich sehr, Sir. Für mich deutet alles auf einen Raubüberfall hin. Und Sie haben getan, was jeder Gentleman unter diesen Umständen tun würde.«

Reggie sah erleichtert aus. Kat bemerkte, wie Claudia nach seiner Hand griff und sie drückte.

Beide standen noch sichtlich unter Schock.

Und Kat dachte: Griffbereiter Revolver … Wehe dem, der die englische Oberklasse zu bestehlen versucht. Das kann nicht gut ausgehen.

Tante Lavinia hatte Benton und das Personal angewiesen, endlich das Dinner zu servieren. Und obwohl Harry ausgehungert war, blieb er mit Kat zurück, während seine Tante sich um alles kümmerte.

»Geht es dir gut, Kat? Dies ist ja nicht direkt ein idealer Einstieg in das ruhige englische Landleben, hm?«

»Nun, zieht man den Schmuck, die Mylords und Myladys ab, hat man einen ziemlich normalen Samstagabend in der Bronx meiner Kindheit.«

»Ja, das glaube ich dir sofort. Und ich nehme an, wenn du damals deinem Vater geholfen hast im – wie hieß das noch gleich?«

»The Lucky Shamrock.«

»Ja, ich nehme an, da hast du die fragwürdigen Seiten des Lebens kennengelernt.«

»Und ob. Habe ich dir jemals erzählt, wie ich zwei Betrunkene rausgeworfen habe, weil sie die Bar als Boxring benutzt hatten?«

»Ja, und von dem vielen Reiten im New Yorker Park. Sportlich. Und es erweist sich immer wieder als praktisch, hm?«

Er war froh, dass Kat hierüber lachte. Oft dachte er, dass es, abgesehen von all ihren anderen sagenhaften Eigenschaften, ihr Lachen war, das ihn letztendlich erobert hatte.

Dann kam Lavinia zurück. »So, alles geregelt. Ich denke, die Ente ist ein wenig trocken, aber das Gemüse –

nun, bei gekochten Erbsen und Möhren kann nicht viel passieren. Und nach all den zusätzlichen Cocktails und dieser schaurigen Geschichte werden sie sicher nichts merken.«

Sie blickte sich zum Esszimmer um.

»Ach, Harry«, begann sie und wurde langsamer, »und Katherine, in was für ein Chaos ihr hier geraten seid.«

»Solche Sachen haben wir schon gesehen, Lavinia.«

»Ja, nun, ich habe die Haushälterin gebeten, ein Zimmer für euch herzurichten. Und eines der Dienstmädchen hat Wechselkleidung für dich gefunden, Katherine, meine Liebe. Ich glaube, da ist auch ein Paar Schuhe dabei.«

»Sehr freundlich, danke, Lavinia«, sagte Kat.

»Es sind bloß schlichte, abgelegte Sachen, gestehe ich, aber gewiss werden sie für heute Abend ausreichen.«

Harry wechselte einen Blick mit seiner Tante und wandte sich lächelnd zu Kat.

»Wie ich Lavinia kenne, wird es sich bei diesen, ähm, abgelegten Sachen um Haute Couture aus Paris handeln.«

»Und Nachtwäsche und dergleichen«, ergänzte Lavinia, ohne auf Harrys Bemerkung einzugehen. »Geh dich frisch machen, und komm dann gleich wieder nach unten zum Essen.«

Harry sah Kat lächeln. »Das wäre fantastisch. Es war ein unglaublich langer Tag.«

»Gewiss doch. Aber eines noch, ehe ich zu meinen Gästen zurückgehe …«

»Ja?«

»Dieser Raubüberfall und der Erschossene. Mein Fahrer! Und, nun, ich habe unsere hiesige Polizei schon bei der Arbeit erlebt …«

»Er hatte immerhin ein Notizbuch!«, sagte Harry.

Lavinia schmunzelte nur sehr verhalten.

»Ich fürchte lediglich, die Dinge könnten nicht so vonstattengehen, wie ich es mir wünsche. Und dieser andere Räuber, den sie vielleicht finden, vielleicht auch nicht. Meine Sorge ist, dass womöglich …«

»Jemand vom Personal in die Sache verwickelt ist?«, beendete Harry den Satz seiner Tante für sie.

»Genau. Ich mag mir nicht ausmalen, was es für unseren Namen bedeuten würde, unsere … Reputation.«

Harry ahnte, worauf sie hinauswollte. »Soll ich mir die Sache mal näher ansehen? Die weitere Entwicklung im Blick behalten?«

Lavinia ergriff seine Hand. »Oh, Harry, würdest du?«

»Ja, und Kat ebenfalls.« In diesem Punkt war Harry unsicher, ob Lavinia zustimmte, doch er beugte sich näher zu ihr. »Meine Frau kann sehr gut auf sich aufpassen, musst du wissen. Bei ihrer Tätigkeit für das amerikanische Außenministerium in Kairo ging es nicht nur um das Beschaffen von Champagner und Kanapees.«

Harry hielt es für das Klügste, vorerst auszusparen, *wie sehr* sie ihrem Vater im Lucky Shamrock geholfen hatte.

Lavinia nickte.

Und unwillkürlich wurde Harry daran erinnert, wie sehr ihm diese Frau am Herzen lag. Sie hatte ihn aufgezogen – nachdem seine Eltern gestorben waren –, als er noch ein Junge gewesen war. *Ich würde alles für sie tun.*

»Ja, gewiss, ich helfe sehr gern«, bestätigte Kat.

»Na gut, abgemacht. Dinner in zwanzig Minuten? Und hoffentlich ziehen sich danach alle beizeiten zurück.«

Hiermit drehte sich Lavinia um und ging ins Esszimmer, wo – dem Gläser- und Besteckklimpern auf Lavinias Porzellan nach zu urteilen – die Party irgendwie weiterging.

Harry wandte sich zu Kat. »Zwanzig Minuten, was? Denkst du, du kannst deinen eigenen Rekord in Sachen Umziehen brechen?«

»Zeig mir das Zimmer, und ich bin in zehn Minuten fertig. Allerdings kann ich nicht versprechen, dass ich dann besonders sauber bin.«

»Was für eine Romantikerin du doch bist, Kat!« Harry nahm ihren Arm und führte sie die Treppe hinauf.

»Streng dich ein wenig an, und ich gebe mir eventuell besondere Mühe – zupfe vielleicht das ganze Stroh aus meinem Haar.«

8. Die Jagd nach dem zweiten Mann

Kat kam aus dem Ankleidezimmer in das großzügige Schlafzimmer, wo Harry auf dem Bett saß und in einem Buch las, das er sich von einem der Regale genommen hatte. Sie blieb am Fußende stehen, während er weiterschmökerte.

Schließlich räusperte sie sich. Nur ein ganz leiser Laut.

Und er schaute auf.

»Na, *das* ist mal eine Augenweide! Sogar noch mehr als das Kleid von Lavinia, das du zum Dinner getragen hast.«

Lavinias Hausmädchen hatte den Pyjama auf dem Bett ausgelegt, und er entsprach nicht einmal annähernd dem Stil, den Kat bisher getragen hatte.

»Ich muss schon sagen, in diesem Ding komme ich mir vor wie in der Verbotenen Stadt, nicht wie in Sussex.«

»Ja, ich schätze, ›Chinoiserie‹ ist dieser Tage der letzte Schrei. Und ich muss zugeben, dass du aussiehst, als würdest du recht hübsch ins frühere Peking passen.« Harry betrachtete sie einen Moment stumm. »Und ich gestehe auch, dass es … sehr reizvoll aussieht.«

Kat ermahnte sich im Geiste. *Dies ist Lavinias Haus.*

Überall in den umliegenden Zimmern wohnen Gäste. Dennoch ist dies unsere erste Nacht in meiner künftigen Heimat …

»Na dann«, sagte sie und trat einen Schritt näher, da klopfte es an der Tür.

Harry sprang vom Bett und lief hin, um zu öffnen.

»Benton?«, fragte er.

Vor der Tür stand der Butler mit einem Silbertablett, auf dem sich zwei Kristallgläser, ein Soda-Siphon und ein kleiner Behälter mit Eis befanden.

Kat ging in ihrem Seidenensemble in wirbelndem Rot und Grün zu Harry und stellte sich neben ihn.

»Lady Lavinia, Sir«, sagte Benton und neigte den Kopf zum Tablett, »bat mich, Ihnen und Lady Mortimer zwei Whiskys zu bringen.«

»Ah, ja«, antwortete Harry und öffnete die Tür weiter. »Es war solch ein Tag. Wie fürsorglich. Ähm, stellen Sie das Tablett bitte dort drüben auf den Tisch am Fenster.«

Er sah Kat an und sagte: »Meine Tante kümmert sich *immer* um die wahrhaft wichtigen Dinge.«

Nachdem er das Tablett auf besagtem Tisch abgestellt hatte, kehrte Benton zur Tür zurück. »Haben Sie sonst noch einen Wunsch, Sir?«

Und wie es der Zufall wollte, hatte Harry eine Idee. Wenn seine Tante wünschte, dass er sich die Sache mal näher ansah … sollte er lieber keine Zeit vergeuden.

»Da wäre fürwahr etwas. Dürfte ich …« Harry trat näher zur Tür und schloss sie. »… Ihnen ein paar Fragen stellen?«

Er beobachtete den Butler aufmerksam, um zu sehen, ob der Mann eventuell überrascht war.

Doch der allzeit stoische Benton antwortete schlicht: »Sehr wohl, Sir.«

Harry warf Kat einen Blick zu. Wenn sie dies hier zusammen machten, wäre es gut, sie an seiner Seite zu haben. Schließlich hatten die Vereinigten Staaten einen guten Grund gehabt, sie in die Botschaften auf der ganzen Welt zu schicken. Um eine Formulierung zu benutzen, die er von ihr gelernt hatte: *Sie ist ein helles Köpfchen – daran besteht kein Zweifel.*

Kat erriet, was Harry vorhatte. Wenn jemand vom Personal einen Gast ausraubte – und erschossen wurde –, war ein guter Anfang die Befragung desjenigen, der den Haushalt führte.

»Ich habe heute Abend einige neue Gesichter unter dem Personal gesehen. Zum Beispiel diesen armen Kerl Coates. Wurde er erst kürzlich eingestellt?«

»Ja, Mylord. Mit den üblichen exzellenten Empfehlungen der Agentur und Referenzen vorheriger Arbeitgeber.« Benton klang verschnupft, und Kat fragte sich, ob er die Frage als unterschwelligen Vorwurf deutete.

»Und die anderen? Wer ist sonst noch neu?«

»Ich glaube, Mylord, dass Lady Lavinias Zofe, Alice Comeley, zum Haushalt kam, während Sie in Übersee waren. Dann stellten wir letztes Jahr ein neues Hausmädchen ein, Jenny. Ziemlich jung, aber sie ist ausgesprochen gut.«

Kat erinnerte sich an ein Hausmädchen, das geweint hatte.

War sie vielleicht … Jenny?

»Und die gute alte Woodfine ist noch da?«, fuhr Harry fort.

»Mrs Woodfine ist weiterhin die Haushälterin, oh ja. Sie hatte für eine kurze Weile Urlaub genommen, als ihr

Ehemann starb, übernahm ihre Tätigkeiten danach aber wie gehabt. Und der Koch … McLeod … Ich glaube, ihn kennen Sie auch, nicht wahr, Sir?«

Harry grinste. »So gut, wie jemand einen schottischen Koch kennen kann, der alles verachtet, was sich nicht kochen, brühen oder braten lässt.«

Kat glaubte, einen Hauch von Widerwillen bei der Erwähnung des Kochs wahrzunehmen.

»Mr Benton«, sagte sie, »für die Gartenanlage draußen muss es auch eine Crew geben, nicht wahr?«

»Eine *Crew*, Mylady?«

»Verzeihung, das ist wohl die falsche Bezeichnung. Einige Leute?«

»Ah, verstehe. Mr Grayer, der Gärtner, ist dort zuständig. Sein Gehilfe, ein Mr Huntley, ist noch nicht allzu lange bei uns. Ein junger Bursche, der vor ungefähr einem Jahr eingestellt wurde.«

»Und ich habe einen Stall gesehen«, sagte Kat.

»Ja, Mylady.« *Mylady … Daran muss ich mich erst gewöhnen.*

»Die tägliche Pflege von Garten, Stall und sonstigem obliegt Huntley. Er kommt aus dem Ort. Natürlich zählt die Wartung der Fahrzeuge nicht zu seinen Pflichten. Für die war der verstorbene Mr Coates zuständig.«

Kat entging nicht, dass Harry sie ansah. *Entweder ist er verwundert, weil ich das Fragen übernommen habe, oder … Nein. Er wartet auf mehr.*

Nur hatte sie wiederum das Gefühl, sie müsste sich besser mit ihrem Mann unterhalten, bevor sie tiefer in die inneren Angelegenheiten des Haushalts eindrang. Insbesondere, was den Toten anging.

»Nun, würden Sie bitte Lady Lavinia unseren herzlichen Dank für den Schlummertrunk ausrichten? Er ist wahrlich willkommen.«

Und hiermit fand Kat, dass sie den Butler hinreichend vornehm entlassen hatte, zumal für eine Frau, die ganz neu hier war. Benton verstand den Wink und verneigte sich leicht. »Werde ich, Mylady.«

Dann drehte er sich zur Tür.

Sobald die hinter ihm ins Schloss gefallen war und sie beide allein waren, sagte Kat: »Wie wäre es, wenn du ein bisschen Soda und ein oder zwei Eiswürfel in die Gläser gibst?«

Harry grinste. »Wasser und Eis zu einem Single Malt? Welch' Blasphemie!«

»Hey, vergiss nicht, dass es in diesem Land sehr wenige Frauen geben dürfte, die einen Drink im Schlaf mixen können! Du solltest dankbar sein, mich zu haben.«

»Oh, das bin ich, *Lady Mortimer.*«

Sie saßen an dem Tisch im Erkerfenster, hinter dem der Halbmond nun hoch über den Bäumen am Himmel stand und milchig-weißes Licht auf die Rasenfläche vor dem Haus warf.

Harry stieß mit Kat an.

»Eine recht großzügige Menge, muss ich sagen«, stellte er fest.

»Wenn dies das Hausmaß ist, bin ich jederzeit dabei!«

Harry lächelte, stand auf und blickte aus dem Fenster.

»Was ist?«, fragte sie.

»Da draußen hat sich etwas bewegt.«

Kat erhob sich gleichfalls und schaute hinaus.

»Ah, es ist der Polizist, den sie als Wache abgestellt haben«, sagte sie und nickte zu der Stelle, an der ein Constable zu sehen war, der auf dem Rasen auf und ab schritt.

»Lord und Lady Tamworth‹ Zimmer ist übrigens nur zwei Türen den Korridor entlang«, merkte Harry an.

»So nahe sind wir der Aussicht, die Reggie hatte, als er die Schüsse abfeuerte?«

»Mich wundert nicht, dass er keine Ahnung hatte, worauf er schoss«, antwortete Harry. »Selbst im Mondlicht ist es teuflisch, irgendetwas zu erkennen.«

Er trat von dem Fenster zurück und zog die Vorhänge zu.

»Hm, was hältst du davon, wenn wir uns morgen noch einmal mit Reggie und Claudia in ihrem Zimmer unterhalten? Alles noch einmal durchgehen.«

»Du denkst, dabei könnten Erinnerungen wieder wach werden? Sachen, die sie ausgelassen haben?«, fragte sie.

»Wir brauchen auf jeden Fall eine bessere Beschreibung des Burschen, der davongekommen ist. Ein Jammer, dass wir ihn nicht gesehen haben.«

»Ich glaube, mir war wichtiger, in Deckung zu gehen«, sagte Kat. »Obwohl …« Sie überlegte, erinnerte sich an die Gestalt am Fenster, an die Schüsse. »Trotz allem: Ich meine, ich habe die *ganze Zeit* in alle Richtungen gesehen … natürlich. Da hätte ich es doch bemerken müssen, wenn jemand über den Rasen gelaufen wäre.«

«Könnte er dicht an der Hausmauer geblieben sein?«, fragte Harry. »Wir sehen morgen bei Tageslicht nach Fußspuren.«

»Gute Idee.«

Sie setzte sich wieder, und er kam zu ihr.

»Harry, du *bist* dir gewahr, dass wir gestern um diese Zeit noch in Dieppe waren, oder?«, fragte sie. »Mir scheint es so viel länger her zu sein.«

»Ja, wirklich. Wie war eigentlich die Fahrt hierher?«

»Ein Kinderspiel«, antwortete Kat. Dann grinste sie. »Meistens. Bis auf die Tunnel.«

»Ich wusste, dass du es schaffst«, sagte Harry lächelnd und erhob sein Glas. »Auf uns!«

»Auf uns!«

Kat nahm einen Schluck. Eine torfige Note. Nicht ihre erste Wahl, aber überaus wohltuend.

»Harry, ich wollte über morgen reden.«

»Schieß los! Ups, eine ungeschickte Wortwahl. Fahr fort, Liebling.«

»Anscheinend werden wir bis Montag hierbleiben.«

»Betrüblicherweise ja.«

»Und deine Tante hat dich gebeten, dir alles …«

»Sie hat *uns* gebeten. Uns beide.«

»Okay. Sie hat *uns* gebeten, uns Coates und den Einbruchdiebstahl anzusehen und nach Möglichkeit herauszufinden, wer sein Komplize ist.«

»Leider hapert es an ihrem Vertrauen in die hiesige Polizei.«

»Ich habe nachgedacht. Hast du gewusst, dass ich nach dem Krieg für kurze Zeit in New York für einen Strafverteidiger gearbeitet habe?«

»Ah, ja, dein *Mentor*, ich erinnere mich. Der großartige Sean O'Driscoll war es, der dir den letzten Anstoß gab, wieder die Schulbank zu drücken.«

»Stimmt, und er ließ mich auch Leute befragen, außergerichtliche Aussagen aufnehmen. Ähnlich dem, was du vorhin gemacht hast, als du Benton nach den Bediensteten gefragt hast.«

»Und?«

»Du versuchst herauszubekommen, mit wem wir über Coates reden sollten, stimmt's?«

»Ins Schwarze getroffen. Fahr fort.«

»Ich nehme an, das schließt auch Benton mit ein. Obwohl ich mir vorstellen könnte, dass man sich an ihm die Zähne ausbeißt.«

»An Benton? Oh ja, ganz gewiss. Der Mann ist eine harte Nuss.«

Sie lachte darüber, wie er es aussprach. »Aber wir sollten mit allen reden, oder?«

»Unbedingt. Und schnell. Wir können nicht erahnen, wer etwas über einen möglichen Komplizen von diesem Coates weiß. Oder gar selbst in den Diebstahl verwickelt ist.«

»Gut, also … nun die große Frage: Da ich bekanntlich nicht mit den Umgangsformen auf englischen Landsitzen vertraut bin, wie stelle ich das an?«

Sie beobachtete, wie Harry einen Schluck von seinem Drink nahm und ihn genoss, um Zeit zu schinden.

»Die Sache ist die, Kat. Wenn *ich* das Personal befrage, dann geht das so: ›Sir Harry dies‹ und ›Sir Harry das‹. Ich bin und bleibe nun einmal Lavinias Neffe.«

»Ja, verstehe.«

»Du hingegen … nun … Obwohl du de facto Lady Mortimer bist, denke ich, dass sich die Leute unten dir gegenüber freier äußern werden. Ich könnte in der Zwischenzeit mit Reggie und Claudia sprechen.«

»Ja, das klingt sinnvoll. Und was noch?«

»Wir müssen mit dem Gärtner und seiner … *Crew* reden, hm?«, fragte Harry grinsend. »Mal sehen, ob einem von ihnen etwas Seltsames an unserem Freund Coates aufgefallen ist.«

Hierüber musste Kat lachen und hatte sogleich ein schlechtes Gewissen. *Heute Abend ist hier ein Mann gestorben.*

»Und was unsere Chancen betrifft, irgendwas über den flüchtigen zweiten Mann zu erfahren? Die schätze ich gering bis nicht vorhanden ein, zumal wir keine Beschreibung von ihm haben.«

Kat nickte. »Wenigstens können wir herausfinden, ob jemand aus dem Haus darin verwickelt war.«

»Hm. Und – das ist nur so ein Gefühl – ich fürchte fast, dass es so sein könnte.«

»Demnach ist deine Tante zu Recht besorgt?«

Harry trank noch einen Schluck Whisky. »Das denke ich. Wir sollten es auch sein. Zehntausend Guineas? Bei Gott, solch eine Summe lockt das Schlimmste im Menschen hervor.«

Kat nickte. Der warnende Unterton, der in Harrys Worten mitschwang, entging ihr nicht.

Es könnte gefährlich werden.

»Tja, zumindest mangelt es uns jetzt nicht an Beschäftigung für das Wochenende. Und am Montagmorgen geht es in aller Frühe in unser neues Zuhause.«

»Endlich!«

Sie beobachtete, wie Harry sein Glas leerte.

»Anscheinend bin ich hier fertig. Und ich denke, es ist Zeit, schlafen zu gehen, hm?«

Kat stand auf. Langsam gewöhnte sie sich an den Seidenpyjama mit den leuchtenden Farbwirbeln.

»Na, *das* ist eine hervorragende Idee.«

Und sie ging auf das Bett zu, wobei sie sich eher wie in einem geheimnisvollen Hotel vorkam, nicht wie im Haus von Harrys Verwandten.

9. Die Herrschaft und das Personal

Harry stand am Brunnen in der Kiesauffahrt und schaute zu, wie ein Konvoi von Polizeiwagen wegfuhr.

Beim Anblick des Hauses war schwer zu glauben, welche dramatischen Ereignisse sich hier gestern Abend zugetragen hatten.

Die Leiche war weggebracht, die Beete abgesucht und einiges von dem Schmuck wiedergefunden worden, sodass der einzige Hinweis auf den Raub die Furche im Efeu an der Wand unter dem Fenster war, wo der arme Coates die Pflanzen in seinem Todessturz ausgerissen hatte.

Bevor sie wegfuhren, hatte Sergeant Timms gesagt, dass im ganzen Land wegen Coates' Komplizen Alarm geschlagen und eine Warnung an alle Kanalhäfen ausgesandt worden war.

Falls es sich um Profis handelte, war die Zeit ein entscheidender Faktor – und Harry fürchtete, dass sie bereits zu spät sein könnten.

Er drehte sich um und ging zum Haus zurück. Es würde ein geschäftiger Tag werden.

Kat nahm sich Rührei und Bacon von dem Sideboard im

Esszimmer, schenkte sich Kaffee ein und setzte sich zu Reggie und Claudia an den Tisch.

»Guten Morgen!«, sagte sie.

»Guten Morgen, Kat!«, antwortete Reggie mit einem erstaunlich breiten Strahlen. »Famoses Frühstück – wie immer in Mydworth Manor!«

Verblüffend, dass der Mann erst vor zwölf Stunden jemandem eine Kugel in den Kopf gejagt hat und sich jetzt über – wie heißen die noch? – Kippers hermacht.

Sie sah zu Claudia neben ihm, die sehr matt lächelte und weiter an dem trockenen Toast auf ihrem Teller zupfte. Hatten sie die Geschehnisse stärker erschüttert als ihn?

»Eigentlich hätte ich eine voll besetzte Tafel erwartet«, sagte Kat und blickte sich zu den freien Stühlen um.

»Oh, die sind alle schon früh aufgestanden und ausgeritten«, erklärte Reggie. »Lavinia wollte unbedingt, dass es bei der Planung für heute Vormittag blieb.«

»Verständlich«, sagte Kat. »Aber Sie beide wollten nicht?«

Reggie warf seiner Frau, die noch mit ihrem Toast spielte, einen Blick zu. »Oh, Reiten ist nichts für uns. Wir ziehen den Bentley vor, was, Liebling?«

Claudia nickte und zeigte ein zaghaftes, sehr flüchtiges Lächeln.

Sie zumindest war über die Schießerei noch nicht hinweg.

Dann beugte Reggie sich vor, als wollte er etwas Delikates preisgeben. »Ich denke, Lavinia wollte die Gäste auch aus dem Weg haben, solange die hiesige Gendarmerie das, ähm, Chaos beseitigt.«

»Stimmt, das ist naheliegend«, sagte Kat.

»Guten Morgen allerseits!«, ertönte Harrys Stimme von der Tür. Kat drehte sich zu ihm um. Er schenkte sich einen Tee am Sideboard ein und kam zum Tisch, wo er neben ihr stehen blieb.

»Ich hoffe, ihr konntet ein wenig schlafen«, sagte er zu Reggie und dessen Frau, bevor er einen Schluck Tee trank.

Wie lässig er in dieser prächtigen Umgebung wirkt. Kein bisschen eingeschüchtert. Wie heißt das noch: hochwohlgeboren? Andererseits war dies hier ja auch so viele Jahre sein Zuhause …

»Ein wenig«, antwortete Reggie und legte eine Hand auf den Arm seiner Frau, als müsste er ihr Halt geben.

»Sehr gut«, sagte Harry. »Ich muss dich nämlich um einen Gefallen bitten, Reggie, alter Knabe. Dich auch, Claudia, so leid es mir tut.«

»Schieß los.«

»Tante Lavinia hat mich gebeten, in ihrem Auftrag noch einmal alles durchzugehen. Sozusagen aus erster Hand zu erfahren, was vorgefallen ist – ohne dass die Polizei im Weg steht, falls ihr versteht?«

Reggie stockte. »Nein, so ganz verstehe ich es nicht«, antwortete er mit einem unsicheren Lächeln.

Kat glaubte, eine gewisse Zurückhaltung wahrzunehmen.

»Nun, die Sache ist die«, sagte Harry, senkte die Stimme und blickte sich um, als wollte er sich vergewissern, dass sie nicht belauscht wurden. »Sie ist in Sorge, dass jemand vom Personal irgendwie darin verstrickt sein könnte, und sie denkt, dass ich euch vielleicht helfen kann, euch an irgendwas … Verdächtiges zu erinnern.«

»Ah, verstehe«, sagte Reggie. Dann wandte er sich zu seiner Frau. »Claudia, was meinst du, meine Liebe? Fühlst du dich dem gewachsen?«

»Wenn es hilft, diesen furchtbaren Mann zu fangen. Ja, ich werde mein Bestes tun.«

»Nach dem Frühstück?«, fragte Harry.

»Hervorragend!«, antwortete Reggie. Dann faltete er seine Serviette zusammen und stand auf. Kat sah, dass Claudia zu ihrer halb vollen Teetasse schaute, bevor sie sich ebenfalls erhob.

»Wir sind in unserem Zimmer. Klopf einfach, wenn du so weit bist.«

»Werde ich«, sagte Harry.

Nun zog er einen Zettel aus seiner Tasche und reichte ihn Reggie.

»Oh – ich habe heute Morgen Timms gesehen. Sie haben den Schmuck, den sie gefunden haben, zum Revier mitgenommen, um ihn auf Fingerabdrücke überprüfen zu lassen. Er bat mich, dir diese Liste ihrer Funde zu geben, damit du bestätigst, was fehlt.«

»Ah, guter Mann!«, sagte Reggie und nahm das Blatt entgegen. »Mach ich. Ich brauche das ja auch für die Leute von der Versicherung!«

Kat beobachtete, wie Reggie den Arm seiner Frau umfing und sie aus dem Esszimmer führte, sodass Harry und Kat allein zurückblieben.

»Solltest du mich jemals so hastig von meinem Frühstück wegjagen wie er gerade seine Frau, schlage ich dich, Harry Mortimer.«

»An dem Tag, an dem ich dich ein derart spartanisches Frühstück essen sehe, ertrage ich es mit Fassung.«

Er setzte sich neben sie und stibitzte sich ein Stück Bacon von ihrem Teller.

»Hey! Eine Lady muss essen. Und, falls du es schon vergessen hast – ich bin jetzt eine richtige Lady.« Mit diesen Worten nahm sie ihm das Stück Bacon wieder weg und legte es zurück auf ihren Teller. »Also sei lieber vorsichtig.«

»Ich freue mich jetzt schon«, sagte Harry grinsend.

»Übrigens gefällt mir dein Aufzug. Sehr ... wie nennt man das noch?«

Kat blickte hinab zu der ausgeblichenen Bluse und der weiten Hose, die Lavinias Zofe ihr bereitgelegt hatte.

»Ja, Harry, wie heißt es noch gleich?« Sie fixierte ihn mit einem eiskalten Blick.

»Ähm ... interessant?«, meinte er und konnte sich das Schmunzeln kaum verkneifen. »Ja, das ist es. Sehr ... *interessant.*«

»Pass auf, mein Lieber!«

»Ah, ich glaube, Lavinia hatte früher etwas ganz Ähnliches an, wenn sie im Garten arbeitete.«

Kat drückte einen Finger auf seine Lippen.

»Oh«, sagte Harry und nahm ihre Hand. »Ich soll aufhören, hm?«

»Das würde ich dir dringend raten.«

»Und wie immer befolge ich deinen Rat.«

Er beugte sich vor und küsste sie. »Nun, wie sind deine Pläne für heute Vormittag, Lady Mortimer?«

Kat trank einen Schluck Kaffee. »Während du oben die vornehmen Leute befragst, rede ich unten mit den normalen Menschen.«

»Perfekt«, sagte Harry. »Treffen wir uns zur Elf-Uhr-Pause? Draußen im Garten?«

»Elf-Uhr-Pause? Ähm – und was ist das?«

»Oh, entschuldige. Ein zweites Frühstück am Vormittag, gewöhnlich gegen elf Uhr eingenommen, deshalb ...«

»Als Amerikanerin brauche ich vielleicht ein Wörterbuch für britische Besonderheiten, um mich hier einzuleben.«

Harry lachte. »Die meisten unserer Wörter gleichen sich, wie dir vielleicht schon aufgefallen ist. Also ... Treffen wir uns dann?«

»Abgemacht.«

Er stand auf, neigte sich zu ihr und küsste sie.

»Ich liebe dich – sehr«, sagte er, stibitzte sich wieder das Stück Bacon und ging zur Tür. »Ach, und falls dir nach Gärtnern ist, sag Bescheid. Ich zeige dir, wo die Schubkarre steht.«

»Dafür wirst du bezahlen«, entgegnete Kat.

»Ich kann es nicht erwarten«, hallte seine Stimme aus dem Flur, und er war fort.

Harry klopfte dezent an die Tür von Lord und Lady Tamworth‹ Gästezimmer.

»Herein«, rief Reggie von drinnen.

Harry ging hinein, schloss die Tür hinter sich und blickte sich im Zimmer um. Es war eines der größeren Gästezimmer mit einem breiten Doppelbett, zwei hohen Fenstern, Sofa, Tisch und Waschkommode. Eine Seitentür führte ins Ankleidezimmer.

Reggie stand am Fenster, und Claudia, die immer noch blass wirkte, saß auf dem Sofa.

»Sehr freundlich, dass ihr dem hier zustimmt«, sagte Harry. »Dieser Rahmen ist ein wenig angenehmer, nicht? Und ich mache mir keine Notizen!«

»Wohl wahr«, stimmte Reggie zu, der die Hände auf dem Rücken verschränkte. »Übrigens ist es wunderbar, dich wiederzusehen, lieber Junge. Es muss Jahre her sein!«

»Mindestens zehn«, sagte Harry. »Kurz nachdem es vorbei war, hm?«

Reggie nickte.

Was genau sein Cousin während des Krieges gemacht hatte, wusste Harry nicht. Jedenfalls kam er ihm nicht wie ein Kämpfertyp vor.

»Und sieh dich jetzt an!«, fuhr Reggie fort. »Wie ich

höre, bist du beim Außenministerium. Ein ziemlicher Aufstieg!«

»Oh, da wäre ich mir nicht so sicher. Ich arbeite dort nur wenige Tage die Woche als Berater.«

»Wir *müssen* uns mal unterhalten«, sagte Reggie und neigte sich verschwörerisch vor. »Dann erzählst du mir mal, was so in Fernost los ist, hm? Du verstehst, was ich meine? Immerhin habe ich Geld in Malaysia angelegt. Und aus der Gegend wird man schwer schlau.«

»Malaysia? Ist nicht mein Fachgebiet, Reggie«, sagte Harry, den Reggies direkte Bitte überraschte. »Tut mir leid, alter Knabe.«

»Ach nicht?« Reggie sah enttäuscht aus. »Ah, na gut.«

Harry beobachtete, wie er quer durchs Zimmer ging und sich die Stirn rieb.

»Wie können wir dir helfen?«, brach Claudia das Schweigen.

Sie klang matt und erschöpft. Aber sie kommt zum Punkt, dachte Harry.

»Richtig, ja, ihr werdet sicher Lavinias Sorge verstehen – was das Personal betrifft.«

»Vollkommen«, antwortete Reggie, der sich wieder ihm zuwandte. »Frag nur, mein Junge.«

»Nun, als Erstes: Sind hier Bedienstete im Haus, denen ihr früher schon begegnet seid?«

»Nicht eine Seele«, sagte Reggie und sah zu Claudia, die nickte.

»Also kann es nicht um einen alten Groll gehen?«

»Herr im Himmel, nein.«

»Und ihr habt seit eurer Ankunft nicht bemerkt, dass sich jemand verdächtig benahm?«

Wieder wechselte das Paar einen Blick, und Reggie

antwortete: »Na ja, hm, nicht unbedingt *verdächtig*, aber heute Morgen fiel mir etwas wieder ein.«

»Und was?«

»Dieser Bursche … Coates? Er hatte dem Diener mit unserem Gepäck geholfen.«

»Hm, interessant«, sagte Harry. »Dann war er hier oben in euren Räumen und hat gesehen, wohin alles gebracht wurde?«

»Ich glaube, ja.«

»Und beim Auspacken?«

»Nein, ich habe selbst später ausgepackt«, sagte Claudia. »Das Hausmädchen – das jüngere – hat mir geholfen.«

Harry nickte. »Ihr selbst habt keine Bediensteten mitgebracht?«

Abermals sahen die beiden sich an.

»Äh, nein«, sagte Reggie. »Wir sind im Moment ein wenig knapp. Ich bin auf der Suche nach einem neuen Kammerdiener – ist verteufelt schwer, dieser Tage gute Leute zu finden.«

»Und wir mussten meine Zofe entlassen«, ergänzte Claudia. »Erst letzte Woche.«

»Ach ja? Aber das hat hoffentlich nichts mit dem jetzt erfolgten Diebstahl zu tun, oder?«, fragte Harry.

»Äh, nein«, antwortete Reggie.

Harry wartete auf eine Erklärung, die nicht kam.

Interessant. Einen Bediensteten zu verlieren ist ein Problem, aber zwei … Das kommt einer Katastrophe gleich.

»Was ist mit diesem jungen Hausmädchen, das dir nach eurer Ankunft geholfen hat, Claudia? Hältst du sie für vertrauenswürdig?«

»Nun ja, ich kenne sie kaum, aber, doch, sie schien mir ein anständiges Mädchen zu sein. Wie heißt sie noch? Jenny, glaube ich. Höflich und hilfsbereit.«

»Und könnte sie gesehen haben, wo dein Schmuck war?«

Harry beobachtete sie aufmerksam. Ein Ausdruck von Nervosität huschte über Claudias Züge.

»Na ja … ich …«

»Hat sie, Claudia?«, fragte Reggie.

»Ich möchte nicht, dass sie Schwierigkeiten bekommt«, antwortete Claudia. »Aber möglich wäre es.«

»Du liebe Güte«, sagte Reggie. »Ich wusste doch, dass wir alles in dem Safe des Butlers hätten verschließen sollen, gleich bei unserer Ankunft.«

»Warum habt ihr es nicht getan?«, fragte Harry.

»Es war meine Schuld. Ich bin früh nach unten zu den Drinks gegangen, war abgelenkt. Und ich hatte ja keinen Kammerdiener, der mich daran erinnern konnte. Ich hatte mich auf einen Cocktail gefreut, alle zu sehen, mich zu unterhalten, du weißt schon.«

Harry nickte. *Leute treffen, aber den Schmuck nicht wegschließen …* Etwas stimmt hier nicht, dachte Harry. Aber was?

Kat saß Mrs Woodfine im Büro der Haushälterin gegenüber, trank ihre dritte Tasse Tee heute Morgen und hatte ihr Notizbuch aufgeschlagen vor sich auf dem Tisch. Durch die Glasscheiben hinter der Haushälterin konnte Kat in die Küche sehen, wo der Koch und die Küchenhilfen mit den Vorbereitungen fürs Mittagessen beschäftigt waren.

Mrs Woodfine schien nichts dagegen zu haben, mit Kat zu reden, konnte ihr bisher jedoch wenig Nützliches erzählen.

Anscheinend war Coates selten im Haus gewesen, sondern hatte die meiste Zeit allein in seinem kleinen Zimmer über dem Stall verbracht. Und wenn überhaupt, hatte er wenig zu seinen vorherigen Stellungen oder seiner Herkunft gesagt.

»Demnach konnten Sie sich kaum ein Bild von dem Mann machen?«, fragte Kat.

»Oh, das habe ich so nicht gesagt.«

Kat neigte sich interessiert vor. »Fahren Sie bitte fort.«

Mrs Woodfine schaute sich über die Schulter um, als könnte das Küchenpersonal sie belauschen. »Er hatte diese Art an sich, verstehen Sie? So ein überhebliches Auftreten.«

»Hm, nicht sehr angenehm also?«

»Genau. Ich meine, ich möchte ungern schlecht über einen Toten reden, aber …«

Kat neigte sich weiter vor.

»Er hat sich Freiheiten bei den Hausmädchen herausgenommen. Und dann diese Uniform! Die Lederstiefel, die Handschuhe, Sie wissen schon. Er hat sich Lady Lavinias *Chauffeur* genannt, also wirklich.«

»Ein bisschen anmaßend, für einen Fahrer, was?«

»Anmaßend, ja, das ist der richtige Ausdruck.« Die Haushälterin senkte ihre Stimme. »Bat sogar um eine Lohnerhöhung!«

»Wirklich?«

»Er war kaum einen Monat hier, und schon war die Bezahlung nicht mehr gut genug? Ich bitte Sie!«

Kat machte sich eine Notiz und sah, wie die Haushälterin besorgt auf die Buchseiten blickte.

»Keine Bange, Mrs Woodfine«, sagte Kat. »Es ist alles vertraulich. Doch es könnte helfen, den Mann zu finden, der mit dem restlichen Schmuck entkommen konnte.«

»Oh, das hoffe ich sehr.«

»Erinnern Sie sich sonst noch an etwas Mr Coates betreffend?«

»Nun ja, wenn wir Gäste hatten, wurde er auch gern ein wenig zu *vertraut* mit den Damen.«

»Hm. Und wie genau hat er das angestellt? Wissen Sie das noch?«

»Ach, mit Kleinigkeiten«, antwortete Mrs Woodfine. »Hat mit dem Gepäck geholfen, den Wagen besonders gründlich geputzt, solche Dinge. Ihnen angeboten, sie in den Ort zu fahren, ihre Einkäufe für sie zu tragen. Aufmerksamkeiten dieser Art, verstehen Sie?«

»Dann war er bei den weiblichen Gästen beliebt?«

»Oh, bei einigen durchaus. Er war ja auch hinreichend gut aussehend.«

»Wie sah es beim Personal aus? Hat er eine Liebste hier gehabt? Jemand Besonderes?«

»Sie kennen doch sicher die Regel ihrer Ladyschaft. Es ist eindeutig nicht erlaubt. Ganz und gar nicht erlaubt.«

Kat nickte, obgleich sie die Regeln in englischen Herrenhäusern wahrlich nicht kannte.

»Ja, das verstehe ich, doch wir alle wissen, dass es vorkommt, Mrs Woodfine. Die menschliche Natur, nicht?«

»Hm, mag sein.«

Kat erkannte, dass die Haushälterin ihr etwas zu sagen hatte. Etwas Wichtiges.

Aber dazu brauchte sie noch einen Stups. *Zeit, auf Risiko zu gehen.*

»Tja, ich denke, wir wissen inzwischen alle, Mrs Woodfine, dass Coates ein schlimmer Finger war«, sagte Kat. »Und charmant obendrein, wie es sich anhört. Sie und ich sind erfahren genug, um solche Männer zu durchschauen. Aber ein junges Mädchen? Ein Mädchen wie Jenny? Die lassen sich leicht täuschen nicht?«

»Oh!« Mrs Woodfine sah erschrocken aus. »Dann wissen Sie schon von ihr?«

Kat nickte. *Es hat gewirkt.*

»Was für ein dummes Mädchen sie doch ist. Ich habe ihr gesagt, dass sie sich nicht mit ihm einlassen soll. Ich hatte sie gewarnt.«

»Aber sie hat nicht auf Sie gehört?«

»Zum einen Ohr rein, zum anderen wieder raus.«

»Wann hat es angefangen?«

»Kaum ein oder zwei Wochen, nachdem Coates hier zu arbeiten begonnen hatte. Bis dahin war Jenny eher dem Hilfsgärtner zugetan gewesen. Ein netter Bursche aus dem Ort. Er ist ganz niedergeschlagen deswegen.«

»Folglich haben Sie Coates und Jenny häufig zusammen gesehen?«

»Sie haben versucht, es vor Mr Benton und mir zu verbergen, aber ich habe es bemerkt! Dauernd steckten sie die Köpfe zusammen, haben miteinander geflüstert und dergleichen«, sagte Mrs Woodfine und stockte, als hätte sie eben bemerkt, was sie sagte. »Oh nein, was rede ich nur? Der Mann ist tot!«

Ja, was? Kat wusste nun, mit wem sie als Nächstes reden musste. »Ist Jenny heute Vormittag hier?«, fragte sie. »Ich habe sie noch nicht gesehen.«

»Es ist ihr freier Tag«, antwortete Mrs Woodfine. »Was unter den gegebenen Umständen auch gut so ist. Sie wird bei ihrer Mutter im Ort sein, vermute ich.«

»Ah«, sagte Kat. »Macht nichts. Ich spreche morgen mit ihr.«

Kat hatte keineswegs vor, bis morgen zu warten. Sobald sie sich mit Harry besprochen hatte, wäre der nächste Halt Mydworth. *Falls Coates Hilfe aus dem Haus gehabt hat, ist Jenny nun eine der Hauptverdächtigen.*

10. Geheimnisse werden gelüftet

Harry hielt den Webley-Revolver, und die Waffe wog schwer in seiner Hand. *Auch schwer von Erinnerungen.* Als er 1917 zu den Feldern von Flandern abhob, hatte er die gleiche Waffe in seinem Halfter gehabt. Bereit, sich zu verteidigen, sollte er eine Bruchlandung hinlegen. *Oder, schlimmer noch, mir selbst das Leben zu nehmen, wäre ich im brennenden Flugzeug abgestürzt. Der Albtraum eines jeden Piloten.*

»Du hast gegen Ende gedient, oder?«, fragte Reggie.

Harry nickte. »Royal Air Force.«

»Wie ich hörte, war es für dich ein ziemlich guter Krieg, Junge«, fuhr Reggie fort und klopfte ihm auf die Schulter. »Du hast überlebt. Wie ich auch. Gut gemacht.«

Ein guter Krieg? So hatte Harry ihn nicht in Erinnerung. Sechs Monate beängstigender Einsätze – dann weitere sechs, um sich von seinen Verletzungen zu erholen, nachdem er abgeschossen worden war.

Danach die Verpflichtung zum militärischen Nachrichtendienst – er hatte all seine Kameraden zurücklassen müssen, die an der Front weiterkämpften, während er hinter seinem Schreibtisch saß, Informationen durchging und gefangene Offiziere verhörte.

Er löste die Sicherung des Revolvers, um nach der

Trommel zu schauen – obwohl ihm das Gewicht bereits verriet, dass sie vollständig geladen war.

»Hältst du ihn immer geladen?«, fragte er.

»Lieber auf Nummer sicher gehen, nicht?«, sagte Reggie.

Harry wickelte den Revolver wieder in das Tuch ein und gab ihn Reggie, der ihn zum Nachtschrank brachte und dort in die oberste Schublade legte.

»Nur aus reiner Neugier – könntest du mir zeigen, wo du genau warst, als du geschossen hast?«, fragte Harry. »Du musst schnell gewesen sein.« *Vielleicht macht Reggies Eitelkeit ihn gesprächiger.*

Nun ging Reggie zu der Tür des Ankleidezimmers.

»Mal überlegen – richtig. Ich konnte hören, dass Claudia in Schwierigkeiten steckte«, sagte Reggie und öffnete die Tür. »Also bin ich rein – zackig.«

Harry folgte ihm.

»Natürlich hatte ich meine Waffe schussbereit. Der erste Kerl war schon am Fenster und – wie der Blitz – weg. Ich wusste, dass ich da keinen ordentlichen Schuss hinbekomme ... und ich hatte ja noch nicht richtig begriffen, was vor sich ging.«

Harry wandte sich zu Claudia. »Und wo warst du?«

Sie zögerte merklich. »Oh, das weiß ich nicht genau. Es war alles so furchteinflößend. Vielleicht ... hier?«

Sie wies zur einen Seite des Raumes und sah Reggie an.

»Ja, stimmt«, sagte er. »Ich habe sie gleich da unten liegen sehen. Es war nämlich so, dass Coates sie gestoßen hatte. Ich denke, sie war hingefallen. Und natürlich benommen. Dann ist Coates zum Fenster gerannt.«

Harry schwieg, denn er versuchte, sich alles bildlich vorzustellen. Ihm war bekannt, wie schwer es Zeugen fallen konnte, sich an Einzelheiten zu erinnern.

»Aber du hast den Schmuck gesehen?«, fragte er.

»Und ob ich den gesehen habe! Der Bursche hatte ja eine ganze Handvoll gepackt, und die Taschen quollen ihm auch über!«

»Und da hast du die Warnung gerufen?«, fragte Harry.

»Ja! Der verdammte Narr hat nicht auf mich gehört, obwohl ich eine Waffe in der Hand hatte. Ist aus dem Fenster geklettert … hat sich umgedreht …«

»Und du hast geschossen.«

»Direkt zwischen die Augen gezielt!«, sagte Reggie. »Musste ich ja – verfluchter Dieb!«

Harry überschlug die Entfernung. Sechs Meter.

»Ungefähr von hier?«, fragte Harry.

Reggie nickte. »Guter Schuss, hä?«

»Extrem gut«, pflichtete Harry ihm bei. Und drehte sich zu Claudia. »Wo wurde der Schmuck aufbewahrt?«

Er beobachtete, wie sie zu einer kleinen Truhe ging, die gerade eben noch unter einem großen Kleiderschrank zu sehen war. Die zog sie hervor und öffnete sie.

Harry konnte sehen, dass die Truhe leer war.

»Ich frage mich …«, sagte Harry. »Wussten die beiden Männer, wo der Schmuck versteckt war? Ich meine, sind sie direkt zu der Truhe gegangen?«

»Weiß ich nicht«, antwortete Claudia. »Es ist ja so, dass ich reinkam, und da waren sie bereits hier.«

»Und hatten die Truhe geöffnet?«

»Ja, auf dem Tisch dort. Ich glaube, sie haben den Schmuck untereinander aufgeteilt.«

»Und was war, als du hereingekommen bist?«

»Der Größere … hat mich gepackt. Mir den Mund zugehalten und mich umgeworfen.«

»Hat einer von ihnen etwas gesagt?«, fragte Harry. »Irgendwas?«

»Ich glaube, er hat … Also der Größere hat gesagt: ›Halt den Mund, sonst …‹ Etwas in der Art? Ich stehe immer noch unter Schock. Es ist nicht leicht, mich richtig zu erinnern.«

»Das verstehe ich. Aber all das ist sehr hilfreich. Ich vermute, du erinnerst dich nicht an seinen Akzent?«

Er sah ihr an, dass sie angestrengt nachdachte, und plötzlich leuchteten ihre Augen auf. »Doch! Der klang sehr nach London. Ich meine, nach East End.«

»Keine gebildete Ausdrucksweise?«

»Nein, nein, gar nicht. Eher grob. Schroff. Entsetzlich.«

Harry schaute zu, wie sie schwankte und ihr ein Schluchzen entfuhr.

»Ist ja gut, meine Liebe«, sagte Reggie, ging auf sie zu und nahm sie in die Arme.

»Oh, Reggie! Wärst du nicht gekommen … Ich wage nicht daran zu denken, was sie mit mir getan hätten!«

»Keine Angst, meine Liebe! Bei mir bist du immer sicher!«

Reggie blickte hinüber zu Harry, als wäre er froh, dass er in seiner Beschützerrolle wahrgenommen wurde. Für Harry indes war dies alles ein wenig zu inszeniert.

»Ich würde sagen, alter Knabe, das reicht für jetzt, einverstanden?«, fragte Reggie.

Harry nickte.

»Natürlich«, antwortete Harry. »Was wir besprochen haben, hat schon sehr geholfen. Es muss schaurig für euch gewesen, alles noch einmal zu durchleben. Also … vielen Dank!«

Reggie bejahte stumm. Harry ging zur Tür, dann hinaus auf den Korridor, wo er stehen blieb.

Er nahm an, dass er vorerst alles hatte, was er brauchte.

Und er war allemal schlauer als beim Frühstück.

Der zweite Mann ist nicht aus dieser Gegend. Reggie ist ein ausgesprochen guter Schütze. Immerhin hat er nur Sekunden für den tödlichen Schuss gehabt.

Und da war noch etwas. Eher ein Gefühl als eine Tatsache.

Sowohl Lord als auch Lady Tamworth logen. Die Frage war nur, in welchem Punkt?

Kat saß auf einer Schaukel seitlich vom Haus, trank Kaffee und genoss den warmen Sonnenschein, während sie sanft hin- und herschwang.

Von ihrem Platz aus konnte sie die Weiden sehen, über die sie den Abend zuvor gewandert war. Und durch die Bäume zur anderen Seite war der Kirchturm von Mydworth auszumachen.

Der Ort selbst war anscheinend nur eine halbe Meile entfernt.

Wie oft hatte sie sich ihr erstes Wochenende in Mydworth ausgemalt? Gemütliches Schlendern durch den Ort, die kleinen Läden erkunden, Lunch mit Harry in einem Pub am Fluss, ein geruhsamer Nachmittag im Garten, an dem sie Pläne für die gemeinsame Zukunft schmiedeten, danach vielleicht ein Dinner in einem Restaurant.

Stattdessen plante sie hier einen Ausflug, um eine Verdächtige in einem Juwelenraub zu befragen! Es gab keinen Zweifel, welche von beiden Varianten sie vorzog. Und da war noch etwas, das sie umtrieb: *sieben Schüsse.* Sie hatte eindeutig sieben Schüsse gehört, keine sechs. Von hinten legten sich zwei warme Hände über ihre Augen.

Harry.

»Einen Penny für deine Gedanken«, sagte er.

»Ich habe über die Schüsse nachgedacht.«

»Komisch.« Harry setzte sich zu ihr auf die Schaukel und legte einen Arm um sie. »An die dachte ich auch.«

»Du zuerst«, sagte sie.

»Reggie und Claudia. Eben habe ich mit ihnen gesprochen, und ich habe das seltsame Gefühl, dass sie etwas verschweigen. Nein, ich bin mir sogar sicher.«

»Aber warum? Sie sind die Opfer.«

»Stimmt, sind sie. Aber … ich nehme Reggie seine Version der Schießerei nicht ab.«

»Und da wäre der zusätzliche Schuss.«

»Eben«, sagte Harry. »Du hast gesagt, dass es eine lange Pause zwischen dem ersten Schuss und den anderen gab.«

»Richtig.«

»Deshalb frage ich mich, ob Reggie den Täter vielleicht doch nicht gewarnt hatte. Ob er direkt auf Coates gefeuert hat.«

»Warum sollte er?«

»Aus Wut«, sagte Harry. »In der Hitze des Moments. Es könnte sein.«

»Und jetzt will er es vertuschen?«

»Claudia auch. Falls es wahr ist – ist es eine üble Geschichte. Die Polizei mag es noch nicht rausbekommen haben, aber wenn sie es tut, sitzt Reggie richtig in der Patsche. Ihm droht eine Anklage.«

»Ja, das ist wahrscheinlich.«

»Es könnte natürlich sein, dass er gesteht – aber ich kann mir nicht vorstellen, dass Reggie das tut. Wie wäre es, wenn wir versuchen, so viel wie möglich über diesen Raub herauszufinden? Was hast du in Erfahrung gebracht?«

Und so saßen sie auf der Schaukel, tranken Kaffee, und Kat erzählte ihm von Coates' Ruf und von Jenny, dem Hausmädchen.

»Wie es klingt, ist Jenny der Schlüssel«, sagte Harry, nachdem er Kat von der Schmucktruhe erzählt hatte.

»Vielleicht wusste sie von dem Raub. War sie seine Komplizin? Das würde einen Sinn ergeben! Willst du sie besuchen?«

»Das habe ich vor. Aber ich denke auch, dass wir uns mal Coates' Zimmer über dem Stall ansehen sollten.«

»Gute Idee. Ich kann es machen, solange du im Ort bist«, sagte Harry. »Aber, um ehrlich zu sein …«

»Und ihr Engländer seid immer *so* ehrlich!«

»Du hast mir heute Morgen gefehlt. Es ist schließlich unser erster Tag in der alten Heimat.«

»Du mir auch«, sagte Kat. »Wollen wir es zusammen machen?«

»Wie zwei Cops in einem Krimi, hm?«

»Solange ich die Erbarmungslosere sein darf.«

»Ach, du hast den ganzen Spaß?« Harry stand lachend auf, sodass die Schaukel ins Wackeln geriet. »Worauf warten wir?« *Kann ein Mann mehr Glück haben, als mit Kat Reilly verheiratet zu sein?*

11. Der Hilfsgärtner

Kat sah Harry lächelnd den Kopf schütteln, als sie aus dem kleinen Gewächshaus hinter dem Herrenhaus kamen.

Der Gärtner, Mr Grayer, hatte keinerlei Hemmungen gehabt, Harry innig zu umarmen. Zwischen den beiden gab es schon mal keine Förmlichkeiten.

Ich mag ihn, dachte Kat.

Auf dem Weg zu den Stallungen sah Harry hinüber zu der Stelle, wo sie laut Grayer den Hilfsgärtner Huntley bei der Reparatur des alten Traktors finden würden, den er wieder zum Laufen bringen wollte.

»Grayer? Ich kann dir sagen, der ließ mich alles Mögliche machen, als ich noch ein Kind war. Ich weiß mehr über Mulchen und Ausschnitt als jeder durchschnittliche Adlige in diesem Königreich, so viel steht fest.«

Grayer hatte indes nichts zu Coates zu sagen gehabt, hatte er den doch lediglich am Steuer von Lavinias Automobil gesehen.

»Er wirkte auf jeden Fall froh, dass du zurück bist«, sagte Kat.

»Ich weiß! Er ist inzwischen in einem Alter, in dem er eigentlich aufhören könnte zu arbeiten, und meine Tante würde für ihn sorgen. Aber ich bezweifle, dass er jemals in den Ruhestand gehen wird.«

Als sie sich den Ställen näherten, sah Kat einige Wagen, die in einer Reihe parkten, einschließlich einer silbernen Limousine, die so ziemlich das größte Automobil sein dürfte, das Kat jemals gesehen hatte.

»Hey, ist das Reggies und Claudias Wagen? Wow!«

»Ja, ein Bentley. Neuestes Modell. Hm …«

»Was?«

»Was meinst du mit ›Was?‹?«

»Ich glaube, ich habe eben ein ›Hm‹ gehört.«

»Hast du.« Harry blieb bei dem Bentley stehen. »Solch ein Automobil ist nicht billig.«

»Kann ich mir vorstellen.«

»Und, na ja, normalerweise reist man in solch einem Gefährt mit Fahrer.«

»Aber sie haben überhaupt kein Personal mitgebracht?«

»Stimmt.«

»Sie haben gesagt, dass sie Mühe haben, Leute zu finden.«

»Zofe, Kammerdiener und jetzt auch noch der Fahrer? Das sind eine Menge Personalprobleme.«

»Denkst du, da stimmt etwas nicht?«

»Weiß ich nicht, Kat. Es könnte auch nichts weiter sein. Doch es kommt einem ein wenig, nun ja, eigenartig vor, nicht? Wie dem auch sei, hören wir uns an, was der Gärtnergehilfe von dem verstorbenen Mr Coates hielt.«

»Hallo?«, rief Harry, der nur ein Beinpaar unter einem kleinen Traktor hervorlugen sah.

Gegenwärtig war der Stall leer, da sämtliche von Lavinias Pferden mit den Gästen unterwegs waren. Harry nahm an, dass sie noch einige zusätzliche Tiere hatte herbringen lassen, um genug für die Wochenendgesellschaft bereitzuhalten.

Er wartete mit Kat an seiner Seite. Sonnenstrahlen fielen durch die hohen Fenster herein, in deren Licht Staubflocken tanzten.

Schließlich rutschte Huntley unter dem Traktor hervor, einen Schraubenzieher in einer, einen Schraubenschlüssel in der anderen Hand.

»Ja?«

Harry blickte kurz zu Kat, dann lächelnd zu dem Mann. »Ich bin Lady Lavinias Neffe. Dürften wir uns kurz mit Ihnen unterhalten?«

Für einen Moment rührte der Mann sich nicht, als müsste er sich die Bitte erst einmal durch den Kopf gehen lassen.

Wahrscheinlich ist er gerade mitten in einer komplizierten Motorreparatur, dachte Harry.

Dann legte Huntley seine Werkzeuge hin und richtete sich auf.

»Harry Mortimer«, stellte Harry sich vor und reichte ihm die Hand. Huntley wischte seine ölgeschwärzten Hände vorn an seinem Overall ab und schüttelte Harrys Hand. »Meine Frau, Lady Mortimer.«

Huntley schien verwirrt. Lag es an dem Handschlag? Der entsprach, mit dem Personal ausgetauscht, nicht unbedingt der Etikette. Oder war es, weil Harry das »Sir« beim Vorstellen ausgelassen hatte? Gefolgt von dem »Lady Mortimer«, an das sich vermutlich selbst Kat noch gewöhnen musste.

»W-wie kann ich Ihnen helfen?«, fragte Huntley. »Ich versuche, dieses alte Ding zum Laufen zu bringen.«

»Sind Sie auch Mechaniker?«

»Nicht offiziell«, antwortete Huntley achselzuckend.

»Aber ich tue, was ich kann. Obwohl ich sagen würde, dieser Traktor hat es hinter sich.«

Harry nickte und holte Luft.

»Nun, wir würden gern mit Ihnen über Alfred Coates sprechen.« Nach einer kurzen Pause fügte er an: »Den Mann, der gestern Abend erschossen wurde.«

Und nun … verstummte Huntley.

Als Harry zu sprechen begonnen hatte, war Kat ein Gedanke gekommen. Der zweite Mann, Coates' Komplize, könnte irgendjemand sein. Sogar dieser Bursche hier.

Sie bemerkte, dass Harry seine Fragen eher beiläufig formulierte.

»Sie haben Coates doch gekannt, oder?«

Ein Nicken. »Habe ich. Ich meine, er war der Fahrer. Manchmal hat er Hilfe mit dem Automobil gebraucht. Er saß gern hinterm Steuer – aber er hatte keinen Schimmer von der Technik.«

Seinem Tonfall war deutlich zu entnehmen, dass er Alfred Coates nicht gemocht hatte.

»Verstehe … Ich frage mich«, sagte Harry, »ob Coates sich jemals verdächtig geäußert – oder benommen – hat. Haben Sie vielleicht mal etwas gesehen, das Sie stutzig machte, was den Mann anging?«

Ein rasches Kopfschütteln. Dann aber war es, als würde Huntley innehalten. »Augenblick mal. Da war eine Sache. Er hat sich immer Zeit mit den Damen genommen, verstehen Sie? Einer von diesen Typen. Und das gleich von seinem ersten Tag an – die ganze Zeit.« Huntley rieb sich das Kinn. »Hat mir nicht gefallen.«

Kat erkannte eine Chance, das Gespräch in eine andere Richtung zu lenken.

»Was ist mit dem Hausmädchen, dieser Jenny? Haben Sie die beiden mal zusammen gesehen?«

Hierauf fühlte Kat sogar aus einigen Schritten Entfernung, wie Huntley erstarrte. Und die Fäuste ballte.

»Oh ja. Da hat er nicht getrödelt.«

Kat bemerkte, dass Harry auf weitere Fragen von ihr wartete. Und trotz der Umstände und der offensichtlichen Wut des Mannes, dachte sie unwillkürlich: Mit Harry zusammen macht das ziemlichen Spaß. »Waren Sie … mit Jenny befreundet? Ich meine, bevor Coates hier anfing?«

Huntley kratzte sich an der Stirn und sah aus, als hielte er Kats Worte für eine Fangfrage. Er atmete tief durch die Nase ein.

Da habe ich einen Nerv getroffen, dachte Kat.

»Bevor er herkam, haben Jenny und ich uns gut verstanden. Wir mochten uns, wissen Sie? Haben über Sachen geredet.«

»Über Sachen geredet?«

Huntley nickte. »Was wir vielleicht mal machen wollen. Dass sie irgendwann nicht mehr Dienstmädchen ist, dass ich mir etwas Eigenes zulege – einen kleinen Hof.«

Kat empfand Mitleid mit dem Mann.

»Also haben Sie und Jenny gemeinsam Pläne geschmiedet?«

»Na ja, irgendwie schon. Einen Schritt nach dem anderen. Aber dann … *dann* …« Wieder ballte er die Fäuste. »Kreuzte dieser Mistkerl hier auf. Und das war es dann.« Huntley fing sich. »Verzeihung, Mylady.«

Kat sah zu Harry.

Sie vermutete, dass ihr Ehemann dasselbe dachte wie sie: Dieser Mann war kein Komplize.

Allerdings war auch offensichtlich, dass sich Huntley und Coates nicht grün gewesen waren.

Sekundenlang herrschte Stille, ehe Harry, der abgewartet

hatte, bis sich der Mann beruhigt hatte, sehr gefasst fragte: »Wissen Sie von jemandem, der mit Coates befreundet war? Vielleicht jemandem, der ihm geholfen haben könnte – bei dem Juwelendiebstahl?«

Doch Huntley schüttelte den Kopf. »Mir kam es vor, als hätte er – abgesehen von Jenny – zu niemandem näher Kontakt gehabt. Viele Freunde hatte der nicht. Jedenfalls nicht hier auf dem Anwesen.«

»Nun, wir suchen nach einem Hinweis zu diesem *anderen* Mann, der Coates geholfen hat, anscheinend durch den Garten weggelaufen ist und in der Dunkelheit …«

Aber Huntley schüttelte bereits wieder den Kopf. »Kann nicht sein.«

Harry hielt inne, also sprang Kat ein. »Was kann nicht sein, Mr Huntley?«

»Mr Grayer hat gesagt, dass ich nach dem Garten sehen soll, den Blumenbeeten uns so, weil jemand da durchgelaufen ist. Da müssten die übel zugerichtet sein.«

»Und?«, fragte sie.

»Keiner ist durch die Beete gelaufen, Mylady. Ich habe sie alle gleich heute Morgen durchgesehen. Wenn da einer durchtrampelt, Blumen platt drückt und große Fußspuren hinterlässt, sieht man das. Aber da war nix. Überhaupt nix, glauben Sie mir.«

Kat sah Harry an. *Das ergibt nun gar keinen Sinn.*

Harry lächelte sie an und wandte sich wieder Huntley zu. »Und falls derjenige in die andere Richtung gelaufen ist, um das Haus herum?«

»Nicht durch die Blumenbeete, meinen Sie?« Huntley rieb sich das Kinn. »Hm, tja, möglich wäre es, schätze ich. Er könnte sich auch zurück ins Haus geschlichen haben.«

Kat beobachtete, wie Huntley nachdachte, was das heißen könnte.

»Vielen Dank für die Informationen, die Sie uns gegeben haben, Mr Huntley«, sagte Harry. »Gewiss müssen Sie jetzt weiter an dem Traktor arbeiten.«

Huntley schaute sich nach dem Gefährt um. »Wie viel das noch nützt, weiß ich nicht, Sir.«

Harry nickte. »Ich bin sicher, dass Sie Ihr Bestes tun. Eines noch. Coates hatte ein Zimmer hier, nicht wahr?«

Huntley nickte. »Ja. Gehen Sie raus und dann nach hinten. Da ist eine Treppe nach oben zu seinem Zimmer. Direkt über dem Stall.«

»Danke! Wir sehen uns dort mal um.« Er drehte sich zu Kat. »Na gut. Und, Mr Huntley, sollte Ihnen noch etwas einfallen, das von Nutzen sein könnte, geben Sie uns bitte Bescheid, ja?«

Huntley nickte, und die beiden gingen aus dem Stall und um ihn herum zu Coates' Zimmer.

12. Weitere Enthüllungen

Das Zimmer war oben an einer schmalen Holztreppe. Wahrscheinlich handelte es sich um einen ehemaligen Lagerraum oder einen Heuboden, der zu einer kleinen Wohnung für den Fahrer umgebaut worden war.

Harry drehte den Türknauf, doch es war abgeschlossen. Er sah zu Kat, die neben ihm auf dem kleinen – und wackligen – Treppenabsatz stand. »Ach schade. Jetzt müssen wir warten, bis Lavinia zurück ist. Sie müsste einen Zweitschlüssel haben.«

Aber Kat grinste. »Harry, haben sie dir denn gar nichts beigebracht, als du durchs Empire gehüpft bist?«

Und so wurde Harry Zeuge, wie Kat an ihren Hinterkopf fasste, wo ihr Haar aufgesteckt war, und … eine schwarze Haarnadel hervorzog. Die bog sie auf und sagte: »Sieh gut hin. Du wirst jetzt etwas *sehr* Praktisches lernen.«

Brav beugte er sich nach unten und beobachtete, wie seine Frau die Haarnadel ins Schlüsselloch steckte und sie hin und her zu bewegen begann.

»Du hast das schon mal gemacht, nehme ich an?«

»Oft!«

»Interessant. Tja, diese Fertigkeit konnte ich mir im

Dienst des diplomatischen Corps Seiner Majestät nicht aneignen.«

»Ach nein? Wie sich herausstellte, musste ich bei meinen Einsätzen recht viele geschlossene Türen überwinden.«

»Mittels typisch amerikanischer Improvisationskunst, hm?«

Es erklang ein Klicken, und die Tür ging auf.

»Das ist wahrlich beeindruckend«, konstatierte Harry.

Sie lächelte. »Ich kann dir eine Menge beibringen, Harry Mortimer.«

»Oh, darauf würde ich wetten«, sagte Harry und ließ ihr den Vortritt.

»Ein recht armseliges Zimmer«, stellte Harry fest, als er sich in dem karg möblierten Raum umschaute: ein Kleiderschrank, eine Kommode, ein Einzelbett, wenige Schränke. In einer Nische sah er ein kleines Waschbecken und einen Gaskocher mit einem einzelnen Kochfeld, auf dem ein Kessel stand. Darüber hingen ein paar Regale mit Dosen und Schraubgläsern. Und an einer Wand stand ein schwarzer Ofen. Harry ging hin und berührte das Metall – noch warm.

Er bemerkte, dass Kat inzwischen zu einer kleinen Kommode gegangen war und die Schubladen öffnete.

Sie begann mit der untersten, die sie durchsuchte, dann überprüfte sie die darüber und schließlich die oberste.

So wie ein Profi ein Zimmer durchsuchen würde, dachte er. Ihm gefiel der Gedanke, dass seine Frau noch eine weitere unerwartete Fähigkeit aufwies.

Kat sprach nicht allzu viel darüber, worin genau ihre

Tätigkeit für die Pass- und Visaabteilung der amerikanischen Botschaft bestanden hatte.

Doch allmählich begann er zu erahnen, dass es mit Pässen eigentlich nicht viel zu tun gehabt hatte.

Allerdings behielten beide bislang die Geheimnisse ihrer jeweiligen Länder für sich. Und Harry war es recht so.

»Einige Kleidung, aber nicht viel«, sagte sie. »Als hätte Coates kaum hier gewohnt.«

Harry dachte darüber nach, ging zum Bett und hob die Überdecke hoch, um unter das Gestell zu sehen.

Aha!

Er zog einen abgewetzten Lederkoffer hervor.

»Vielleicht hatte er schon für seine Flucht gepackt«, sagte er, hievte den Koffer aufs Bett und klappte ihn auf.

Gleichzeitig kam Kat zu ihm, und gemeinsam gingen sie ein zusammengefaltetes Kleidungsstück nach dem anderen durch, bevor sie es sorgsam aufs Bett legten. Viel war es nicht. Hosen, Hemden, Unterwäsche, Schuhe …

Aber alles sehr elegant. Von hoher Qualität. Nur keinerlei Hinweis darauf, wohin Coates gewollt hatte.

»Er wollte mit leichtem Gepäck reisen«, sagte Kat, die eines der Hemden berührte. »Ich tippe auf … warme Gefilde.«

»Würde ich auch sagen.«

Harry drehte den Koffer um – nichts fiel heraus. Dann drehte er ihn wieder zurück und betrachtete die Gepäckaufkleber, die zumeist ausgeblichen und rissig waren, ein paar jedoch noch leserlich.

»Er ist auf jeden Fall in der Welt herumgekommen.«

Er beobachtete, wie Kat die Aufkleber inspizierte. »Paris, St. Moritz, Istanbul, Biarritz. Kein schlechtes Leben. Ich meine, für jemanden, der bloß Chauffeur englischer Adliger ist.«

»Und er hat sich so einen exquisiten Geschmack angeeignet«, sagte Harry, der einen Anhänger vom Koffergriff löste und ihn studierte. »Hotel Negresco«, las er. »Mein Lieblingshotel an der Riviera.«

»Ich kann es nicht erwarten, dass du mit mir hinreist.«

»Oh, das steht eindeutig auf der Liste«, sagte Harry augenzwinkernd.

Nun drehte sie sich um und blickte abermals durchs Zimmer, ließ ihren Blick über sämtliche Oberflächen wandern.

Harry entging nicht, dass sie auf einmal sehr still wurde.

»Was ist, Kat?«

»Weiß ich nicht. Es ist, ähm, nur so ein … Gefühl. Irgendetwas übersehen wir.«

Harry nickte zu dem spartanischen Raum. »Viel mehr gibt es hier nicht zu entdecken, würde ich sagen.«

Kat erwiderte das Nicken, ging indes zu der winzigen Kochnische und musterte die Regale. Während Harry zusah, nahm sie die Dosen und Gläser nach und nach herunter, öffnete sie und schüttete den Inhalt ins Waschbecken.

Trockenmilch. Zucker. Tee.

»Aha«, sagte sie und zog einen zusammengefalteten Umschlag aus dem staubigen Haufen Teeblätter.

Harry gesellte sich zu ihr, als sie den Umschlag vorsichtig öffnete und hineingriff.

»Eine Zugfahrkarte«, sagte sie. »Genauer gesagt, eine Reservierung. Für eine Person. Der Nachtzug von Paris nach Nizza.«

Sie gab Harry die Papiere. »*Le Train Bleu* – nächsten Freitag.«

»Coates allein?«, fragte Harry. »So oder so hatte er offenbar vor, gestern Abend mit den Juwelen hierher zurückzukehren und abzuwarten, bis sich die Dinge beruhigt hatten.«

»Oder bis sie die Überprüfung der Häfen beendet hatten«, ergänzte er nach einem kurzen Moment, faltete die Papiere zusammen und steckte sie ein.

»Schlau«, sagte er. »Das war also kein spontaner Diebstahl.«

Nochmals schaute er sich um und stellte sich Coates vor, der seine letzten Pläne schmiedete. Der Mann war fraglos verschlagen – und peinlich genau. Sehr ordentlich überdies.

Harry kehrte zum Fußende des Bettes zurück. Dort stand ein kleiner Tisch ohne Schubladen, daneben ein winziger Papierkorb. Er sah hinein – leer.

»Weißt du, was fehlt?«, fragte er Kat.

Sie überlegte eine Sekunde … und lächelte. «Papiere«, sagte sie – und beide sahen zum Ofen.

Kat kniete dicht neben Harry vor einem Haufen geschwärzter Asche am Ofen, die sie eben ausgekippt hatten. Coates hatte offensichtlich jede Spur seiner Identität verbrannt, jeden Brief, jede Quittung, alles.

»Siehst du etwas?«, fragte Harry, als Kat behutsam durch die Asche strich und nach irgendwas suchte, das nicht vollständig verbrannt war.

»Nichts«, antwortete sie. Die Asche in ihren Fingern war nichts als Puder. »Er war gründlich.«

Sie sah, wie Harry in den Ofen griff und den unteren Rost herausnahm. Dann krempelte er seinen Ärmel hoch und langte erneut hinein.

»Niemand ist vollkommen«, sagte er und hielt grinsend einen zerknüllten, angesengten Umschlag in der Hand, den er ansah und Kat gab, bevor er sich die Hände an einem Lappen abwischte.

»Adressiert an Coates, hier im Herrenhaus«, sagte er.

Kat sah die Fragmente der Beschriftung auf dem Umschlag an. Nur wenige Buchstaben in Tinte auf versengtem Papier, kaum ausreichend, um eine Handschrift zu entziffern.

Obwohl das »C« von »Coates« auffällig geschwungen war – was Kat sich gleich einprägte. Sie strich den Umschlag glatt und öffnete ihn.

»Und?«

»Leer.«

Harry rückte näher zu ihr. »Darf ich mal sehen?«

Sobald Kat ihm den Umschlag gegeben hatte, drehte er ihn in der Hand hin und her.

»Man kann noch vage einen Poststempel erkennen«, sagte Harry. »Datiert von vor einer Woche. In Salisbury.«

»Ist das weit von hier?«

Harry schüttelte den Kopf. »Ungefähr fünfzig Meilen.«

»Könnte wichtig sein. Es lohnt sich nachzuforschen, welche Verbindung Coates zu dem Ort hat.«

»Stimmt«, bestätigte Harry. »Obwohl der Brief auch irgendwo im Umkreis von circa fünf Meilen von der Stadt aufgegeben worden sein könnte.«

»Aha.«

»Und du wirst feststellen, dass Südengland gesprenkelt ist mit kleinen Orten und Dörfern, von denen teils nicht einmal die Einheimischen je gehört haben.«

Hierüber musste Kat lachen.

»Übrigens, nur nebenbei, Harry, aber nach meinem bisherigen Kontakt mit deinen hiesigen Landsleuten glaube ich fast, dass ich die Einzige bin, die deinen Humor versteht.«

»Ach ja? Dann musst du dringend immer in meiner Nähe bleiben.« Harry gab ihr den Umschlag zurück. »Es wäre ein Jammer, sollten all meine witzigen Bemerkungen vergebens sein.«

Kat schob das verbrannte Papier vorsichtig in den Umschlag mit der Zugfahrkarte und steckte ihn in ihre Hosentasche.

»Außer dem Poststempel verrät es uns also nichts. Aber die Fahrkarte, der Koffer … Du weißt, mit wem wir reden müssen.«

Harry nickte. »Jenny. Ich fürchte jedoch, sie könnte ein bisschen durch den Wind sein.«

»Weiß ich. Und dennoch kann sie Dinge über Coates und über diesen Diebstahl wissen.«

»Unter anderem über seinen Komplizen.«

»Vielleicht war sie sogar selbst diese Komplizin, Harry. Vergessen wir nicht, was Huntley über die Blumenbeete gesagt hat.«

»Richtig. Wenn wir mit ihr gesprochen haben und hoffentlich mehr wissen, sollten meine Tante und ihre Gäste von ihrem Ausritt über Land zurück sein. Oh, und ich hätte noch eine Idee.«

»Ach?«

»Ich habe einen … Freund in London. Er hat Zugriff auf so gut wie alle Dokumente. Zu jedem.«

»Oho, ein *mächtiger* Freund.«

»Wir helfen uns hin und wieder gegenseitig. Lass mich ihn kurz anrufen und hören, was er über Coates in Erfahrung bringen kann.«

»Coates hatte exzellente Referenzen, wie Benton sagte.«

»Die hatte er«, bejahte Harry. »Ich laufe mal schnell zum Haustelefon. Es dauert nur eine Minute.«

»Übrigens hat mir Mrs Woodfine erzählt, dass einige der Hausgäste entschieden haben, morgen abzureisen.«

»Ach ja.«

»Gleich nach dem Frühstück, glaube ich.«

»Hm, das setzt uns ein wenig unter Zeitdruck«, sagte Harry.

»Ja, würde ich auch meinen.«

»Dann legen wir mal los. Ich erledige den Anruf, danach suchen wir Jenny. Außerdem solltest du endlich mal das recht entzückende Mydworth sehen.«

13. Markttag

Da der Alvis noch beim Dower House stand, schlug Harry vor, dass sie zu Fuß in den Ort gingen, anstatt sich von einem der Bediensteten fahren zu lassen. Es war ein herrlicher Tag, warum ihn also nicht auskosten?

Einer von Lavinias weiblichen Gästen hatte Kat ein Sommerkleid und ein Paar Sandalen geliehen, daher stimmte sie mit Freuden zu. Nicht zuletzt, damit Harry aufhörte, Scherze über Gartenarbeit zu machen.

Als sie die lange Kiesauffahrt hinuntergingen, durch den Hain und über das von Eichen getüpfelte offene Weideland, lauschte Kat Harrys Erzählungen von seiner Kindheit hier.

Am Ende der Auffahrt hielten zwei gemauerte Steinpfosten ein weit offenes Tor. Hinter dem Tor fand Kat sich auf einer belebten Straße wieder: Pferdefuhrwerke, junge Burschen mit Handkarren, gehäuft voll mit Ernteerträgen, und hin und wieder ein vorbeituckerndes Automobil.

Kat war sich nicht bewusst gewesen, wie nahe das Anwesen dem eigentlichen Ort war, doch nun sah sie eine Reihe von Häusern direkt an der südlichen Mauer und neben einer imposanten Kirche.

»Hier ist nicht immer so viel los«, erklärte Harry und

nahm ihre Hand, als sie gemeinsam die Straße überquerten. »Heute ist Markttag.«

Kat erkannte die Gastwirtschaft wieder, an der sie erst gestern vorbeigefahren war und die nun voller Gäste war.

»Und gleich da siehst du, was in Mydworth unter Hauptstraße rangiert«, sagte Harry und zeigte grinsend zu der schmalen Kopfsteinpflasterstraße, die sie in dem Alvis hinaufgefahren war. »Wir suchen nach der Hausnummer achtundvierzig. Die müsste links sein.«

Heute Vormittag war hier kein Platz für Automobile. Es wimmelte von Einkaufenden, Arbeitern und spielenden Kindern, und die kleinen Läden hatten alle geöffnet, sodass sich Kat und Harry durch die Menge fädeln mussten.

Bald fanden sie das Haus, nach dem sie gesucht hatten, eingeklemmt zwischen einem Milchladen und einem Schuster. Die Fassadenfarbe blätterte ab, und die Vorhänge in den Fenstern waren vergraut. Kat klopfte an, und sie warteten. Keine Reaktion. Sie klopfte wieder.

Nach einigen Minuten hörte sie, wie ein Riegel zur Seite geschoben wurde, und die Tür ging einen Spalt auf. Eine Frau mit müden, abgekämpften Zügen sah sie an.

Jennys Mutter, schätzte Kat. Vorzeitig gealtert. Viel Arbeit, wenig Freude und vielleicht kein Ehemann in Sicht? Im Krieg gefallen?

Die Frau bat sie nicht herein. Doch obgleich sie zurückhaltend und wortkarg war, erzählte sie ihnen, dass ihre Tochter auf den Markt gegangen war, um Garn zu kaufen.

Kat dankte ihr. Als sie gingen und die Tür beinahe wieder geschlossen war, fragte die Frau leise: »Meine Jenny hat doch keine Schwierigkeiten, oder?«

Die Sorge jeder Mutter.

Lächelnd drehte Kat sich zu ihr um und sagte eventuell nicht ganz so überzeugend, wie es die Mutter gern gehört hätte: »Nein, das denke ich nicht.«

Dann machten sie sich auf den Weg zum Marktplatz.

»Na, das ist ja mal ein Anblick«, sagte Kat, als sie das Ende der schmalen, mit Kopfstein gepflasterten High Street erreichten und am Rande des Marktplatzes standen.

Dieses Bild, das so gar nichts mit dem gemein hatte, was sie aus der Bronx oder den vollen Gassen und Marktständen in Istanbul oder Kairo kannte, war wie einer anderen Epoche entsprungen.

Sie kamen beim Fischhändler mit seinem Fang von Dorsch, Schellfisch und Wolfsbarsch vorbei – wahrscheinlich erst wenige Stunden alt –, der auf schmelzendem Eis lag und von dem Wasser auf das Pflaster tropfte.

An einem anderen Stand hingen große Stücke Rindfleisch, Schweinefleisch, Hühnchen und sogar Enten. Der korpulente Schlachter und sein Sohn, wie es schien, standen inmitten des Gemetzels, die blanken Messer bereit, gewünschte Stücke abzuschneiden und einzuwickeln. Der Mann trug einen Strohhut und eine weiße Schürze voller Blutflecken.

»Dieser Markt hat sich gewiss seit hundert Jahren nicht verändert, oder?«, fragte Kat.

»Das ist nicht anzunehmen, ja. Eigentlich habe ich nie darüber nachgedacht. Landwirte, Fischer aus Littlehampton, regionales Gemüse je nach Saison.«

»Und so viel Kunsthandwerk. Findet dieser Markt jeden Samstag statt?«

»Bei Wind und Wetter. Und in der Vorweihnachtszeit

ist er noch mal ganz besonders, wenn alle Stände geschmückt sind und Frost in der Luft liegt. Dann steht dort drüben in der Ecke ein prächtiger Tannenbaum, es werden Weihnachtslieder gesungen, und im Pub gibt es Glühwein.«

»Glühwein, hm? Das ist mal ein Cocktail, den ich noch nie hatte.«

Harry nahm ihre Hand. »Dann, Lady Mortimer, hast du etwas, worauf du dich freuen darfst.«

»Tue ich jetzt schon.«

Sie blickte sich um und stellte sich diese Sommerszene winterlich verschneit wie aus einem Dickens-Roman vor.

Ein Gebäude am Markt, bei dem es sich um das Gemeindehaus handeln musste, überragte alle anderen mit seinem gen Himmel weisenden Turm. Auf halber Höhe des Turms war eine goldene Uhr angebracht.

Unterdessen war Jenny nirgends zu sehen.

»Glaubst du, wir haben sie verpasst?«, fragte Harry.

»Kann sein. Gehen wir weiter – und ich versuche, mich nicht ablenken zu lassen.«

Kat war noch etwas anderes aufgefallen: Sobald sie den Mund aufmachte, drehten sich die Leute nach ihr um und sahen sie verwundert an.

Das hatte sie nie erlebt, wenn sie an Orten wie Berlin oder Kairo gearbeitet hatte – erst recht nicht in den diplomatischen Kreisen, in denen sie sich bewegt hatte, wo stets alle möglichen Sprachen und Akzente zu hören gewesen waren.

Hier hingegen …

Ihr amerikanischer Akzent mit diesem Hauch der Bronx musste den Leuten sehr fremd sein. Sogar amerikanische Schauspieler in Tonfilmen sprachen zumeist mit einer Art britischem Akzent.

Kat stellte fest: Allein indem ich spreche, kann ich schon für ein wenig Aufruhr sorgen. Und wenn dies hier mein Zuhause sein soll, gehe ich es lieber vorsichtig an.

Sie dachte an den Roman, den sie in ihrem ersten Jahr am College gelesen hatte: *Ein Yankee am Hofe des König Artus.*

Nur wusste Kat eines mit Sicherheit: Ihr Zuhause in der 231st Street in der Bronx war gewiss keine Farm in Connecticut gewesen.

Dann, als sie mit Harry an den Ständen entlangschlenderte und einfach genoss, was es hier zu sehen gab, während sie überlegte, wie sie sich anpassen müsste – sah sie jemanden.

»Harry«, sagte sie und berührte seinen Arm. »Da drüben an dem Stand mit Garn und Wolle, das ist sie.«

»Ja, stimmt.«

Er blickte sie an. Ohne dass sie es aussprechen mussten, wusste Kat, dass Harry es für besser hielt, wenn sie mit dem Mädchen redete.

»Bist du bereit?«

Kat nickte. Nun gingen sie direkt auf Jenny zu, das junge Hausmädchen, das Coates vielleicht geliebt hatte. Und das womöglich Teil seines Plans gewesen war.

14. Die Wahrheit über Alfred Coates

Kat berührte die Schulter des Mädchens. Jenny trug eine Tasche voller Einkäufe vom Markt, und ein grünes Büschel Möhrenkraut lugte oben heraus.

Erschrocken drehte sie sich um.

»Oh! Sir Harry … Mylady … ich, ähm …«

Kat lächelte. »Jenny, mein Mann und ich hatten gehofft, dass wir mit Ihnen reden können.«

Kat bemerkte, wie Jenny sich rasch umblickte. Was eben noch wie eine freundliche, beinahe mittelalterliche Szenerie gewirkt hatte, in der Leute die frischesten Waren einkauften, schien nun finsterer, als hätten sie das junge Mädchen in die Enge getrieben.

Jenny nagte an ihrer Unterlippe. »Reden? Worüber?«

Kat holte tief Luft. »Alfred Coates.« Das Mädchen biss fester zu … »Was Sie vielleicht wissen.«

Hierauf blickte Jenny sich nicht mehr um, sondern direkt zu Kat. Ihre Augen wirkten traurig, resigniert, als wäre nun das Unvermeidliche eingetreten.

»Ja«, sagte sie so leise, dass es fast geflüstert war. »Aber nicht hier. Irgendwo, wo es ruhiger ist.«

Harry trat einen kleinen Schritt näher und senkte die Stimme.

»St. Thomas? Eine der hinteren Bänke dort?«

Natürlich kannte Harry jeden Winkel dieses Dorfes, wurde Kat erneut bewusst. Für sie war alles hier neu – aber nicht für ihn.

Jenny nickte, und als würden sie eine ertappte Schuldige abführen, begleiteten sie Jenny weg von den Standreihen und dem Marktplatz und zurück die Hauptstraße hinauf zur imposanten Kirche, die über dem Ort thronte.

Harry schaute sich in der Kirche um, wo durch die Buntglasscheiben farbiges Licht auf die Bänke und die Kanzel fiel. *Wie viele Predigten habe ich als Junge hier angehört?*

Und obwohl er nicht glaubte, dass ihm die Worte des Pfarrers echten Trost gespendet hatten – nicht in jenen frühen Jahren, als Lavinia ins Herrenhaus gezogen war, um sich um Harry zu kümmern –, schien damals dieser Ort, die Stille, die tiefen Orgelklänge, die Chorstimmen … alles irgendwie besser zu machen.

Er wusste, dass in einer der Seitenkapellen eine Tafel mit wenigen Namen angebracht war. Und die seiner Eltern standen auch dort.

15. April 1912.

Harry hatte es stets gemieden, die Tafel anzusehen.

Rechter Hand entdeckte er etwas Neues. Eine große Marmortafel.

Und oben, in Gold eingraviert, stand: *Im stolzen Andenken an die tapferen Männer von Mydworth, die ihr Leben im Großen Krieg 1914-1918 gaben. Auf dass wir sie nie vergessen.*

So viele Namen in solch einem kleinen Ort. Freunde, die Harry gekannt hatte. Andere nur flüchtige Bekannte. Zu beiden Seiten des Konflikts waren es praktisch Jungen gewesen, die gegeneinander gekämpft hatten. Aber eben nicht auf einem Fußball- oder Cricketfeld.

Sondern in schlammigen, rattenverseuchten Gräben auf den Feldern Flanderns.

Langsam las Harry die Liste der Namen durch, ließ keinen einzigen aus.

Dann drehte er sich zu Kat um, die dicht neben Jenny saß. Die Kirche war leer. Vorn brannte eine Reihe kleiner Kerzen.

Kat nahm sich Zeit. Und Harry erkannte, dass sie gut hierin war. Sicher hatten sie die Jahre geschult, in denen sie eidesstattliche Aussagen für den New Yorker Anwalt aufgenommen hatte. Und vielleicht war es auch, dachte er bei sich, das Ergebnis ihrer mysteriösen Arbeit für das Außenministerium …

Fürs Erste hörte Harry nur zu.

»Jenny …«

Harry sah, wie Kat zögerte, den geflüsterten Namen in der Luft schweben ließ.

»Wir wissen das von Ihnen und Alfred.«

Die Unterlippe des Mädchens bebte leicht. »Sie wissen. Von …?«

»Dass Sie und Alfred sich nahestanden, sich vielleicht sogar«, hier legte Kat ihre Hand auf Jennys, »geliebt haben.«

Jenny nickte nur. »I-ich bekomme keine Schwierigkeiten, oder? Ich meine, werde ich von der Polizei verhört?«

Das hängt ganz davon ab, was genau Jenny in den nächsten Minuten sagt oder enthüllt, dachte Harry.

Kats Antwort war perfekt: »Wir sind nicht die Polizei, Jenny. Wir möchten nur Lady Lavinia helfen und erfahren, was genau geschehen ist. Das verstehen Sie doch, nicht wahr?«

Wieder nickte das Mädchen.

Und Harry stellte verwundert fest, dass Kat lächelte.

Dieses Lächeln war auf solch vielfältige Art entwaffnend!

»Sehr gut. Also, ich muss Sie fragen, was Sie gewusst haben. Über den Raub? Was Alfred geplant hatte?«

Jenny sah nach vorn zur Kanzel, zum Altar, zu den Fenstern, die sich nun verdunkelten, weil die Sonne nach Westen wanderte.

Sie brauchte lange, um sich ihre Antwort zu überlegen.

Doch als sie wieder zu Kat sah, sprudelten die Worte aus ihr heraus: »Wir hatten einen Plan. Ich meine, ich wollte nicht so ein Leben wie meine Mutter. Und er auch nicht. Keiner von uns wollte das ewig machen … Bediensteter sein. Er hat gesagt, dass er weiß, wie man da rauskommt.«

Harry rückte ein wenig näher zu Kat, damit er alles hörte, und er dachte: Dieses Mädchen könnte uns alles erzählen.

»Raus?«, fragte Kat.

»J-ja, genau. Wie er uns beide rausholt.«

»Hat er gesagt, wohin? Gab es einen bestimmten Ort, zu dem er wollte?«

»Einen Ort? Nein, bloß … raus. Weg.«

Harry bemerkte, dass Kat kurz zu ihm sah.

Falls Jenny die Wahrheit sagte, wusste sie nichts von Coates' Zugreservierung.

Und dass er nie vorhatte, mit dieser jungen Frau irgendwohin zu gehen. *Das arme Ding war belogen worden.*

Harry beobachtete, wie Kat sich wieder zu Jenny neigte. »Also, Jenny, hat Alfred Ihnen erzählt, *wie* er Sie beide rausholen wollte?«

»Er hat gesagt, dass Leute zu Besuch kommen würden, die mit Schmuck reisten. Reiche Leute, die so viel haben, und wir haben nichts.«

Harry musste etwas fragen, während Kat weiter Jennys Hand hielt. »Hat er Ihnen erzählt, dass er jemanden bestehlen wollte?« Jenny nickte. »Und wussten Sie, wen?«

Noch ein Nicken. »Lord und Lady Tamworth.«

»Hat er gesagt, wie er es anstellen wollte?«

»Ja … e-er hat gesagt, dass er sich in ihr Zimmer schleicht, wenn alle unten ihre Drinks vor dem Dinner nehmen.«

Noch ein Blick von Kat. Sie beide waren sehr vorsichtig.

»Bekomme ich jetzt Schwierigkeiten? Wird die Polizei es herausfinden und mich …?«

Harry sah, dass Kat die Hand des Mädchens drückte. Und deren Frage nicht beantwortete.

»Jenny, ich könnte mir vorstellen«, sagte Kat bedächtig, »dass er Sie gebeten hat, herauszufinden, wo Lady Tamworth ihre Juwelen aufbewahrt, und …«

Jenny schüttelte den Kopf.

»Nein, gar nicht. Er hat mich nie gebeten, *irgendwas* zu tun.«

Interessant, dachte Harry. *Nein, eigentlich … verwirrend!*

Mit dieser Antwort hatte er nicht gerechnet. Ein junges Hausmädchen, das sich ständig in den Zimmern von Reggie und Claudia bewegte, würde genau wissen, wo der Schmuck war.

Und dennoch, sollte sie die Wahrheit sagen – und Harry hegte keinen Zweifel, dass das verängstigte Mädchen ehrlich war –, schien Coates sie *nicht* um Hilfe gebeten zu haben.

Diese seltsame Enthüllung ließ Harry erst einmal auf sich einwirken.

Kat nahm sich einen Moment, um sich ihre nächste Frage zu überlegen. Sie hatte jene Antwort nicht erwartet – ganz und gar nicht. Warum sollte Coates ihre Hilfe nicht gebraucht oder genutzt haben? Hierfür fiel Kat keine vernünftige Erklärung ein. Aber es gab einen Punkt, auf den sie näher eingehen mussten.

»Jenny, ich glaube Ihnen. Und das heißt, dass Sie Mr Coates *nicht* geholfen haben. Sie waren nicht an dem Diebstahl beteiligt.«

Das Mädchen nickte sichtlich erleichtert.

»Soweit es Sie betraf, hätte alles bloß Gerede gewesen sein können. Aber was das angeht, muss ich Sie noch etwas anderes fragen.«

Dies war ein großer Moment, denn es ging darum, zu erfahren, was wirklich am Vorabend passiert war.

»Da war ein anderer Mann, der Alfred geholfen hat. Er konnte mit dem meisten Schmuck fliehen.«

Eine Pause entstand, und Jenny blickte Kat in die Augen.

»Hat Alfred je von diesem anderen Mann gesprochen? Von diesem Komplizen?«

Nun schüttelte Jenny sehr langsam den Kopf. »Nein. Er hat bloß gemeint, dass er es machen wollte. Dass alles geplant war. Das hat er immer wieder gesagt. Und dass ich mir keine Sorgen machen soll. Es sei alles ›geregelt‹, hat er gesagt. Aber er hat keinen anderen erwähnt.«

Kat fühlte, wie sich Harry, der ruhig neben ihr gesessen hatte, rührte.

»Jenny«, sagte er, »kann es sein, dass Alfred einen Komplizen hatte und es Ihnen nicht erzählt hat?«

Ihrem Gesichtsausdruck nach fand Jenny die Frage unverständlich.

»Nein, Mylord. Alfred hat mir *alles* erzählt. Wenn es

jemand anders gegeben hätte, hätte er das gesagt«, antwortete sie bestimmt.

»Ja, hätte er sicher, Jenny«, stimmte Kat ihr zu.

»Ist das alles?«, fragte das Mädchen. »Darf ich gehen? Mum wird sich wundern, wo ich bleibe.«

»Nur noch eine letzte Frage«, sagte Kat. »Hat Alfred jemals Salisbury erwähnt?«

»Salisbury?«, wiederholte Jenny verwirrt. »Warum sollte er?«

»Er hat nie darüber geredet, dass er dorthin wollte? Oder Freunde in der Gegend hatte?«

Jenny schüttelte den Kopf. »Salisbury ist meilenweit weg!«

»Ist es«, bestätigte Harry lächelnd. »Was ist mit Frankreich? Hat er mal über Frankreich geredet?«

Doch Jenny verneinte abermals verwirrt. Kat war sich nun sicher, dass Coates nicht geplant hatte, Jenny mit an die Riviera zu nehmen. *Wen auch immer er sich an seinem Arm, auf der Promenade von Nizza schlendernd, vorgestellt hat, dieses Mädchen vom Lande war es nicht.*

Wahrscheinlicher war, dass er Jenny benutzen wollte, sollte er Hilfe bei dem Diebstahl brauchen. Falls er Unterstützung benötigt hätte, um in das Zimmer zu gelangen, das Schmuckversteck zu finden oder für Ablenkung zu sorgen.

Mit anderen Worten: Dieses leichtgläubige Mädchen war lediglich seine … Versicherung gewesen.

Kat sah zu Harry. Sie konnten den Toten nicht befragen, daher hatten sie nur, was Jenny ihnen erzählte. Und das Mädchen wusste eindeutig nichts von dem zweiten Mann, der aus dem Londoner East End kam – oder aus Salisbury.

Womit sich noch eine Frage aufdrängte: Gab es mehr, was Alfred Coates diesem Mädchen *nicht* erzählt hatte?

In diesem Moment ging die Kirchentür mit einem Knarzen auf, das durch das Gewölbe hallte. Eine alte Frau kam merklich wacklig herein. Vielleicht suchte sie ein wenig Stille für ein Gebet.

Kat blickte abermals zu Harry und drückte die Hand des Mädchens ein letztes Mal, um Jenny zu bedeuten, dass die Unterhaltung beendet war.

Es wurde Zeit zu gehen.

15. Zeit für Cocktails

Harry lenkte den Alvis durch das Tor von Mydworth Manor und verlangsamte den Wagen, als sie die lange Kieszufahrt über die offenen Weiden hinauffuhren.

Sie waren beim Dower House gewesen, um den Wagen zu holen – Kat wollte dringend ihr Gepäck bei sich haben.

Vor dem Haus hatten sie sich nicht länger aufgehalten, denn sie beide wollten »stilvoll« hier ankommen, wie sie es geplant hatten.

Und überhaupt hatten sie einiges zu besprechen. Wichtige Angelegenheiten.

Harry blickte hinüber zu Kat, die über die Weiden, die von Schafen gesprenkelten Wiesen und zu dem Wild sah, das sich gelegentlich aus dem Wald hervorwagte.

Sie hatte die Nadeln aus ihrem Haar genommen, sodass es sich hinter ihr im Wind bauschte.

Wunderschön, dachte Harry.

»Nun, Ermittlerin Reilly, was denkst du?«

Sie wandte sich zu ihm. »Ich denke, dass hier etwas nicht passt.«

»Aha?«

»Angefangen mit Jenny. Meinst du, sie sagt die Wahrheit?«

»Es kam mir so vor«, antwortete Harry.

»Mir auch. In dem Fall – wenn sie ihm *nicht* geholfen hat, woher wusste Coates, wo der Schmuck versteckt war?«

»Er hat das Gepäck nach oben gebracht, schon vergessen?«

»Nein, aber es müsste ein glücklicher Zufall gewesen sein, sollte er ausgerechnet die richtige Tasche erwischt haben. Darauf konnte er sich nicht verlassen. Oder er musste damit rechnen, dass die Juwelen gleich Benton gegeben und weggeschlossen wurden.«

»Okay«, sagte Harry. »Also hat ihm jemand geholfen. Jemand anders vom Personal?«

»Ja, das dachte ich auch. Vor allem nach dem, was Huntley über die Blumenbeete gesagt hat. Aber wenn es stimmt, haben wir nicht viel Zeit, um herauszufinden, wer es ist.«

Harry wurde noch langsamer, als der Weg in das Waldstück führte.

»Willst du der Polizei von der Zugreservierung erzählen?«, fragte Kat.

»Ich rufe Timms an. Er kann den Zug nach Paris observieren lassen. Falls der Plan war, auf den Kontinent zu fliehen – vielleicht dort den Komplizen zu treffen –, wird Coates' Kumpel längst weg sein.«

»Und der Schmuck mit ihm.«

»Ja, richtig. Ich fürchte, wir haben keine guten Neuigkeiten für Lavinia.«

»Wir haben überhaupt nicht viele Neuigkeiten, Harry«, sagte Kat. »Nur einen Haufen Rätsel.«

»Und das von den sieben Kugeln ist nicht das kleinste, hm?«

»Ah ja – das auch.«

Sie kamen aus dem Wald, und vorn schimmerte das

Herrenhaus in der Nachmittagssonne. Harry fuhr an der Hausfront vorbei, um den Springbrunnen herum und zu den Ställen, wo er neben den Automobilen der Gäste parkte.

Wie es aussah, waren die Reiter zurück: Pferde standen auf der Koppel, und einige Stallburschen aus dem Ort putzten nach dem Ausritt alles mit Besen und Wassereimern.

Harry und Kat stiegen aus, und Harry hob ihre Koffer aus dem Wagen. Als er aufsah, kam Lavinia mit einem der großen Grauschimmel aus dem Stall, die sie so gern ritt. Die Flanken waren noch glänzend von Schweiß.

»Aha, meine beiden ›Detektive‹!«, rief sie. »Habt ihr den Fall schon gelöst?«

Harry schmunzelte. »Nicht ganz«, antwortete er.

Er beobachtete, wie Kat auf das Pferd zuging und ihm selbstbewusst die Hand hinstreckte. Das Tier schien instinktiv zu wissen, dass es ihr trauen konnte.

»Oh, du reitest?«, fragte Lavinia sie.

»So oft ich kann.«

»Wunderbar! Die Reitwege hier sind hervorragend.«

»Meine Stiefel und Reitsachen sind in einer der Reisetruhen – sonst wäre ich heute schon mitgekommen.«

»Wir tauschen beim Dinner Reitgeschichten aus«, sagte Lavinia. »Das wird übrigens früh stattfinden. Wie sich herausgestellt hat, möchten einige der Gäste morgen sehr früh aufbrechen.« Dann wandte sie sich an Harry. »Ich sage Benton, dass er sich um euer Gepäck kümmern soll. Wie wäre es, wenn ihr mir in der Zwischenzeit beim Ausmisten helft und mir erzählt, was ihr so getrieben habt?«

Kat lehnte sich in der Badewanne zurück. Das Wasser

war so heiß wie in jenem dampfenden Hamam, den sie einst mit ihren Freundinnen aus der Botschaft in Istanbul besucht hatte. Es ging nichts über ein echtes türkisches Bad! Nur für Frauen natürlich, mitsamt Massage von einer Riesin ohne jeden Humor und mit Schlachterarmen.

Dieses Badezimmer hingegen – ihr eigenes gleich neben dem Ankleidezimmer – war ausgesprochen englisch. Die Rohre hatten geklappert und geächzt, als das sengend heiße Wasser – wahrscheinlich nach wie vor eine Rarität für viele Leute in der Gegend – endlich dampfend aus dem Hahn gekommen war.

Und die Wanne mit den Klauenfüßen sah aus, als wäre sie schon seit der Zeit des Unabhängigkeitskrieges in Benutzung.

Nun jedoch, befüllt mit einem duftenden Schaumbad, war sie das perfekte Gegengift zu einer Stunde Stallausmisten – und einem Tag frustrierender Nachforschungen.

Harry war ans Telefon gerufen worden und schon eine halbe Ewigkeit fort – womit Kat Zeit vor den Cocktails und dem Dinner blieb, im Geiste noch einmal alles durchzugehen, was Lavinia vorhin im Stall gesagt hatte: *»Der arme alte Reggie ist ruiniert. Letztes Jahr hat er die Hälfte seines Vermögens an den Kartentischen verloren – und so ziemlich den Rest nun durch all die Unruhen in Malaysia. Ich fürchte, diesen Schmuck einzubüßen ist sein Ende.«*

Wie es sich angehört hatte, hatte Reggie – offenbar ein Fernost-Experte – groß in Kautschukplantagen investiert. In dieselben Plantagen, von denen Harry gesagt hatte, dass sie in ernsten Schwierigkeiten steckten – und sich wohl nicht wieder erholen würden.

Mit ihnen gingen viele Anleger unter.

Wie Harry hatte auch Kat Mitleid gehabt, als sie die

Geschichte gehört hatte. Doch nun, inmitten der duftenden Seifenblasen, dachte sie anders über den Fall.

Was, wenn Coates gar nicht der eigentliche Kopf hinter dem Diebstahl war? Was, wenn es keinen »zweiten Mann« gibt?

Schließlich hatten sie keine Spur unten von einem Flüchtenden gefunden. Und dann war da noch der Umstand, dass Coates keine Hilfe benötigt hatte, um den Schmuck zu finden. Konnte es sein, dass die ganze Sache ein abgekartetes Spiel gewesen war – ein Betrug, der furchtbar schiefgegangen ist?

Was, wenn der freundliche, aber bankrotte und verzweifelte Lord Tamworth – untadeliges Mitglied des englischen Adels – den ganzen Diebstahl geplant hatte, um die Versicherungssumme zu bekommen?

Mittel, Motiv, Gelegenheit. Sind das nicht die Regeln bei jedem Verbrechen?

Auf jeden Fall war das das Mantra ihres Mentors in New York gewesen.

Und Reggie konnte alle drei bieten. Er hatte die Waffe. Er brauchte das Geld. Und er hatte mit den unbewachten Juwelen und seiner Frau, die ihn deckte, für die ideale Gelegenheit gesorgt.

Was also, wenn Reggie der wahre Bösewicht war?

Alles, was Harry und ich herausfinden müssen, ist, in welcher Verbindung er zu Coates gestanden hat.

Harry legte den Hörer auf, trug eine letzte Notiz in sein kleines Büchlein ein, steckte es in seine Jackentasche und lehnte sich in dem Dielensessel zurück. *Was haben die Leute nur gemacht, bevor das Telefon erfunden wurde?*

Diese beiden Telefonate waren zumindest sehr nützlich gewesen.

Zunächst das mit Sergeant Timms. Timms war sehr

dankbar für die Information über die Zugfahrkarte gewesen und hatte versprochen, die französische Polizei um Amtshilfe zu bitten und die Bahnhöfe im Lande überwachen zu lassen.

Es gab immer noch keine Spur des Komplizen. Timms vermutete, dass der Mann ein professioneller Dieb war. Doch alle verfügbaren Kräfte waren in Alarmbereitschaft, und sicher würden sie ihn bald fangen.

Harrys zweiter Anruf war etwas unkonventioneller gewesen. Er hatte mit einer Quelle gesprochen, die der Polizei nicht zugänglich war: seinem alten Offiziersburschen Alfie Withers.

Vor dem Krieg hatte Alfie im Pentonville Prison eingesessen, infolge eines – wie er schwor – kleinen »Missverständnisses«. Und obwohl er heute ohne Frage anständig war und sich um Harrys Londoner Wohnung kümmerte, genoss er als »alter Knastbruder« gewisse Privilegien: *die Bruderschaft der ehemaligen Häftlinge.*

Privilegien, die ihm Zugriff auf ein Informationsnetzwerk erlaubten, das sogar dem offiziellen, zu dem Harry beim Außenministerium gehört hatte, haushoch überlegen war.

Alfie hatte den ganzen Tag Nachforschungen zu dem verstorbenen Alfred Coates angestellt, und was er Harry erzählt hatte, war sehr interessant.

Überaus interessant, fürwahr.

Anscheinend hatte Alfred unter dem Personal auf den großen Landsitzen einen gewissen Ruf genossen: *Kein Mann, dem man trauen sollte. Achtet auf das Tafelsilber. Passt auf eure Frauen und Töchter auf.*

In den letzten fünf Jahren war Coates bei vier Häusern in Stellung gewesen – und hatte sich in keinem länger als sechs Monate gehalten.

Unter den Bediensteten war weidlich über seine

»Überheblichkeit« getratscht worden, und erst im letzten Jahr hatten Lord und Lady Arbuthnot ihn entlassen – der exakte Grund seines »Fehlverhaltens« war nicht genannt worden.

Dennoch war es ihm immer gelungen, die besten Referenzen zu bekommen – und niemand wusste recht, wie. Außerdem war er stets gefragt gewesen – vor allem bei Arbeitgebern, die auf den Kontinent reisten. Anscheinend hatte Coates hervorragend Französisch gesprochen, als Fahrer beim Generalstab während des Krieges hatte er es aufgeschnappt.

Auch nicht schlecht, dachte Harry. Und allemal besser, als sich mit Granaten bewerfen zu lassen.

Könnte die Armee Reggies Verbindung zu Coates sein? Hatten die beiden gemeinsam in Frankreich gedient? Möglich wäre es. Und so wenig, wie Harry sich für Kriegsgeschichten begeisterte, hatte er doch das Gefühl, dass Reggie ihm gern ruhmreiche Anekdoten erzählen würde, sollte er das Gespräch in die Richtung lenken.

Er hörte die Uhr in der Bibliothek schlagen: sechs Uhr.

Dann sah er hinüber zum Empfangsbereich im Salon. Benton und seine Leute bereiteten alles für die Drinks vor. Aus der Küche wehten köstliche Düfte herbei – und alle Gäste mussten jetzt oben sein.

Nur noch eine Stunde bis zum frühen Dinner.

Und morgen, gleich nach dem Frühstück, wollten Reggie und Claudia abreisen.

Uns läuft die Zeit davon.

»Ah, da bist du ja«, sagte Kat, als Harry an die Tür zur Ankleide klopfte und eintrat.

»Wow! Was ist aus dem Mädchen mit dem Stroh im Haar geworden?«

Kat lachte. »Dieser Bauernhof-Stil ist *so* passé«, sagte sie und drehte sich um, damit er den Reißverschluss ihres Kleides schließen konnte. Es war das aus schwarzer Seide mit den diamantfarbenen Trägern, von dem sie wusste, dass er es sehr mochte. »Jetzt sei ein Schatz, ja?«

Sie wartete auf die vertraute sanfte Berührung an ihrer Schulter, dann das Gleiten des Reißverschlusses – gefolgt von einem Kuss in ihren Nacken.

Immer wieder eine Wonne.

»So«, sagte er und drehte sie um. »Und darf ich sagen, Madam, dass du heute Abend absolut exquisit aussiehst?«

»Du darfst. Und was hat dich aufgehalten? Ich habe ein herrliches Bad genommen und mir eigentlich vorgestellt, du wärst zeitig zurück, um dich zu mir zu gesellen.«

»Hast du das?« Harry umfing ihre Taille. »Du wirst die Bediensteten mit dieser kühnen amerikanischen Art verschrecken, weißt du das?«

»Ach ja?«, sagte sie und rückte näher, bis sich ihre Nasenspitzen berührten. »Dich scheint sie nicht zu schrecken.«

»Oh, ich bin auch aus härterem Holz geschnitzt.«

»Hm. Ich gehe davon aus, dass du es mir später beweist.«

»Versprochen«, sagte er, küsste sie und trat zurück. Seine Augen leuchteten. »Und ich breche nie ein Versprechen.«

»Schön«, sagte sie. »Jetzt beeil dich lieber mit dem Umziehen. Ich bin bereit für Cocktails.« Sie beobachtete, wie er zu seinem Kleiderschrank ging und sein Dinnerjacket, ein Hemd und Manschettenknöpfe hervorholte.

»Übrigens«, sagte sie, während sie ihm genussvoll dabei zuschaute, wie er sich fürs Dinner ankleidete, »habe ich mir einige Gedanken zu dem Diebstahl gemacht.«

»Ich auch.« Er zog sein Jackett und danach das Hemd aus. »Du zuerst.«

»Was ist, wenn es keinen zweiten Mann gibt?«, fragte sie.

»Oder vielmehr«, sagte Harry, »lass mich raten – zwei Seelen und so: Was ist, wenn der zweite Mann Reggie ist?«

»Genau! Aber, Harry, wie bist du darauf gekommen?«

»Durch simples Streichen aller anderen Möglichkeiten«, antwortete er und steckte die Manschettenknöpfe unten in die Ärmel, bevor er mit seiner Krawatte zu ihr kam.

Sie stand auf und legte sie ihm um den Hals. »Es war ein Versicherungsbetrug.«

»Richtig«, sagte Harry. »Aber irgendwie ging er schief.«

»Ja! Vielleicht sollte Claudia nicht während der Cocktails nach oben ins Zimmer gehen.«

»Stimmt. Also ist Reggie ihr gefolgt.«

»Und fand sie, wie sie mit Coates rang«, sagte Kat und wand Schlaufen in die Krawatte.

»Okay. Und dann erschoss er Coates, als der fliehen wollte. Er konnte nicht riskieren, dass der Mann redete und alles preisgab. Meinst du, so war es?«

Kat nickte. »Danach greift er sich den restlichen Schmuck, stopft ihn in seine Tasche …« Sie holte Luft und dachte nach. »Claudia war eingeweiht«, sagte sie und zog den Knoten stramm.

»Kann sein, kann aber auch nicht sein. In dem Aufruhr könnte sie nicht gesehen haben, wie Reggie den Schmuck einsteckte.«

»Reggie geht ans Fenster, leert den Revolver und erfindet den Komplizen.«

»Ah, nein, warte«, sagte Harry, der seine Krawatte vor dem Spiegel richtete und sich wieder umdrehte. »Claudia hat gesagt, dass es *zwei* Männer waren, weißt du noch? Sie hat den anderen sogar beschrieben.«

Kat überlegte. »Hm, stimmt. Na gut. Wie wäre es damit: Reggie sagt ihr … ich weiß nicht … etwas wie: ›Tu, was ich dir sage, und wir können das zu unserem Vorteil nutzen.‹ Natürlich nicht wortwörtlich. Ginge das?«

»Hm, vielleicht.« Harry zog sein Jackett über. »In dem Fall ist sie Teil des Betrugs, nur zu spät zur Party?«

»In letzter Minute eingeladen sozusagen, aber ja. Obwohl, warte mal …«

»Warum die sieben Schüsse?«

»Eben«, sagte Kat. »Sieben Schüsse. Und … wie passen Reggie und Coates zusammen?«

»Tja, wenn wir das wüssten, wäre alles in trockenen Tüchern. Aber zumindest habe ich einige – ich glaube, bei euch heißt es ›Feinheiten‹ – zu Coates erfahren. Er scheint wahrlich eine recht belebte Vergangenheit gehabt zu haben.«

»Deine geheimen Londoner Kontakte?«

»In der Art. Also ist der Plan für heute Abend, dass wir mit Reggie und Claudia reden, ja?«

»Und hoffen, dass sie etwas verraten.«

»Kein überragender Plan, Harry, oder?«

»Nein, aber er ist alles, was wir haben«, antwortete er und knöpfte sein Jackett zu. »Noch wichtiger, wie sehe ich aus?«

»Du bist der bestaussehende Mann der Welt«, sagte Kat.

»Und du bist die allerwunderschönste Frau. Gibt es das Wort?«

»Wen schert's?« Kat beugte sich zu einem Kuss vor. »Genug der Komplimente, gönnen wir uns einen Drink.« Hiermit nahm sie ihre Abendhandtasche und ging zur Tür.

»Worauf du deinen Hintern verwetten kannst!«, sagte Harry und überholte sie, um ihr die Tür aufzuhalten.

Kat lachte. »Deine Ausdrucksweise dieser Tage ist eine Schande, Harry Mortimer.«

»Erst seit ich dich kenne, Kat Reilly.«

»*Lady Mortimer,* wenn ich bitten darf«, erwiderte sie und hakte sich bei ihm ein, als sie gemeinsam zur breiten Treppe und nach unten gingen.

16. Bereit zum Dinner

Harry musste sich nicht sehr anstrengen, Reggies Aufmerksamkeit zu gewinnen. Lord Tamworth fing ihn in dem Moment ab, in dem Benton ihm einen Martini einschenkte. Er zog Harry weg von den anderen Gästen in eine ruhige Ecke.

Dort standen sie an der offenen Terrassentür. Die Abendluft war noch warm, sanftes Sonnenlicht schien auf den makellosen Rasen, und der Springbrunnen gurgelte leise.

Da Reggie schon ziemlich angetrunken war, hoffte Harry, dass es auch aus ihm demnächst *sprudeln* würde.

»Ich frage mich nur, ob du heute noch mehr gehört hast, alter Knabe«, sagte Reggie, der die Stirn runzelte.

»Mehr?«, fragte Harry unschuldig, obwohl er wusste, was Reggie meinte.

»Malaysia, mein lieber Junge, Malaysia. Die Börse macht am Montagmorgen wieder auf, und alles, was ich vorher weiß, kann mir eine erhebliche Summe retten.«

»Bedaure, Reggie«, antwortete Harry wahrheitsgemäß. »Ich weiß auch nicht mehr als du.«

»Verdammt! Ein Jammer. Ich hatte dich vorhin am Telefon gesehen und dachte, dass du vielleicht die neuesten Nachrichten erfährst, du weißt schon.«

»Wie gesagt, das ist nicht mein Gebiet«, sagte Harry. »Ich war für Nahost zuständig. Aber rein aus Interesse, Reggie, wie bist du überhaupt auf die Idee gekommen, in diesem Markt zu investieren? Das ist verdammt riskant.«

»Ich habe da im Krieg gedient, alter Knabe. Penang-Verteidigung – solange es dauerte.«

»Ah. Ich dachte, ähm … Dann warst du nie in Frankreich?«

»Oh nein. Die furchtbare Vorstellung habe ich komplett verpasst. Vermutlich hätte ich das auch nicht überlebt – haben ja nicht viele –, also war es vielleicht gut so.«

Harry nickte. *Interessant.* Demnach gab es keine Armee-Verbindung zwischen Reggie und Coates. Harry blickte sich um und sah, dass Kat mit Lavinia und Claudia plauderte.

»Darf ich dir noch einen Nachschlag holen, Reggie?«, fragte er und leerte sein Glas.

»Famose Idee! Ich komme mit«, antwortete Reggie.

Und Harry ging voran zu Benton und den Drinks.

Während Lavinia mit Claudia darüber sprach, was sie zum Staatsbankett tragen wollte, nippte Kat an ihrem Martini und beobachtete die Frau aufmerksam.

Der Stress der Ereignisse an diesem Wochenende hatte eindeutig seinen Preis gefordert. Lady Tamworth hatte dunkle Schatten unter den Augen, also vermutlich kaum geschlafen.

Dennoch schien sie sich sehr auf den großen Anlass zu freuen. Das einzige Problem war, was sie anziehen sollte.

»Alle drei Diademe sind natürlich weg, Lavinia. Alle!«

»Schrecklich«, sagte Lavinia. »Und die Sachen, die Coates bei sich hatte?«

»Ein oder zwei waren wertvoll, das schon. Aber es war das andere Fach, in dem meine wahren Schönheiten waren. So nenne ich sie, musst du wissen. *Meine Schönheiten.* Und mein Vermögen!«

»Dieser entsetzliche Coates. Ich kann nicht glauben, dass Benton nicht bemerkt hat, was für ein Schurke er war.«

»Bitte, du darfst Benton keinen Vorwurf machen«, sagte Claudia.

»Sergeant Timms sagte, dass Coates und sein Partner teuflisch schlau gewesen sein müssen, um das zu planen und damit durchzukommen.«

»Ich nehme an, Sie können zumindest die Versicherungssumme einfordern«, sagte Kat, die sah, dass Harry mit Reggie zu ihnen kam.

»Versicherung?«, wiederholte Claudia, als hätte Kat etwas Unanständiges gesagt.

»Meine liebe Kat«, erklärte Lavinia. »Die Versicherung kann *niemals* ersetzen, was an Familienerbstücken verloren ist. Die Geschichte dahinter. Die Erinnerungen.«

»Selbstverständlich«, sagte Kat und dachte daran, dass ihr einziges Familienerbstück ein Bierkrug aus Zinn war, den ihr Großvater aus seiner alten Heimat mitgebracht hatte.

Gut, um ein kaltes Bier zu trinken, aber das war es auch schon!

»Trotzdem«, sagte Harry, der nun bei ihnen war, »könnte das Geld helfen, den Schock ein wenig zu dämpfen, was, Reggie? Ein paar Tausend Guineas?« Harry atmete tief ein. »Vielleicht mehr als ein paar?«

Kat bemerkte, wie Reggie und Claudia einen Blick

wechselten – als hätten sie vereinbart, nicht über das Thema zu sprechen.

»Ja, nun, ähm …« Reggie senkte die Stimme. »Wir werden uns immer noch sehr einschränken müssen.«

»Sicher wird es nicht so schlimm sein«, sagte Lavinia.

»Wir müssen unsere Reisen streichen«, entgegnete Reggie.

»Oh nein!«, sagte Lavinia. »Aber, Claudia … All die hübschen Partys mit den Murphys!«

»Gerald Murphy?«, fragte Kat verwundert. Gerald und Sarah Murphy waren ein berüchtigtes Paar aus Boston, enorm vermögend, das heute wie der Hochadel in Südfrankreich lebte. *An Bargeld mangelt es denen jedenfalls nicht.*

»Kennst du ihn, meine Liebe?«, fragte Lavinia unverhohlen überrascht.

»Nicht persönlich«, antwortete Kat.

»Ich auch nicht, Tante«, sagte Harry, der nun grinsend neben Kat stand. »Aber eine Einladung von *dem* Paar würde ich nicht ausschlagen. Wie ich hörte, bringen sie die Riviera zum Kochen.«

»Jeder, der *jemand* ist, besucht sie«, erklärte Lavinia. »Die sagenhaft Reichen und fantastisch Begabten. Ich muss wirklich mal selbst eingeladen werden.«

Kat sah, wie Claudia mit den Schultern zuckte. »Sarah Murphy ist eine liebe Freundin. Reggie und ich haben letztes Jahr den Juni mit ihnen verbracht.«

»Wirklich?«, fragte Harry. »Wie heißt noch mal das kleine Nest – erinnert mich! Antibes, stimmt's?«

»Ja«, antwortete Claudia.

»Und so klein ist es nicht«, ergänzte Reggie schmunzelnd.

»Nicht dass Reggie viel davon gesehen hätte«, sagte Claudia, die alle anlächelte, als wäre Reggie nicht da.

»Er hat es vorgezogen, die Küste weiter hinauf nach Nizza zu fahren – nicht wahr, Liebling?«

Kat beobachtete Harry. Er lenkt dieses Gespräch, dachte sie. Und es ist interessant, das mitzuerleben.

»Zu den Spieltischen, was, Reggie?«, fragte Harry augenzwinkernd.

»Spieltische? Hm, ja, nun, vielleicht war ich ein- oder zweimal im Casino. Ich konnte nur all dieses unsinnige Sonnenbaden nicht ertragen. Das Herumsitzen und Champagnertrinken mit lauten amerikanischen Filmstars.«

»Da bin ich ganz auf deiner Seite, Reggie«, sagte Harry. »Und überhaupt liebe ich Nizza. Hast du eine Empfehlung, wo man am besten wohnt?«

»Im Hotel Negresco natürlich. Das ist ein Muss. Alles andere ist indiskutabel.«

»Dann *muss* ich dort wohl mal hin.« Harry sah Kat an und nickte ihr kaum merklich zu.

Das Negresco, dachte sie und erwiderte seinen Blick. *Könnte das Hotel die Verbindung zwischen Coates und Reggie sein? Falls ja – gut gemacht, Harry!*

Nun mussten sie nur noch herausfinden, ob Coates letzten Juni dort gewesen war, und die Polizei könnte den Rest erledigen.

Sie sah zu Reggie, dem nicht bewusst zu sein schien, was er eben gestanden hatte.

Sollten Harry und sie recht haben – war es nicht nur ein Eingeständnis von Versicherungsbetrug, sondern auch *Mord.*

Bevor sie mit Harry sprechen konnte, ertönte der Gong aus der Diele: Benton verkündete, dass das Dinner bereit war.

»Wollen wir?«, fragte Lavinia und hakte sich bei Claudia ein. »Versuchen wir, die schrecklichen Vorkommnisse von gestern zu vergessen und wenigstens einen *normalen* Abend zu genießen, ja?«

»Zu gern, Lavinia«, antwortete Claudia, und Kat folgte ihnen und den anderen Gästen zum Esszimmer.

»Ich wollte dir noch für deine freundlichen Worte im Gästebuch danken, Claudia«, sagte Lavinia. Dann wandte sie sich zu Kat und nickte in Richtung des großen, ledergebundenen Bandes auf einem Sideboard. »Trage dich bitte auch dort ein, meine Liebe, ja? Zur Erinnerung für uns alle an deinen ersten – und so ungewöhnlichen – Besuch in Mydworth Manor.«

»Natürlich.« Kat ging hinüber zu dem Buch und klappte den schweren Einband auf.

Sie blätterte durch die Seiten und erkannte einige der Namen früherer Besucher: Schauspieler, Schriftsteller, sogar unbedeutendere Mitglieder der Königsfamilie.

Bei Gott, Lavinia hat einige Prominenz auf Wochenendgesellschaften hier gehabt!

Schließlich kam sie zu diesem Wochenende und las die Einträge durch. Manche umfassten lediglich ein oder zwei Zeilen, andere waren länger.

Claudias war einer der letzten. Ein ganzer Absatz überschwänglichen Dankes und die ausdrückliche Bitte, Lavinia möge sich nie, niemals die Schuld an dem geben, was geschehen war.

Eine rührend persönliche Botschaft, dachte Kat.

Doch dann – ehe sie zu dem Schreiber im Tintenhalter neben dem Buch greifen konnte – hielt sie inne und starrte auf ... die Unterschrift unter dem Eintrag.

Ein einzelnes Wort: *Claudia.* Mit sicherer Hand geschrieben. *Und das C in Claudia mit einem deutlichen Schwung.*

Derselbe Schwung, den Kat vorn auf dem Brief an Coates gesehen hatte.

Und unter dem Namen stand noch: *Tamworth Hall, Sutton Combe, Salisbury.*

Salisbury.

Wie auf dem Poststempel des Briefes. Der Brief an Coates war von Claudia gewesen!

Kein Wunder, dass Reggie keine Bedenken gehabt hatte, das Negresco zu erwähnen.

Für ihn war es gänzlich unverfänglich.

Hingegen bedeutete es für Claudia eine Menge, vermutete Kat. Irgendwie waren sie und Coates gemeinsam in Südfrankreich gewesen.

Was wiederum bedeutete, dass es Claudia war, nicht Reggie, die hinter allem steckte. Hinter dem Raub der Juwelen. Und den fehlenden Diademen? Nun, vielleicht waren sie gar nicht weg?

Möglicherweise hat Claudia sie noch.

Das ließe sich nur beweisen, wenn sie den Schmuck fanden. Und es gab nur eine Gelegenheit, ihn zu suchen – *jetzt.*

Kat trat von dem Gästebuch zurück und blickte sich um. Die Diele war verlassen, alle Gäste waren bereits im Esszimmer. Bis auf ihre Wenigkeit.

Auf Zehenspitzen schlich sie quer durch den Raum, bis sie ins Speisezimmer linsen konnte. Dort nahmen alle ihre Plätze ein. Diener und Hausmädchen machten sich bereit, den ersten Gang zu servieren.

Kat sah Harry am Ende des Tisches neben Reggie und Claudia, und irgendeine Ahnung ließ ihn aufblicken. Sofort reckte Kat zwei Finger und sagte tonlos: *»Zwei Minuten!«*

Er schien verwirrt, nickte aber.

Nun schlich Kat sich davon. Und eilte hinauf zu Lady Tamworth' Ankleidezimmer.

17. Gepackte Koffer

Kat öffnete die Tür zum Gästezimmer der Tamworth, schlüpfte hindurch und schloss sie rasch wieder hinter sich.

Sie blickte sich um. Es war offensichtlich, dass Reggie noch nicht gepackt hatte. Vor zehn Minuten noch hätte sie hier, in diesem Zimmer, mit ihrer Suche begonnen.

Doch Reggies Gepäck interessierte sie nicht mehr.

Sie ging in die Ankleide. Dort standen Claudias Taschen und Truhen aufgereiht.

Ein oder zwei waren aufgeklappt, andere geschlossen und die Riemen festgezurrt.

Wahrscheinlich abgeschlossen.

Als Erstes ging Kat zu den offenen Gepäckstücken – und fing an, sie auszupacken.

Ihr blieb nicht viel Zeit.

Harry löffelte seine Consommé Marsala – nicht schlecht, bedachte man, dass sie von einem mürrischen Schotten gekocht war – und lauschte höflich dem alten Künstler gegenüber, der allen »Das Elend mit dem Surrealismus« erläuterte.

Er sah zu Lavinia. Sie gab sich gebannt, nickte und schüttelte den Kopf in den richtigen Momenten.

Das Problem mit uns Engländern, ist, dass wir zu höflich sind, um andere zu unterbrechen.

Ganz sicher hätte Kat diesen öden Monolog nicht ertragen – sie hätte entweder das Thema gewechselt oder energisch widersprochen. Und sei es nur, um das Tischgespräch zu beleben.

»Wo ist Lady Mortimer?«, fragte Claudia neben ihm.

Die Frau muss Gedanken lesen können, dachte Harry.

»Ich habe keine Ahnung«, antwortete er.

»Sie ist schon recht lange weg.«

»Hm, ja, ist sie.«

»Weißt du, wohin sie wollte?«

Harry zuckte mit den Schultern. »Nach oben in unser Zimmer, vermute ich. Sicher kommt sie gleich.«

Zwei Minuten, hatte sie ihm bedeutet. *Aber zwei Minuten wofür?* Harry hatte keinen Schimmer.

»Ob es ihr nicht gut geht? Ihr könnte unwohl sein, Harry.«

»Hm, jetzt, da du es erwähnst, es *ist* ziemlich seltsam.«

Claudia legte ihre Serviette auf den Tisch und schob ihren Stuhl zurück.

»Ich gehe kurz nach ihr sehen«, sagte sie lächelnd.

Harry nickte. »Danke, Claudia! Das ist zu freundlich.«

Er blickte ihr nach, als sie ging. *Etwas stimmt hier nicht. Ich sollte auf der Hut sein.*

Claudia wirkte besorgt.

Aber nicht wegen Kats Gesundheit.

Kat leerte die letzten Taschen auf dem Boden aus und hockte sich frustriert auf ihre Fersen.

Nichts!

Drei Koffer und drei kleinere Taschen – und keine Spur von dem Schmuck.

Es ergab keinen Sinn. Sie begann, an ihrer Theorie zu zweifeln, obwohl sich die Hinweise häuften.

Dennoch leuchtete es überhaupt nicht ein. Außer Reggie war doch in den Betrug verwickelt – und die Juwelen irgendwie in seinem Zimmer versteckt.

Aber das glaubte Kat nicht. Alles wies darauf hin, dass Claudia allein gehandelt hatte – oder vielmehr zusammen mit Coates.

Die beiden hatten eine gemeinsame Geschichte, und sie hatten sich erst vor Monaten an der Riviera getroffen, um diesen kleinen Raub zu planen.

Was erklärte, warum Coates *gewusst hatte,* wo der Schmuck versteckt war. Der Plan könnte gewesen sein, dass er die Hälfte bekam, Claudia die andere Hälfte behielt und Reggie die Entschädigung von der Versicherung kassierte.

Keine Verlierer bei dieser kleinen Operation. Perfekt.

Doch etwas war schiefgegangen, auch wenn Kat jetzt nicht darüber nachdenken konnte, was. Wichtiger war, dass sie den Schmuck fand, bevor Claudia misstrauisch wurde.

Wieder sah sie zu den Taschen.

Könnten die Juwelen in einer Art Geheimfach versteckt sein? Falls ja, dann am ehesten in einem neuen, speziell angefertigten Koffer.

Sie griff nach dem neuesten. Er war aus glänzendem weißen Leder und sah teuer aus. Kat hob ihn hoch.

Schwer. Schwerer, als sie erwartet hätte. Schwerer, als er sein dürfte?

Aber wie komme ich an das Geheimfach?

Sie kramte zwischen den Kleidungsstücken und zog

einen Schminkkoffer hervor, öffnete ihn und kippte den Inhalt auf den Teppich.

Ja, eine Nagelfeile – noch dazu eine scharfe.

Sollte sie sich irren, kämen einige peinliche Erklärungen auf Kat zu.

Sie drehte den Koffer auf den Kopf und strich mit der Feilenklinge am Innern entlang. Seide, die auf einer Art Brett befestigt war. Kat zog, bis sich das Brett löste.

Darunter war noch eine Schicht zu sehen, allerdings von Klemmen in den Ecken gesichert. Mit der Feile bog Kat die Klemmen auf.

Dann hob sie die Schicht – ein dünnes Blech – hoch, und als es zur Seite kippte, sah Kat … die Juwelen.

Die gestohlenen Juwelen.

Diademe, Halsketten, Armbänder, alles fest in Samt gebetet, glitzernd und funkelnd im letzten Licht, das durch das Fenster hereinfiel.

Ein atemberaubendes Vermögen. Bereit, aus dem Haus geschmuggelt zu werden.

»Haben Sie gefunden, wonach Sie suchten?«, fragte eine Frauenstimme hinter ihr.

Kat wusste, dass es Claudia war.

»Noch nicht alles«, sagte Kat, ohne sich zu rühren. Ihr Herz pochte schneller. »Ich hatte erwartet, hier auch eine Waffe zu sehen.«

»Diese?«, fragte Claudia.

Nun drehte Kat sich langsam um und stand auf. Claudia stand an der Tür zur Ankleide und hielt eine kleine Ein-Schuss-Pistole in der Hand, die sie auf Kat richtete.

»Ja, genau die«, sagte Kat und musste ein wenig grinsen. Dann wurde sie ernst. »Die Waffe, mit der *Sie* Coates getötet haben.«

»Ah, das haben Sie herausbekommen, ja?«

»Ich hatte sieben Schüsse gezählt. Sie hatten als Erste gefeuert. Reggie schoss lediglich in die Nacht. Aber eines verstehe ich nicht. Warum haben Sie Coates umgebracht?«

»Der alberne Kerl hat gedacht, dass wir zusammen durchbrennen.«

»Ach ja? Ich denke, da irren Sie sich«, erwiderte Kat. »Wie sich herausgestellt hat, hatte er nur eine einzelne Fahrkarte nach Nizza gekauft.«

»Wirklich?« Claudia nahm eine der kleineren Taschen und warf sie Kat zu. »Nun, spielt das noch eine Rolle? Packen Sie den Schmuck da rein!«

Kat hob die Stücke auf und legte sie in die Tasche, wobei sie die Pistole im Blick behielt.

»Ihnen muss klar sein, dass Sie nicht davonkommen«, sagte Kat, als sie Claudia die Tasche reichte.

»*Sie* halten mich nicht auf.«

»Ach nein? Wenn ich raten sollte, würde ich sagen, dass Sie nicht schießen.«

»Lassen Sie es drauf ankommen. Drehen Sie sich zum Fenster.«

Kat holte tief Luft, drehte sich um und hoffte, betete, dass sie recht hatte.

Sie wird mich nicht erschießen. Es wäre zu laut, und die Leute würden … Oder doch?

Kat spürte einen heftigen Schlag gegen den Kopf, fiel nach vorn auf den Kleiderhaufen, und alles wurde schwarz.

Harry schob seinen Stuhl zurück und erhob sich. *Zwei Minuten?* Kat war schon zu lange weg. Irgendetwas stimmte nicht.

Er ging zur Tür.

»Harry?«, fragte Lavinia, als er an ihr vorbeikam.

Nun herrschte Stille am Tisch, denn sein eiliger Aufbruch hatte alle verstummen lassen.

In der Diele passierte er den Korridor zum Trakt der Bediensteten und sah jemanden auf den Dienstboteneingang seitlich vom Haus zulaufen.

Lady Tamworth … Und sie lief nicht. Sie rannte.

Was ist hier los? Ist Kat etwas passiert?

Harry drehte sich um und hastete zur Treppe, auf der er jeweils zwei Stufen auf einmal nahm, immer schneller, während er rief: »Kat! Kat!«

Kein Laut von oben.

Er rannte den Korridor hinunter zu ihrem Zimmer. Nichts.

Dann hörte er weiter weg ein dumpfes Knallen von einem Fenster, das aufgeworfen wurde, und zerberstendem Glas. Das Geräusch kam aus einem der anderen Gästezimmer.

Er stürmte wieder hinaus und zu dem Zimmer von Reggie und Claudia. Dessen Tür stand weit offen, aber die zur Ankleide war geschlossen.

»Kat! Kat!«

»Harry!«, hörte er Kats Stimme hinter der Tür.

Harry drehte den Knauf, aber es war abgeschlossen. Er drückte fest, warf sich gegen die Tür, stieß sich jedoch nur die Schulter schmerzhaft an.

Dann fiel ihm Reggies Revolver ein.

Er lief zum Nachtschrank, zog die Schublade auf und schnappte sich die Waffe, mit der er zur Ankleidetür zurückeilte.

»Kat! Weg von der Tür! Jetzt. *Weg da!*«

Nun zielte er mit der Waffe auf das Schloss und drückte ab. Es war ein gigantischer Knall, laut genug, dass Harrys Ohren schrillten. Der Schießpulvergeruch war ihm allzu vertraut.

Das Schloss war zersplittert, und als Harry gegen die Tür drückte, schwang sie nach innen auf. Er blickte sich um, suchte nach Kat, doch hier war niemand!

»Kat! Wo zum …?«

»Hier! Hier draußen!«, vernahm er ihre Stimme durch das offene Fenster.

Harry rannte hin, beugte sich hinaus – und sah Kat am Efeu nach unten klettern, schon beinahe im Garten.

»Was machst du denn?«, fragte er von oben.

»Es war Claudia, nicht Reggie!«, sagte Kat, ohne anzuhalten.

Dann hörte Harry, wie ein Motor ansprang – und schaute hinüber, wo der Bentley der Tamworth um das Haus geprescht kam, auf dem Kies schlingerte und wieder in die Spur fand, um die Einfahrt hinaufzufahren. Am Steuer saß …

Lady Tamworth persönlich.

Unten sprang Kat das letzte Stück aus dem Efeu, fiel ins Gras, rappelte sich blitzschnell auf und begann zu rennen – auf den Bentley zu, der nun wieder beschleunigte.

Und plötzlich fügte sich alles zusammen. Die winzigen Puzzleteile ergaben ein Bild, und Harry begriff, was Kat vorhatte.

Das ist zu gefährlich!

Nur blieb keine Zeit, sie aufzuhalten. Er konnte nur rufen …

»Kat! Nicht!«

Und dann – während ihm vage bewusst war, dass die anderen rufend aus dem Haus kamen und auf den vorbeibrausenden Bentley zeigten – sah er Kat einen beherzten Sprung auf das Trittbrett des Automobils vollführen, wo sie gleich neben der Fahrerin landete. Das Gefährt schwenkte sogar ein wenig zur Seite, doch Claudia packte das Lenkrad fester und versuchte, gleichzeitig Harrys Frau abzuwehren.

Seine fantastische, furchtlose, schöne Frau.

Doch es war zwecklos, denn Kat holte mit dem rechten Arm aus und rammte ihre Faust mitten in Lady Tamworth' Gesicht. Ein Aufwärtshaken, wie Harry ihn bisher kaum in den brutalsten Armee-Boxkämpfen bezeugt hatte.

Kats nächster Schwung katapultierte sie halb über Claudia hinweg und auf den Beifahrersitz.

Der Bentley geriet ins Schleudern, Kies stob auf – und Claudias Kopf sackte zurück gegen das weiche Leder. Das Heck des großartigen Wagens scherte weiter aus und krachte mit einem scheußlichen, metallischen Kreischen gegen den Springbrunnen, wo er in einer Wolke aus Staub und Qualm stehen blieb.

Mit offenem Mund beobachtete Harry alles, wollte seinen Augen nicht trauen. Nach und nach wurde er gewahr, dass Lavinia, Benton und Reggie über den Kies zum Bentley liefen.

Und Kat richtete sich auf, stieg vom Trittbrett und klopfte sich ab.

Als wäre nichts weiter gewesen.

Harry schaute zu, wie sie lässig zurück zum Haus ging. Hinter ihr scharten sich alle um den Wagen und zogen die benommene Claudia auf die Beine.

Kat blieb unter dem Fenster stehen, rieb sich die rechte Hand und blickte zu Harry hinauf.

»Das da – du weißt schon, der Sprung, der rechte Haken –, war das wirklich nötig, Kat?«, fragte er. »Mir schien es – nun ja – *ziemlich* riskant.«

»Diese Frau«, erwiderte sie und zeigte zurück zum Bentley, »hat mich *geschlagen*. Auf den Hinterkopf. Mich bewusstlos geschlagen!«

»Ah«, sagte Harry grinsend, »demnach hattest du einen guten Grund. Keine weiteren Fragen.«

Endlich lächelte Kat. »Keiner schlägt mich und kommt ungestraft davon.«

»Ja, das habe ich gesehen.«

Er blickte sie an.

»Was tust du eigentlich da oben in dem Zimmer?«, fragte sie.

»Im Moment? Ich bewundere dich.«

»Das kannst du später noch. Jetzt komm bitte runter und kümmere dich um mich. Ich bräuchte eine Umarmung und einen Kuss, solche Sachen. Vielleicht sogar einen Verband!«

»Bin schon unterwegs«, antwortete Harry und wandte sich vom Fenster ab. *Hätte ich geahnt, dass die Ehe mit Kat so sein würde, ich hätte sie schon sehr viel früher geheiratet!*

18. Drinks auf der Terrasse

Kat lehnte sich in die weichen Polster des Liegestuhls zurück und erhob ihr Martini-Glas.

»Chin-chin«, sagte sie und sah zu Harry, der neben ihr in dem zweiten Liegestuhl lag, die Ärmel aufgekrempelt, das Hemd oben offen und den Panamahut nach hinten geschoben.

»Cheers«, antwortete er und beugte sich rüber, um mit ihr anzustoßen.

Sie beobachtete, wie er einen Schluck trank.

»Herrlich.«

»Meinst du das hier?« Sie nickte zum Garten des Dower House mit dem sattgrünen Rasen, den blühenden Sträuchern und der Sonne, die hinter den Apfel- und Kirschbäumen unterging. »Oder den Martini?«

»Beides«, sagte er. »Hierauf freue ich mich schon seit Wochen.«

»Ich mich auch.« Sie steckte sich die Olive aus dem Cocktail in den Mund. »Lieber ein paar Tage später als nie.«

»Stimmt«, sagte Harry. »Und es gab ein paar Momente an diesem Wochenende, da dachte ich, du würdest vielleicht ein bisschen zu weit gehen.«

Sie lachte. »Wie langweilig wäre das Leben, würden wir nie zu weit gehen, Harry.«

»Ja, schon, aber dieser Sprung auf den Wagen? Und dann der rechte Haken? *Autsch!*«

»Dieser Hieb auf meinen Kopf? Autsch!«

»Hat er dich wenigstens zur Vernunft gebracht?«

»Das bezweifle ich.«

»Schön«, sagte er, lehnte sich zu ihr und legte eine Hand auf ihren Arm. »Denn ich würde nicht wollen, dass du dich änderst.«

»Habe ich auch nicht vor«, versprach sie lächelnd.

Er trank noch einen Schluck von seinem Martini.

»Gibt es Neuigkeiten von Reggie und Claudia?«

»Sie sind beide in Untersuchungshaft in Chichester. Claudia wird wegen Mord angeklagt.«

»Was ist mit Reggie?«

»Behinderung der Justiz.«

»Also … hatte er wirklich nichts damit zu tun?«, fragte sie.

»Er sagt, als er sah, dass sie Coates erschossen hatte – hat er getan, was jeder anständige Ehemann tun würde. Die Schuld auf sich genommen.«

»Und er hatte nie einen Verdacht? Erstaunlich.«

»Unser Reggie ist nicht unbedingt ein helles Köpfchen. Anscheinend hatte er Claudia das letzte Jahr über eher vernachlässigt. Er war zum Spielen in Nizza – und sie fing dort eine Affäre mit Coates an.«

»War Coates als Chauffeur anderer Gäste dort?«

Harry nickte.

»Dann lass mich raten«, sagte Kat. »Sobald sie die Einladung zum Staatsbankett bekommen hatten, sah sie ihre Chance, schmiedete einen Plan, spannte Coates ein und ließ ihn die Drecksarbeit übernehmen.«

»Und als seine Aufgabe erledigt war, erschoss sie ihn.«

»*Sehr böse.*«

»Ja. Ich fürchte, dafür wird sie hängen«, sagte Harry.

Kat fröstelte bei dem Gedanken. Dann stellte sie sich Coates in diesem Nachtzug in Richtung Süden vor.

»Jenny ist auch entlastet?«, fragte sie. »Hat sie Coates wirklich nicht geholfen?«

»Nein, anscheinend hat sie die Wahrheit gesagt. Lavinia glaubt, dass sie Coates schon ungefähr eine Woche vorher eine Generalprobe hatte machen sehen – aber keine Spur von Jenny.«

»Gut. Das freut mich. Sie ist ein nettes Mädchen.«

»Ist sie – und wird vom Hilfsgärtner getröstet, wie ich höre.«

»Ach, wie wankelmütig junge Liebe ist«, sagte Kat und leerte ihr Glas. »Hm, Harry, ich habe Hunger.«

»Ich auch«, sagte er, stellte sein Glas ab und stand auf. »Maggie sagte, dass der Eintopf fertig ist – wann immer wir wollen.«

»Ich kann es kaum erwarten.«

»Essen wir drinnen oder hier draußen?«

»Auf jeden Fall hier draußen«, antwortete Kat. »Lass uns essen, Wein trinken und aufbleiben, bis es dunkel wird.«

»Aber nicht zu lange«, sagte Harry und küsste sie.

Sie lachte. »Oh nein, nicht zu lange. Wir haben … einiges aufzuholen.«

»Und jede Menge Zeit dafür«, sagte er. »Diese Woche sollte es schön ruhig sein.«

»Nicht zu ruhig, hoffe ich. Die letzten ein, zwei Tage – nun, die haben Spaß gemacht, oder?«

»Sie waren ereignisreich, das steht fest. Jeden Tag würde ich das nicht wollen.«

»Natürlich nicht. Was ist mit deiner Arbeit in London? Die wird sicher langweilig, hm?«

Hierauf bemerkte sie, dass Harry sie ansah. Mit einem umwerfenden Grinsen.

»Oh ja, das ist noch so eine Sache. Ich hatte bisher keine Gelegenheit, es zu erwähnen. Wie sich herausgestellt hat, wird sie vielleicht nicht ganz so langweilig wie …«

Das laute Telefonschrillen aus dem Haus unterbrach ihn.

»Gütiger Gott«, sagte Harry. »Anscheinend sind wir angeschlossen. Endlich! Ich frage mich, wer das sein mag.«

Kat wartete, während er hineinging und den Anruf annahm.

Sie blickte sich im Garten um und malte sich ihre Zukunft hier aus. Alle erdenklichen Varianten von Ereignissen und Erfahrungen, die kommen mochten.

Im Geiste sah sie den Garten voller Leute – Freunde, Verwandte, Gäste – vielleicht lachende spielende Kinder. Harry und sie, die älter wurden und einander noch vertrauter.

»Tja, das ist ein Ding«, sagte Harry, als er zurück auf die Terrasse kam.

»Wer war es?«

»Der Vikar.«

»Alle Achtung. Du bist erst seit ein paar Tagen zurück, und schon wollen sie dich wieder im Kirchenchor, hm?«

»Nicht ganz. Er möchte, dass wir morgen zu ihm kommen. Uns mit ihm unterhalten.«

»Ich auch?«

»Oh, du ganz besonders. Wie es scheint, hat er von

unseren – oder vielmehr deinen – Heldentaten auf dem Anwesen gehört. Und er möchte auch mit mir reden. Er hat ein Problem, so, wie es klang. Und er glaubt, dass wir ihm eventuell helfen können.«

»Was für ein Problem?«, fragte Kat.

»Hat er nicht gesagt. Nur, dass es recht ernst ist.«

Kat sah Harry neugierig an, doch er zuckte mit den Schultern. Er war genauso erstaunt wie sie.

»Okay, und was hast du gesagt, Harry?«

»Na, dass wir gleich nach dem Frühstück zu ihm kommen.«

Sie lachte. »Richtige Antwort!«

Auch er lachte und legte einen Arm um sie. »Komm, holen wir uns den Eintopf. Wir können all das, was wir, ähm, vorhaben, schlecht mit leerem Magen bewältigen, oder?«

Gemeinsam gingen sie nach drinnen.

Welche Überraschungen würde der kleine Ort Mydworth in den kommenden Jahren noch für uns bereithalten, fragte sich Kat.

Sie mochte Überraschungen.

MATTHEW COSTELLO
NEIL RICHARDS

MYDWORTH

Ein Fall für Lord und Lady Mortimer

Tod im Mondschein

Aus dem Englischen von Sabine Schilasky

lübbe

Prolog

Vorsichtig kletterte Syd Buckman über den wackligen Zaun auf die alte Straße nach Arundel und legte den Leinenbeutel ab. Sein Gehör stellte sich langsam auf die nächtlichen Laute ein. Oben auf dem fernen Hügel, im dunklen Wald, erklang der Schrei einer Eule. Syd wartete auf den Antwortruf – und da war er, vielleicht eine halbe Meile weit weg.

Aus dem Tal dröhnten Stimmen zu ihm herauf. Von hier aus war Mydworth nicht zu sehen, doch dieses Geräusch kannte Syd gut: Das King's Arms schloss. Er glaubte sogar, Gelächter zu hören, und schmunzelte.

Die übliche Horde, die wenig gewillt ist, heim zu den ungeduldigen Frauen zu torkeln.

Ein leises Rascheln auf dem Feld vor ihm bewirkte, dass er sich eilig umdrehte. Im fahlen Schein der dünnen Mondsichel konnte er die Reihen hohen Korns in der Finsternis verschwinden sehen. *Ein Fuchs? Nein. Etwas Kleineres.*

Froh, dass er hier oben allein war, nahm er seinen Beutel auf, schwang ihn sich über die Schulter und machte sich auf den Weg die Straße hinauf zu dem fernen Hügel und dem Wald.

Es war nach elf, und er erwartete nicht, jemanden zu

treffen. Alle Pubs hatten geschlossen. Und die guten wie die nicht ganz so guten Menschen von Sussex würden bald in ihren Betten liegen, um den Schlaf der Gerechten oder der Faulen zu schlafen.

Die guten Menschen von Sussex, dachte er. Zu denen zählte er nicht, so viel stand fest.

Er lächelte vor sich hin und hob seinen Beutel auf die andere Schulter. Schwer war er nicht, nur unförmig.

Es ist nicht einfach, ein Lee-Enfield-Gewehr zu verstecken.

Der alte Army-Beutel seines Vaters war nicht lang genug, um den Lauf vollständig zu verdecken, sodass ein Teil oben aus dem geschnürten Ende lugte. Aber in einer dunklen Nacht wie dieser konnte Syd gewiss sein, dass niemand die Laufspitze bemerkte, solange er den Beutel dicht an seiner Seite hielt.

Ich will ja nicht irgendeinen alten Burschen erschrecken, der nach einigen Pints auf dem Heimweg ist. Oder, schlimmer noch, einen neugierigen Polizisten auf der Suche nach Ärger.

Nicht heute Nacht.

Er hatte viel zu tun.

Zehn Minuten später erreichte Syd die vertraute Biegung, an der das Shreeve-Anwesen begann. Hier wich der Zaun einer robusten Mauer, von der Syd wusste, dass sie über einige Meilen verlief: zunächst entlang der Straße, dann nach Norden um das Haupthaus herum und auf der anderen Seite zurück bis an diese Stelle.

Sie umrahmte tausend Morgen Wald, Wiesen, Hügel und Täler, Rinder- und Schafherden. *Und Wild.*

Wild, das zu Hunderten frei herumlief.

Jedes einzelne Tier war eine hübsche Summe wert, sofern man den richtigen Metzger kannte. Und er kannte den richtigen.

Er musste nichts weiter tun, als die Ware zu liefern.

Ohne Frage konnte er das. Wie sein Vater – und dessen Vater vor ihm.

Ich schätze, wir Buckmans sind schon seit Wilhelm dem Eroberer in diesen Wäldern unterwegs. War er es nicht, der sie den Leuten weggenommen und zum königlichen Jagdgrund erklärt hat?

Syd spuckte auf die staubige Straße. Dann wanderte er an der Mauer entlang, bis er die lockeren Steine fand, die er vor rund einem Monat losgemeißelt hatte. Sie waren ideale Steighilfen, wenn man wusste, wo sie sich befanden.

Mühelos zog er sich nach oben.

Einen Augenblick später war er über die Mauer geklettert und hockte auf der anderen Seite in der dunstigen Dunkelheit des Waldes.

Er zog den Beutel von seiner Schulter, nahm das Gewehr heraus und richtete es sorgsam gen Boden.

»Egal wie sicher du bist, dass es nicht geladen ist – behandle ein Gewehr immer so, als wäre es geladen«, hatte sein Vater ihm beigebracht, als er noch ein kleiner Junge gewesen war. Und obgleich der Alte ein versoffener Mistkerl war, bei Gewehren wusste er, wovon er redete.

Syd fühlte das Gewicht der Waffe. Er mochte den vertrauten Geruch von geöltem Metall und Holz ebenso wie die glatt geriebene Oberfläche des Schaftes.

Nun griff er nach den Patronen in seiner Tasche, bei denen es sich um lange, spitze Messinghülsen handelte.

Der richtige Schütze, und sie sind tödlich.

Er löste die Sicherung, zog den Bolzen nach hinten und gab eine nach der anderen fünf Patronen in den Magazinschacht.

Behutsam ließ er den Bolzen wieder einrasten, was vollkommen lautlos geschah, und sicherte die Waffe.

Nachdem er sich den Beutel über die Schulter gehängt hatte, richtete er sich auf, das Gewehr in beiden Händen, und ging langsam tiefer in den finsteren Wald, wo seine Stiefel kein Geräusch auf dem weichen Moos machten.

Sein ganzer Körper, all seine Sinne waren auf die Gerüche, die Laute und die Atmosphäre des lebendigen Waldes konzentriert. Er achtete auf verräterische Zeichen von Wild – Hufspuren, Losungen, Geweihfurchen an Baumrinden.

Dieser Moment war stets aufs Neue aufregend. Nie sonst fühlte er sich lebendiger. *Trotz der Gefahr, ertappt zu werden.*

Nun gab es kein Zurück mehr. Mit dem geladenen Gewehr in der Hand könnte er nicht leugnen, was er mitten in der Nacht auf einem Privatgrundstück trieb. Und dafür gab es nur ein Wort … *Wilderei.*

Syd hockte sich an eine uralte Eiche und legte das Gewehr quer auf seinen Schoß. Sein Atem ging ruhig, und er achtete aufmerksam auf die Bewegungen im Wald.

Schon vor einer Weile hatte er eine Herde von Hirschen entdeckt und war eine halbe Meile weit geduckt um sie herumgewandert, bis er hier gelandet war, verborgen zwischen den Bäumen und gegen die Windrichtung für seine auf einer Lichtung äsende Beute.

Bereit für sie.

Er wusste, dass sie in seine Richtung laufen würden, weil sie der Reihe von Lichtungen folgten, hin und wieder zum Äsen verharrten, durchs Unterholz streiften und weiterzogen.

Nicht ahnend, dass sie sich mit jedem Schritt näher auf ihren Jäger zubewegten.

Und jetzt waren sie hier.

Durch die Bäume konnte er den Leithirsch gerade

noch ausmachen – den Kopf mit dem großen Geweih hoch aufgerichtet. So stand der Bursche vor seiner Herde, bevor er sie langsam auf Syd zuführte.

Hinter ihm sah Syd die anderen, die äsend die Köpfe gesenkt hatten. Hin und wieder blickten sie nervös auf, wenn sie etwas hörten, hielten geschlossen inne und starrten angestrengt in den Wald, bevor sie sich wieder dem Grasfressen widmeten.

Sie hatten Syd nicht gesehen, und solange er keinen einzigen Muskel rührte, würde sich das auch nicht ändern.

Er musterte die Herde, die nur fünfzig Meter entfernt war, und wählte sein Ziel aus.

Dort. Der junge Bock war ein prächtiges Tier, kräftig und gesund, außerdem nicht zu schwer, um ihn zu tragen.

Denselben Bock hatte Syd schon die letzten zwei, drei Male hier oben gesehen und ihn als mögliche Beute auserkoren.

So gern er auch den großen Bock erlegt hätte ... Syd wusste, dass er mehrere Leute brauchen würde, um das Tier aus dem Wald zu tragen. Aber der junge Bock? Oh ja, den konnte er allein bewältigen.

Als hätte das Tier ihn gehört, blickte es auf und mit sanften, beinahe vertrauensvollen Augen in Syds Richtung.

Immer wieder ein großartiger Moment.

Syd hielt den Atem an – und schließlich sah der Bock wieder weg. Dann trottete er in die Mitte der Lichtung, fort von den anderen und begann erneut zu äsen.

Sehr gut.

Langsam entsicherte Syd das Gewehr, hob es an und lehnte den schweren Schaft an seine Schulter.

Er drückte die Wange an das warme Holz. Wieder

roch er Waffenöl und schaute durch das Visier, wo der Kopf des Hirsches exakt in dem «V« zu erkennen war.

Er sah, wie der Bock abermals aufblickte, als spürte er den tödlichen Moment nahen. Syd folgte den Bewegungen mit seinem Gewehr, atmete leise aus, legte den Finger an den Abzug … und drückte langsam ab.

Peng! Der Schuss krachte unglaublich laut durch den Wald. Syd sah den jungen Bock mausetot auf die Lichtung kippen – und die anderen Hirsche hektisch zwischen die Bäume fliehen.

Er nahm das Gewehr hinunter und sicherte es wieder.

Man durfte nichts überstürzen!

Dann hob er die ausgeworfene Patronenhülse auf, steckte sie in seine Tasche und erhob sich. Sein Rücken und seine Beine schmerzten vom langen Warten.

Er ging hinüber zu dem Hirsch, der regungslos auf der Lichtung lag, und sah, dass er dem Tier einen glatten Kopfschuss verpasst hatte. *Auf der Stelle tot. Was für ein sauberer Schuss!*

Er legte seinen Beutel auf den Boden und holte Taue und ein Messer heraus. Dies war der unangenehme Teil, wenn er das tote Tier so zusammenschnüren musste, dass er es den langen Weg über die Straße zurücktragen konnte.

Der Schuss war meilenweit zu hören gewesen, und obgleich ein einzelner Schuss auf einem solch großen Anwesen schwer zu orten war, musste er klug vorgehen.

Auf frischer Tat ertappt zu werden würde gewiss eine Haftstrafe bedeuten. Und das Risiko wollte Syd nicht eingehen.

Er hatte ungefähr eine halbe Meile zurückgelegt, als er hinter sich im Wald ein Geräusch vernahm. Nur ein knackender Zweig. Doch Syd wusste, dass ein gewisses Gewicht vonnöten war, um einen Zweig auf dem Waldboden zu zerbrechen, und er wusste gleichfalls, dass nur wenige Kreaturen schwer genug dafür waren.

Ein Hirsch. Ein Wildschwein vielleicht. *Oder ein Mensch.*

Er blieb stehen und drehte sich langsam um, suchte die dunklen Bäume nach einer Bewegung ab.

Der Kadaver wog schwer auf seinem Rücken. Syd musste weiter. Was er auch gehört haben mochte, es musste ein gutes Stück entfernt gewesen sein. Oder er hatte es sich eingebildet.

Doch fünf Minuten später war wieder ein Geräusch hinter ihm. Ein Zweig, der sich bewegte und knackste.

Diesmal war es näher.

Syd blieb stehen, spähte in die Dunkelheit. Sein Puls begann zu rasen. Ihm gefiel das nicht.

Er verließ den Weg, duckte sich tief und bewegte sich so leise wie möglich durch das dichte Unterholz. Dann drehte er sich um und sah zu dem Pfad.

Leider war es nun bewölkt, sodass ihm nicht einmal mehr die Mondsichel half.

Ihn überkam ein erstes ängstliches Frösteln. Seine Gedanken überschlugen sich: *Etwas … oder jemand … folgt mir. Etwas verfolgt mich. Nein, es verfolgt mich nicht. Es stellt mir nach.*

Er benetzte seine Lippen, weil sein Mund sehr trocken war. Er musste hier raus, schnell, keine Frage. Doch der Hirsch war schwer und machte ihn langsam.

Sollte er ihn einfach hier fallen lassen? Ihn mit Laub und Zweigen bedecken?

Aber er war der Straße so nah. Sie konnte nicht mehr als fünf Minuten entfernt sein. Und er brauchte das Geld sehr dringend.

Er wartete, und im Wald wurde es wieder still. Die

einzigen Geräusche waren das Pochen seines Herzens und sein Atem, der zu laut war.

Hör auf, Syd! Hör auf zu spinnen. Hier draußen ist keiner, verdammt! Hier war noch nie einer.

Also hievte er den Kadaver höher auf seine Schultern und drehte sich um, bereit für den letzten Sprint zum Waldrand.

Doch als er sich umwandte, sah er einen Umriss schnell auf sich zukommen.

So schnell, dass es wie … *ein Geist* wirkte. Eine entsetzliche Kreatur der Nacht. Und bevor Syd auch bloß den Hirsch fallen lassen konnte, um die Arme frei zu haben und sich zu verteidigen … war die Gestalt nur noch einen Meter entfernt. Keine Gestalt, sondern ein Mann, der ein großes Holzstück in die Höhe hielt. Oder war es Eisen? Das schwere Objekt sauste bereits durch die Luft auf Syds Kopf zu, und ihm blieb keine Zeit, es abzufangen, bevor …

Rumms! Es wurde in sein Gesicht geschmettert. Plötzlich schmeckte er Blut und fühlte zersplitterte Zähne, während sein Kopf nach hinten schnellte und dann … Dunkelheit.

1. Häusliches Glück

Kat Reilly stand am Fenster des Gästezimmers im Dower House und sah nach unten zu ihrem Mann, der im Sonnenschein dieses Samstagmorgens an seinem alten Motorrad werkelte.

In dem Overall mit den hochgekrempelten Ärmeln sah er so gar nicht wie der Harry aus, den sie kannte!

Zugleich wirkte er vollkommen zufrieden, wie er da inmitten der Motorenteile hockte. Sie schaute ihm zu. Er pfiff leise vor sich hin und wischte sich mit der öligen Hand über die Stirn, um eine Locke wegzustreichen. Sie empfand eine gänzlich neue Zuneigung zu diesem Briten, den sie geheiratet hatte.

»Du musst verstehen, Kat«, hatte er ihr in Kairo gesagt, »es geht um die einfachen Dinge.« Mit diesen Worten hatte er ihr zu erklären versucht, warum er wollte, dass sie nach Mydworth Manor zogen, in das Reich seiner Tante, Lady Lavinia – allerdings in das bescheidenere Haus am Dorfrand.

Bescheiden! Tja, das ist irgendwie relativ. Vier Schlafzimmer und ein Morgen Garten sind in der Bronx, wo ich herkomme, nicht »bescheiden«. Dort gingen zweieinhalb Quadratmeter Efeu vor dem Haus für die meisten Leute als Garten durch.

Doch nachdem sie einige Wochen hier in diesem Haus in diesem kleinen Ort in Sussex gelebt hatte, glaubte Kat zu verstehen, was er gemeint hatte. Und auch, was für einen Mann sie geheiratet hatte.

Wobei Harry auch die Großstadt mochte, die Aufregung und seine einflussreiche Arbeit in der Welt der Diplomaten.

Jetzt hingegen schätzte er ebenso sehr die ruhigen Zeiten, die *kleinen Dinge:* Sonntagnachmittage im Garten, wenn er über der Zeitung einschlief, Spaziergänge, Bootsfahrten auf dem Fluss, diese lustigen Cricketspiele zwischen Lokalmannschaften und die Cream Teas hinterher, die Abende im Garten der White Rose unten am Fluss, wo sie Ale tranken.

Und – oh Wunder! – ihr gefiel all das auch. Sie hatte sogar Freude daran, das alte Haus zu renovieren, neue Vorhänge, Tapeten und Teppiche zu bestellen. Ach ja, und der Haushälterin Maggie bei der Speisenauswahl und beim Kochen zu helfen – Letzteres nur, wenn es ihr erlaubt war, denn ein wenig Etikette wollte gewahrt bleiben.

Das Einkaufen im Dorf war stets lustig, wenn die Leute aufblickten, sobald sie den Mund öffnete und man ihr die New Yorker Bronx deutlich anhörte. Und sie fand erstaunlich viel Gefallen daran zu entdecken, wie es in diesen englischen Dörfern zuging, wer wer war und was man wann nicht sagen sollte.

Hier galten viele unausgesprochene Regeln, wie sie festgestellt hatte.

Trotzdem war da ein unerquicklicher Gedanke, der sich seit ein paar Wochen in den Vordergrund zu kämpfen begann.

Fragen, auf die Kat noch keine Antwort gefunden hatte:

War das alles? Würde so ihr Leben aussehen? Für immer?

Gewiss würden sich Kinder einstellen, wenn sie beide bereit waren, aber …

Und da schwelte noch eine unerwünschte Frage im Hintergrund, die nach einer Antwort verlangte: Wie konnte sie Harry so sehr lieben und gleichzeitig in Sorge sein, dass sie hiermit nicht restlos glücklich sein würde? Nicht … zufrieden?

Als könnte er ihre Gedanken lesen – und bisweilen hatte sie den Eindruck, er konnte es wirklich –, sah sie Harry zum Fenster aufblicken und ihr zuwinken. Sein wundervolles Lächeln war so offen und ehrlich, dass sie sich ihrer Gedanken schämte.

Sie winkte zurück und öffnete das Fenster. »Wie geht es voran, großer Mechaniker?«, fragte sie.

»Beinahe fertig. Ich werde das alte Mädchen in Kürze zum Laufen bekommen.«

Sie betrachtete die verstreuten Motorenteile. »Ach ja? ›Sie‹ sieht mir noch recht … nun ja … derangiert aus?«

»Ach das? Keine Sorge, das Schwierigste ist geschafft«, sagte er grinsend. »Jetzt muss ich nur noch alles zusammenbauen – und fertig ist die Laube.«

Das war auch so etwas: die seltsamen kleinen Redensarten der Leute hier.

Kat hatte gelernt, diese Dinge schlicht auf sich zukommen zu lassen; meisten war es nicht schwer, die Bedeutung aus dem Zusammenhang zu erschließen.

Meistens.

»Hm, ich höre häufiger von dieser *Laube* – irgendwann musst du mir die mal zeigen. Wie wäre es mit einem Tee?«

»Sehr gut. In fünf Minuten in der Küche?«

»Abgemacht«, sagte sie, zog das Fenster zu und ging nach unten.

Harry schrubbte sich die Hände an dem großen Becken in der Waschküche, wobei er Scheuerpulver zwischen den Handflächen verrieb, um das Maschinenöl wegzubekommen. Herkömmliche Seife tat es da nicht, aber Scheuerpulver war perfekt!

Die alte Maschine – eine BSA mit starkem Motor – war sein ganzer Stolz und seine große Freude gewesen, als er 1918 von der Front zurückgekehrt war. Damals hatte er einen herrlichen Sommer in England verbracht – mit langen Fahrten durch Sussex und Kent –, bevor er seinen ersten Diplomatenposten im Ausland angetreten hatte.

Seither hatte das Motorrad ungenutzt, aber unvergessen in Tante Lavinias Stall unter einer Plane gestanden. Nun, da er wieder zu Hause war, wollte Harry das Motorrad unbedingt wieder nutzen.

Und nicht nur das. Er wollte auch Kat beibringen, es zu fahren. Er schätzte, dass sie ein Naturtalent war.

Sosehr er seinen Alvis auch mochte – der sich wunderbar für die alltäglichen Fahrten über Land eignete –, er ahnte doch, dass sie auf dem Motorrad noch viel mehr Spaß haben könnten.

Noch wenige Stunden Arbeit, dann wäre die Maschine fahrtüchtig.

Er trocknete sich die Hände ab und ging in die Küche, wo Kat und Maggie vor dem weit geöffneten neuen Kühlschrank standen.

Das Ding hat sogar ein Gefrierfach! Wahrlich, das Landleben verändert sich.

»Wie sieht es mit Tee und Gebäck aus?«, fragte er. »Arbeiter brauchen kräftigende Nahrung.«

»Gebäck geht«, antwortete Kat über ihre Schulter, »aber …«

»Der Tee könnte noch etwas dauern, Sir«, sagte Maggie, die einen Krug mit Milch in ihren Händen hielt. Oder vielmehr: mit Milcheis.

»Ich komme mit diesem Gerät nicht zurecht, Sir«, erklärte sie und hielt den Krug kopfüber, um vorzuführen, wie fest die Milch gefroren war.

»Kinderkrankheiten, was?«, fragte Harry und gesellte sich zu den beiden Frauen.

»Nein, das hier ist eher die Pest!«, konterte Maggie und knallte den Milchkrug auf den Tisch.

»Ich sehe mir mal den – wie heißt das noch? – Thermostat an, wenn ich mit dem Motorrad fertig bin«, versprach er.

»Ehrlich, ich verstehe wirklich nicht, warum wir nicht einfach die Speisekammer benutzen wie immer«, klagte Maggie, trat an den Herd und goss kochendes Wasser aus dem Kessel in die Teekanne. »Dieser neumodische Kram, der bringt doch nichts als Ärger, wenn Sie mich fragen.«

»Der Preis des Fortschritts«, sagte Harry. »Es sind moderne Zeiten, Maggie. Wir alle müssen uns ihnen stellen.«

Er zwinkerte Kat zu, wurde jedoch stutzig, als sie es nicht erwiderte.

»Mir gefällt er aber nicht, Sir«, entgegnete Maggie, während sie in der Teekanne rührte. »All dieser Fortschritt! Neumodisches dies, neumodisches das! Wo soll das noch hinführen?«

Nun streckte Kat einen Arm aus und drückte Maggie leicht die Hand.

Ist meine Kat nicht einzigartig?

»Sicher gewöhnen Sie sich daran«, sagte Kat. »In

New York ist inzwischen alles elektrisch, denken Sie nur. Teppichreiniger, Waschmaschinen. Überall Autos. Und Pferdefuhrwerke ... Tja, die werden bald ganz verschwunden sein.«

Harry fing schon mal an, Kekse zu naschen.

»Ich weiß ja nicht«, sagte Maggie. »Ich bin mit harter Arbeit und Karbolsäure großgeworden, so wie meine Mum und deren Mum vor ihr. Wir englischen Frauen – ich schätze, wir haben die Dinge gern etwas mühsam.«

Hierüber musste Kat lachen. »Sehen Sie es mal so, Maggie. Die Zeiten, in denen Frauen am Spülbecken schuften mussten, nähern sich ihrem Ende. Finden Sie nicht ...«

»Oh nein, warten Sie mal! Wenn wir nicht aufpassen, habe ich bald keine Anstellung mehr«, unterbrach sie Maggie und brachte die Teekanne und die Tassen zum Tisch. »Und ich weiß, dass eine Menge Frauen genauso denken.«

»Köstliche Kekse«, sagte Harry und hob den Teller an. »Wie wäre es, wenn wir einen Waffenstillstand mit dem Fortschritt vereinbaren und dem danken, der Ingwer-Nussplätzchen erfunden hat?«

Beide Frauen sahen ihn an und verschränkten ihre Arme. Offensichtlich überzeugte sein Lösungsversuch keine von ihnen.

Achselzuckend grinste er sie an – sein letztes Mittel in solchen Situationen. Doch er ahnte, dass es hier und jetzt wohl nicht wirken würde.

Dann hörte er das Telefon klingeln. Bei dem lauten Schrillen zuckte Maggie zusammen.

Auch daran hat sich die Gute noch nicht gewöhnt.

»Gerettet, würde ich sagen«, konstatierte Harry und hackte mit seinem Teelöffel in der gefrorenen Milch herum.

»Ich gehe schon«, sagte Kat, und Harry blickte ihr nach, als sie aus der Küche in die Diele schlenderte.

»Soll ich?«, fragte Harry, nahm die Teekanne auf und schenkte ihnen ein.

Und endlich rang sich Maggie, die mit all den Neuerungen hier ihre liebe Not hatte, ein Lächeln ab.

Kat nahm den Hörer ab und hielt ihn sich ans Ohr. »Mydworth 429!«

»Lady Mortimer, bitte«, erklang eine Frauenstimme.

»Am Apparat«, antwortete Kat, obwohl ihr dieser Titel immer noch ein wenig fremd war.

»Ah, gut. Hier spricht Nicola Green.«

Kat wartete, denn sie kannte den Namen nicht.

»Vom WVS«, fuhr die Frau fort.

»Verzeihung, aber …«

»Ah, natürlich, ich vergaß. Sie sind ja *Amerikanerin!* Der Women's Voluntary Service, ein Freiwilligendienst für Frauen.«

»Ach so, verstehe«, sagte Kat, die gar nichts verstand.

»Wir sind eine Wohltätigkeitsorganisation, die sich für die Frauen in England einsetzt.«

»Das klingt nach einer wirklich guten Sache. Möchten Sie … dass ich spende?«

»Du liebe Güte, nein! Der Vikar hat mir geraten, mich an Sie zu wenden. Er sagte, Sie könnten mir vielleicht helfen.«

»Der Vikar?«

»Sie waren letzten Monat für ihn … tätig. Und sehr erfolgreich, wie er mir erzählte. Noch dazu diskret.«

Allmählich verstand Kat. Kaum eine Woche nach ihrer Ankunft aus Kairo hatten Harry und sie Reverend Elliot geholfen, eine große Silberplatte aufzuspüren, die aus der Kirche in Mydworth verschwunden gewesen war.

Dem Vikar hatte es nicht behagt, die Polizei einzuschalten, weshalb er Kat und Harry davon überzeugt hatte, dass sie genau die Richtigen wären, um diesem Diebstahl auf den Grund zu gehen.

Zufällig *waren* sie auch genau die Richtigen gewesen, und das Silber war wiederbeschafft worden. Es musste aus Versehen geschehen sein, hatte der Gemeindevorsteher beteuert. Auf rätselhafte Weise war die wertvolle Platte vom Schuldigen unbeabsichtigt mit nach Hause genommen worden.

Nachdem der anscheinend verwirrte Täter gebührend gescholten und ihm vergeben worden war, hatte man die ganze Geschichte vergessen. *Oder für sich behalten* – wie zumindest die Verabredung gelautet hat.

Der Vikar hatte dem Dieb und dessen Familie Hilfe in ihrer Misere angeboten.

»Ich nehme doch an, dass Reverend Elliot keine Einzelheiten nannte«, sagte Kat.

»Herr im Himmel, nein«, antwortete Nicola. »Allerdings erwähnte er, Sie und Sir Harry wären das Beste, was Mydworth zu bieten hätte, bräuchte man …«, und hier kicherte sie, »… gute Privatdetektive.«

Kat wollte ihren Ohren nicht trauen. »Im Ernst? Nun …« Und jetzt musste sie ebenfalls lachen. *Privatdetektive? Wohl kaum.* »Wir, na ja, wir haben ihm bloß geholfen. Weiter nichts.«

»Ich verstehe Sie vollkommen. Die hiesige Polizei, ähm, ist hervorragend, wenn es darum geht, die Einhaltung der Schankgesetze zu überwachen, Lady Mortimer«, erklärte Nicola. »Aber ihre Begabung, was richtige Ermittlungen betrifft, lässt doch zu wünschen übrig. Deshalb wende ich mich an Sie und Ihren Gatten.«

»Mrs Green …«

»*Miss* Green, bitte.«

»Entschuldigen Sie, Miss Green. Mein Mann und ich haben dem Vikar sozusagen aus purem Gemeinschaftssinn geholfen. Es war im Grunde weiter nichts …«

»*Natürlich!* So, wie Sie diese Diebe auf Mydworth Manor dingfest gemacht haben? Das ganze Dorf weiß davon! Und Sie gingen recht beherzt zu Werke, wenn meine Quellen mich richtig unterrichtet haben.«

Kat hatte das Gefühl, ihre Chancen, Miss Green höflich abzuweisen, schrumpften minütlich – worum auch immer diese Dame sie bitten mochte. »Das war etwas vollkommen anderes. Eine Familiensache. Ein unglückliches Vorkommnis, und wir waren nur …«

»Ja, und um eine Familiensache geht es auch in diesem Fall. Um eine hiesige sehr anständige Familie, der großes Unrecht widerfahren sein könnte. Und ich glaube, sollte ich mich nicht sehr irren, Sie beide sind die Richtigen, diese Ungerechtigkeit aus der Welt zu schaffen.«

»Miss Green …«

»Nicola, bitte.«

Was? Jetzt sind wir schon beim Vornamen, obwohl wir uns noch nie begegnet sind? Wie ist das denn passiert? Das ist nicht sehr britisch …

»Wir haben wirklich keinerlei Absicht, ›Detektive‹ zu spielen. Allein der Gedanke! Ich weiß nicht, Nicola, aber es klingt verrückt … Mein Mann arbeitet oft in London. Und ich habe hier sehr viel zu tun.«

»Ja, ich weiß das! Deshalb ist es heute ideal, weil Samstag ist. Wie wäre es um zwei Uhr in meinem Büro? Sie können es gar nicht verfehlen, denn es ist direkt am Marktplatz über dem Bekleidungsgeschäft. Kennen Sie das?«

»Nun ja, tue ich …«

Es gab noch Winkel in dem Dorf, die sie erkunden musste, aber auf dem Marktplatz fühlte Kat sich mittlerweile recht heimisch.

»Gut, dann um zwei.«

Stille. Kat schüttelte den Kopf, verwirrt von dem Gesprächsverlauf. Zugleich aber war sie *interessiert*. Und sie musste zugeben, dass sie auch … ein wenig aufgeregt war.

Kat holte tief Luft. »Na gut, Nicola, ich werde um zwei dort sein. Eventuell, und nur eventuell, mit meinem Mann zusammen. Es liegt ganz bei ihm. Und nicht als Detektive. Doch vielleicht als Unterstützung für Sie, falls Sie das Gefühl haben, dass Unrecht geschieht.«

»Hervorragend!«

»Wie dem auch sei …«

»Ja?«

»Sie müssen mir erzählen, worum es geht. Jetzt. In wenigen Worten. Hier am Telefon.«

»Worum? Oh, das ist ganz leicht, Lady Mortimer. Es geht um Mord.«

»Wie bitte?«

»Ja, um einen Mord direkt hier in Mydworth. Und der Schuldige läuft noch frei herum. Wer weiß, ob er nicht erneut zuschlagen will?«

»Oh Gott …« *Das nenne ich mal unerwartet.*

»Eben«, sagte Nicola. »Also, so sieht es auch. Wir treffen uns um zwei.«

Und Kat hörte das Klicken, bevor die Leitung tot war.

Ein Mord in Mydworth. Wer hätte das gedacht?

2. Der Fall beginnt

Harry lief mit Kat die schmale Kopfsteinpflasterstraße hinunter, die zum Marktplatz von Mydworth führte. Die Schatten der eng zusammenstehenden Häuser rechts und links von ihnen boten ihnen eine angenehme Erholungspause von diesem plötzlich sehr warmen Sommertag.

Harry konnte sehen, dass die Standbetreiber auf dem Markt bereits zusammenpackten. Doch noch waren reichlich Leute auf der Straße, und er nickte im Vorbeigehen vertrauten Gesichtern zu oder tippte sich an den Hut.

»Gibt es hier eigentlich jemanden, den du *nicht* kennst?«, fragte Kat.

»Nur die falschen Leute, denn die meide ich gern.«

»Ach was? Hier gibt es ›falsche Leute‹? In diesem Bilderbuchdorf? Klingt spaßig. Die muss ich kennenlernen.«

»Oh, so, wie du dich verhältst – *du Detektivin* –, bin ich gewiss, du wirst sie auch ohne meine Hilfe finden«, sagte Harry lachend.

»Einmal Bronx, immer Bronx?«

»Das hast du gesagt«, antwortete Harry, als sie den Marktplatz erreichten. »Eines Tages nehmen wir einen

Cunard-Liner nach New York, um uns deine sagenumwobene Bronx anzusehen!«

Kate lachte. »Ah, das wäre mal was, Sir Harry!«

Er blickte sich um. »Damenbekleidungsgeschäft, hm. Ich muss gestehen, dass ich mich an keines erinnere.«

»Du wirst auch wenig Anlass gehabt haben, es aufzusuchen. Da ist es!« Kate zeigte zu einem winzigen Laden gegenüber dem Markt.

Harry blickte hinüber. Dort im Fenster standen ein paar Schaufensterpuppen, die anscheinend die neueste Mode in Mydworth zeigten – lauter Schleifen, Rüschen und eigenartige kleine Hüte, die für Harry wie Eicheln aussahen. Mode war eine Welt, die er ganz und gar nicht verstand.

»Ja, ich kann nicht behaupten, dass ich da jemals drin war«, gestand er, als sie sich gemeinsam dem Geschäft näherten und davor stehen blieben. »Denkst du … ich darf da überhaupt rein?«

»Nur wenn du dich vorbildlich benimmst und ich für dich bürge«, antwortete Kat und öffnete die Tür, worauf drinnen eine Glocke bimmelte.

Harry folgte ihr hinein und schloss die Tür hinter sich.

In dem Geschäft entdeckte er Ständer voller Kleider, Hüte auf Regalen, Stoffballen und noch mehr Schaufensterpuppen im hinteren Bereich, die alles von Tennisröcken bis hin zu Cocktailkleidern trugen und wie Gäste auf einer ziemlich seltsamen Party wirkten.

»Kann ich Ihnen helfen?«, fragte eine stark geschminkte Frau in einem grellrosa Kleid hinter dem Tresen.

Harry sah stumm zu, wie die Frau zu ihnen geeilt kam, wobei sie strahlend lächelte und ihre Zähne glitzerten. »Wie reizend, dass Sie *gemeinsam* etwas für die

Dame aussuchen! Unsere Sommerkollektion ist derzeit so beliebt.«

Eine ehrgeizige Verkäuferin.

»Eigentlich sind wir auf der Suche nach Miss Green vom WVS, dem Women's Voluntary Service«, antwortete Kat.

»Ach so, verstehe«, sagte die Frau. Ihr Lächeln schwand so schnell wie ihre Aussicht auf Umsatz. »Miss Green? Ich glaube, sie ist da. Die Treppe dort hinauf und die Tür rechts. Klopfen Sie einfach.«

Harry nickte der Frau zu, die erneut hinter ihren Tresen ging, ohne sie eines weiteren Blickes zu würdigen. Dann folgte er Kat die Treppe hinauf.

Die letzten Wochen mit Kat haben eine vollends neue Seite von Mydworth zutage gefördert, von deren Existenz ich gar nichts wusste.

Ein Damengeschäft! Tja, es gab für alles ein erstes Mal.

Kat klopfte an die Tür mit der Aufschrift WVS und wartete.

»Es ist offen, kommen Sie herein«, ertönte eine muntere Frauenstimme.

Dicht gefolgt von Harry betrat Kate ein winziges, vollgestopftes Büro. Zunächst sah sie nichts außer aufgestapelten Kartons und Akten. Vom Boden bis zur Decke war alles voller Bücher und Papier. Schwere Metallaktenschränke standen herum, und gegenüber befanden sich ein Schreibtisch, wenige Stühle sowie eine Frau ganz oben auf einer bedenklich wackligen Leiter.

»Können Sie mir die bitte mal abnehmen?«, bat die Frau und reichte eine Handvoll staubiger Aktenmappen nach unten. Kat und Harry eilten hin, um sie zu nehmen, bevor alles zu Boden fallen konnte, und legten sie auf den Schreibtisch.

»Ziehen Sie gerade ein?«, fragte Harry.

»Leider nicht. Wir werden gerade rausgeworfen«, antwortete die Frau und nahm jeweils zwei Sprossen auf einmal, als sie die Leiter hinunterstieg. »Die Frau unten will uns aus dem Haus haben.«

»Die falsche Sorte Mieter, was?«, fragte Kat und zwinkerte Harry zu.

»Haha, genau.« Die Frau streckte ihnen die Hand entgegen. »Nicola Green.«

»Kat«, stellte Kat sich vor. »Und mein Ehemann Harry.«

»Kat und Harry.«

Nicola schien sich wohl damit zu fühlen, auf die Titel verzichten zu dürfen. Schön, dachte Kat.

»Wunderbar. Dieser ganze ›Lord und Lady‹-Unsinn bringt mich nur durcheinander. Oh, Verzeihung, ich will nicht …«

»Nein, schon gut. Ich bin Amerikanerin, also weiß ich sehr genau, was Sie meinen«, sagte Kat schmunzelnd.

»Ist für mich in Ordnung«, stimmte Harry lächelnd zu.

Kat beobachtete, wie Nicola einen Schritt zurücktrat, als wollte sie die beiden mustern.

Sie war jünger, als Kat erwartet hatte – wahrscheinlich Ende zwanzig, wie Kat selbst auch. Und sie war groß mit strengen Zügen und kurzem, dunklem und naturkrausem Haar. Nicola trug eine Stoffhose, eine Seidenbluse und darüber eine Herrenweste.

Sie könnte Dichterin sein. Oder Künstlerin. Es fehlen nur noch ein Jackett und eine Baskenmütze, um das Bild abzurunden.

Vor allem war es das Bild einer modernen Frau.

»Räumen Sie sich schon mal die Stühle frei, während ich den Kessel aufstelle«, sagte Nicola und wies zu zwei Bürostühlen, auf denen Bücher gestapelt waren, bevor sie zu einem sehr kleinen Küchenbereich ging. »Oh, und keine Sorge wegen Monty. Der beißt nicht.«

Kat blickte sich um, und wie auf ein Stichwort erhob sich ein phlegmatischer Labrador unter dem Schreibtisch und kam, um sie zu begrüßen.

»Lassen Sie sich von ihm nicht blenden«, sagte Nicola, die wieder zu ihnen kam und einen Teller Kekse auf den Schreibtisch stellte. »Er hat ein gutes Gehör, wenn es um Kekspackungen geht.« Sie schob ihnen den Teller hin. »Greifen Sie zu. Wir haben eine Menge zu besprechen.«

»Mord«, sagte Kat und griff nach einem Keks.

»Ja, Mord«, bestätigte Nicola, die bereits an einem Gebäckstück knabberte.

»Ich fange mal von vorn an«, sagte Nicola, sobald sie alle eine Tasse Tee vor sich stehen hatten.

Harry fühlte, wie Monty ihm hartnäckig gegen die Hand stupste und den Kopf auf seinen Schoß legte, während Kat ihn verstohlen mit einem Kekskrümel fütterte.

Harry dachte sich: *Wir brauchen auch einen Hund!*

»Es geht um Syd Buckman, zwanzig Jahre alt, Gelegenheitslandarbeiter, ›Müßiggänger‹ und chronischer Wilderer.« Sie nahm noch einen Bissen von ihrem Keks. »Er wurde vor zwei Wochen oben auf dem Shreeve-Anwesen tot aufgefunden.«

»Ah ja«, sagte Harry. »Ich glaube, davon habe ich im *Mydworth Mercury* gelesen. Ein Unfall, hieß es in dem Artikel.«

»Ja, wahrscheinlich haben Sie es dort gelesen – auch wenn die kaum etwas geschrieben haben. Der Junge wurde vom Verwalter Fred Nailor gegen zehn Uhr am Morgen des Fünfzehnten gefunden. Eine Kugel glatt durch die Brust. Der Kadaver eines jungen Hirschbocks lag neben ihm.«

»Ach so, ein Wilderei-Unglück?«, fragte Harry. »Ein klarer Fall?«

»Nun, das nahm die Polizei an, und der Leichenbeschauer hat es entsprechend bescheinigt. Es hieß, der Junge sei anscheinend auf dem Heimweg mit seiner Beute gestolpert, das Gewehr ging los – peng, du bist tot.«

»Und Sie, ähm, denken an dieser Geschichte stimmt etwas nicht?«, fragte Kat.

»Seine Mutter glaubt jedenfalls nicht daran«, antwortete Nicola. »Deshalb bin ich involviert. Die arme Frau war gestern hier, schluchzend, und bat mich, etwas zu tun. Hilfe zu suchen. Sie bestand darauf, dass es nicht so gewesen sein konnte, wie behauptet wurde. Und nachdem ich sie angehört habe, neige ich zu dem Schluss, dass sie recht haben könnte.«

»Aus welchen Gründen?«, fragte Harry.

»Erstens sagte sie, Syd sei, nun ja, kein Engel gewesen. Aber er war ein schlauer Bursche. Und außerordentlich vorsichtig im Umgang mit Waffen.«

»Bei Jagdgewehren kann leicht einiges schiefgehen«, erwiderte Harry, den diese Geschichte bisher nicht überzeugte. »Unfälle können jedem passieren.«

»Nicht ihrem Syd, sagt seine Mum. Anscheinend hatte ihm sein Vater – der ebenfalls berüchtigt für seine gelegentlichen *nächtlichen Ausflüge in den Wald* ist – eingebläut, niemals nachlässig im Umgang mit einem Gewehr zu sein. Es hat wohl mit einem Onkel zu tun, der nicht sehr umsichtig gewesen war.«

»Also wusste der junge Syd offenbar, was er tat?«,

fragte Kat. »Das dürfte nicht genügen, den Bericht des Leichenbeschauers anzufechten.«

»Nein«, sagte Nicola. »Aber das ist noch nicht alles. Wie es scheint, hatte es in den letzten Wochen … einige Vorfälle gegeben. Streitereien, Prügeleien, Drohungen.«

»Was für Drohungen?«, fragte Harry.

»Morddrohungen.«

»Ah, wie scheußlich.«

Er sah zu Kat, die ihm kaum merklich zunickte.

Morddrohungen. Vielleicht sollte man doch mal nachforschen.

Kat nahm ein kleines Notizbuch und einen Stift aus ihrer Tasche. »Lassen Sie mich einige Einzelheiten notieren, wenn ich darf«, sagte sie. »Namen und so weiter.«

Sie sah, wie Nicola beim Anblick des Notizbuches lächelte.

Als glaubte sie sich in ihrer Entscheidung bekräftigt, die beiden als Detektive engagiert zu haben.

Lächerlich!

»Beginnen wir mit Syds Mutter, Elsie«, sagte Nicola. »Sie lebt immer noch mit seinem Vater Billy zusammen – weiß der Himmel, wie oder warum. Seit Jahren erzähle ich ihr, sie soll den alten Säufer rauswerfen.«

»Verzeihung, ist es das, was Sie hier beim WVS tun?«, fragte Harry.

»Uns ungefragt einmischen, meinen Sie?« Nicola sah ihn an.

Kat entging nicht, dass sie die Augen ein wenig verengte.

»Ganz und gar nicht«, antwortete Harry mit einem entwaffnenden Lächeln. »Entschuldigung, ich habe es wohl nicht richtig formuliert. Es sollte nicht unhöflich klingen. Ich meinte, ob Sie den Frauen von Mydworth Ratschläge erteilen … auch in solchen Dingen.«

»Ja«, sagte Nicola. »Genau das tun wir: beraten, helfen, unterstützen, egal in welcher Situation. Frauen dürfen vielleicht wählen – endlich! –, aber sie sind in dieser Welt immer noch im Nachteil, und das ist einfach nicht gerecht, oder?«

»Wahrlich nicht«, pflichtete Kat ihr bei. »Die Dinge ändern sich, nur meiner Meinung nach nicht schnell genug.«

»Ob es um eine Tochter in anderen Umständen geht, um einen Mann, der seine Frau verprügelt, oder um Probleme bei der Arbeit – meine Tür steht *immer* offen. Und wenn ich keine Antwort weiß, hat der WVS Unterstützer, die sie wissen.«

»Ist es ein unentgeltlicher Dienst?«, fragte Harry.

»Oh ja.«

»Wie finanzieren Sie sich?«, fragte Kat.

»Das ist nicht so einfach, das Geld ist immer sehr knapp. Und ab kommendem Samstag haben wir auch kein Büro mehr.«

»Das ist ja furchtbar«, sagte Kat.

»Es ist nicht das erste Mal und wird auch nicht das letzte Mal gewesen sein, aber das ist unerheblich. Ich komme schon zurecht. Der WVS wird zurechtkommen. Jetzt reden wir über den möglichen Mord an Syd Buckman. Und über seine arme Mutter, die vor lauter Zweifeln beinahe den Verstand verliert. Können Sie sich das vorstellen? Sie wohnt übrigens in einem kleinen Cottage draußen in der Briar Lane, gleich neben der Station Road. Darf ich vorschlagen, dass Sie bei ihr anfangen?«

»Anfangen?«, wiederholte Kat.

»Elsie wird Ihnen mehr darüber erzählen, womit es Syd in dem Dorf zu tun hatte. Oder vielmehr, mit *wem.*

Und Billy kann Ihnen etwas zu den Gewehren sagen – so er denn nüchtern genug ist.«

Kat bemerkte, dass Nicola zur Seite blickte, als rechnete sie damit, dass ihre nächsten Worte ... ein wenig *brisant* sein könnten.

»Ich, ähm, würde mir ein Gespräch mit Sergeant Timms sparen. Das habe ich bereits versucht, und er hat mich zum Teufel gejagt. Höflich natürlich. Obwohl, wenn ich es recht bedenke, würde er *vielleicht* mit Sir Harry sprechen.«

Kat sah, wie Miss Green Harry zulächelte. Eine eindeutige Aufforderung.

»Oh, in dem Fall werde ich es ihm befehlen«, sagte Harry mit einem Augenzwinkern. »Wie praktisch Privilegien doch sein können! Gibt es nicht irgendwo ein Regelwerk, das besagt, alle Bürger haben exakt das zu tun, was wir Adligen verlangen?«

Kat sah ihn an. *Er ist dabei. Gut, denn das bin ich auch.* »Sonst noch Vorschläge?«, fragte sie.

»Es lohnt sich auf jeden Fall, mit Fred Nailor zu reden, der die Leiche gefunden hat«, sagte Nicola. »Ein netter Mann, eher still. Er wohnt auf dem Shreeve-Anwesen.«

»Ah«, sagte Harry. »Also hat Syd Shreeves Wildbestände geplündert?«

»Kennen Sie Mr Shreeve?«, fragte Nicola.

»Wer kennt ihn nicht?«, antwortete Harry. »Er war schon ein hohes Tier, bevor ich fortgegangen bin.«

Kat wartete, dass er mehr sagte, was er jedoch nicht tat. Dem Blick nach zu urteilen, den Harry und Nicola wechselten, nahm sie an, dass es zu Mr Shreeve noch eine längere Geschichte gab – die sie in Bälde hören sollte.

»Nun, brauchen Sie sonst noch etwas von mir?«, fragte Nicola. »Es ist nur so, dass ich weiterpacken muss.«

Kat lächelte Harry kurz zu, als sie beide aufstanden. *Wie es aussieht, haben wir einen Auftrag – und wir haben uns nicht mal um einen beworben. Oder ist es eher ein … Fall?*

»Eines noch«, sagte Kat und blickte wieder zu Nicola. »Wenn wir im Ort herumlaufen und Fragen stellen, wird recht offensichtlich werden, dass wir es für Sie tun. Ist das okay?«

»Oh, da mache ich mir keine Sorgen. Mydworth sieht mich bereits als offizielle Unruhestifterin. Sie können meinen Ruf gar nicht beschädigen. Am allerwenigstens bei vielen der Männer hier!«

»Hm, da wäre ich mir nicht allzu sicher«, sagte Harry. »Würden Sie Kat kennen, so, wie ich es tue …«

Nicola lachte. »Gehen Sie nur nicht herum und schlagen Leute in meinem Auftrag, Kat. Obwohl, wenn ich es recht bedenke … Lassen Sie mich rasch diese Liste der Kandidaten für einen linken Haken raussuchen.«

Kat lachte. »Dieser kleine Zwischenfall vor einigen Wochen? Tja, das war bloß ein Glückstreffer.«

»Wie ich es immer sage: Jeder bestimmt in einem Kampf selbst sein Glück.« *Und ich wette, du warst schon in einige verwickelt.*

»Wo finden wir Sie, falls wir mehr Informationen brauchen?«, fragte Harry.

»Hinterlassen Sie eine Nachricht für mich an der Bar im King's Arms«, antwortete Nicola. »Der alte Johnny Fox verwahrt sie dann für mich. Anscheinend glaubt der Wirt dort an das, was ich hier tue. Und ich werde mich bei Ihnen melden. Viel Glück!« Nun wandte sie sich wieder ihrem Packen zu.

Es muss schwer sein, das alles hier auszuräumen.

»Wir werden unser Bestes tun«, sagte Kat. »Sollen wir Ihnen wirklich nicht hierbei helfen?«

»Sehr freundlich von Ihnen, aber machen Sie sich bitte keine Gedanken. Ich habe eine ganze Armee von Helfern, die morgen kommen, um die schweren Sachen zu bewegen. Die guten Frauen von Mydworth trommeln alle zusammen.«

»Da bin ich froh«, sagte Kat.

Und mit einem Nicken gingen sie.

Draußen auf dem Marktplatz blieben sie stehen. Harry sah, wie die letzten Händler abzogen, Jungen Karren mit hoch aufgetürmten Waren wegschoben und Pferdefuhrwerke und Transporter umhermanövrierten.

»Also, ähm, was denkst du? Was sagt dir dein Instinkt?«, fragte er.

»Ich denke, wir müssen uns einschalten.«

»Gut, ich auch. Hast du einen Plan?«

Da Kat schon für einen Strafverteidiger in New York gearbeitet hatte, verfügte sie über mehr Erfahrung, weshalb Harry auf sie hören wollte.

Überdies hatte er in den jüngsten Monaten aus nächster Nähe erlebt, *wie* gut sie darin war, der Wahrheit auf den Grund zu gehen.

»Wie wäre es, wenn ich mal Mrs Buckman besuche?«

»Richtig. Und ich schaue im King's Arms vorbei und schnappe den Dorftratsch auf.« Er schaute hinüber zu dem belebten Pub, aus dem die Trinker schon auf die Straße zu torkeln begannen. »*Vox populi,* wie die Cäsaren sagten.«

»Warte damit lieber noch eine gute Stunde bis nach meinem Besuch, und ich wette, sie sind alle *noch* gesprächiger.«

»Ja, stimmt. Na schön … ich hab's! Ich werde mal bei

dem guten alten Sergeant Timms vorbeischauen. Treffen wir uns in einer Stunde auf ein Pint?«

»Hervorragend«, sagte Kat. »Mir gefällt es, mit dir verheiratet zu sein.«

»Es ist bisher ziemlich lustig, nicht?« Harry tippte sich an den Hut und machte sich auf den Weg zur Polizeiwache.

3. Das Leben eines Wilderers

Kat ging die schmale Straße hinunter, die von der Damenausstatterin und dem Marktplatz wegführte, und folgte den Wegweisern zum Bahnhof.

Als ein hagerer Mann mit einem Karren, den ein dickbäuchiges Pferd zog, an ihr vorbeiwollte, musste sie sich dicht in einen nahen Hauseingang drücken. Das Fuhrwerk rumpelte langsam über das Kopfsteinpflaster und sah aus, als würde es jeden Moment auseinanderbrechen.

Der Mann, dessen Augen beinahe von seiner Mütze verborgen waren, blickte stur geradeaus.

Ich schätze, so macht man es hier. Wenn der Mann seinen Karren in deine Richtung lenkt, geh lieber rasch aus dem Weg!

Es war vollkommen anders hier als bei ihrem letzten Besuch in ihrem alten Viertel, wo es auf dem Bronx Grand Concourse plötzlich von Autos nur so gewimmelt hatte. Pferdefuhrwerke und Karren aller Art wichen zusehends dem bezahlbaren und vermeintlich verlässlichen Ford Model T.

Nachdem der Karren vorbei war, ging Kat weiter die Station Road hinunter, weg vom eigentlichen Ortszentrum und auf eine Brücke über den Fluss zu, hinter der sich der Bahnhof befand.

Kurz vor der Brücke und eine halb verborgene Biegung hinunter fand sie die Briar Lane – das Zuhause von Syd Buckman.

Sie passierte einige winzige Cottages. Mit jedem Schritt schienen diese Häuser kleiner zu werden. Und am Ende, wo es aussah, als handelte es sich bei dem Sandweg um eine Sackgasse, sah sie das letzte und kleinste Cottage.

Es stand kein Name an der Pforte, doch es war genauso, wie Nicola es beschrieben hatte.

Sogar von außen war der Ausdruck »marode« noch untertrieben.

Das Holz war splittrig und warf Blasen; es hatte längst das Stadium überschritten, in dem ein rascher Anstrich noch eine Rettung gewesen wäre.

Der Miniaturvorgarten, sofern man von Garten sprechen wollte, bestand aus wenigen blühenden Sträuchern, die sich einen vergeblichen Kampf mit bräunlichem Efeu lieferten.

Einige wenige Pflastersteine, die willkürlich platziert wirkten, bildeten eher eine Steinsammlung als einen richtigen Weg zur Haustür.

Es war Nachmittag, die Sonne schien warm, und drinnen wartete die Mutter eines toten Jungen.

Bin ich dem gewachsen?

Doch sie wusste, dass dies nicht der Zeitpunkt war, Zweifel zu hegen, und klopfte dreimal an die schäbige Tür.

Die Frau, die ihr öffnete, war das Inbild einer Trauernden.

Alles an ihrem Gesicht schien schlaff, als fehlte ihr die Kraft, sich noch gegen die Schwerkraft oder den

Schmerz zu wehren. Ihre Augen waren geschwollen und rot von den vielen Tränen. Ohne Frage weinte diese Mutter tagein und tagaus, während sie wartete, dass dieser unerträgliche Schmerz nachließ.

Mit einer Hand hielt Elsie Buckman die Tür auf, in der anderen hatte sie ein Taschentuch fest um ihre Finger geschlungen.

Im Nahen Osten hatte Kat verschleierte Frauen gesehen, die Perlenketten ähnlich um ihre Finger gewunden hatten. Gebetsperlen, hatte ihr Standortleiter erklärt. *»Wenn Sie die sehen, wissen Sie, dass die Frauen sich wegen etwas sorgen … oder trauern.«*

»Mrs Buckman?«

Die Unterlippe der Frau bebte ein klein wenig, als wäre sie nicht mehr daran gewöhnt zu sprechen.

»Nicola Green hat mich gebeten, Sie … ähm … mal zu besuchen.« Nun war Mrs Buckman sichtlich verwirrt. Kat ergänzte rasch: »Und mit Ihnen zu reden …« Hier zögerte sie, doch waren die nächsten Worte unerlässlich für dieses Gespräch. »Über Ihren Sohn.« *Schimmern da neue Tränen in den Augenwinkeln der armen Mutter?* »Über das, was passiert ist.«

Die kleine, rundliche Frau ließ die Tür los und trat einen Schritt zurück, sah jedoch immer noch verwirrt und gequält aus.

»K-kommen Sie rein«, sagte sie und trat noch weiter zurück, als gäbe sie den Weg in ein prächtiges Herrenhaus frei, nicht in eine – wie schnell zu erkennen war – armselige Hütte.

Elsie Buckman zeigte zu einem von drei Stühlen, die an einem runden Tisch neben einem sehr kleinen Kochbereich standen.

Eine einzelne Petroleumlampe verstärkte das wenige

Sonnenlicht, das ins düstere Haus fiel. Auf einem ausgefransten Läufer stand ein schmutzig brauner Sessel. Größtenteils war der Fußboden kahl, sodass die Dielenbretter zu sehen waren, in deren breiten Fugen sich über Jahre Dreck und Staub festgesetzt haben dürften.

Kat nahm Platz und gab sich Mühe, die Frau zu beruhigen.

»Sie sind die Amerikanerin. Seine Frau. Aber Miss Green hat gesagt, dass …«

Sie begreift nicht, warum ich allein hier bin.

»Mein Mann … forscht ebenfalls nach, Mrs Buckman.«

»Oh …«

Plötzlich wurde die Frau lebhafter. »Bitte, nennen Sie mich Elsie!« Dann, als ginge ihr auf, was hier geschah, fügte sie hinzu: »Mylady.«

Wahrscheinlich war es sinnlos zu erwähnen, dass ein schlichtes »Kat« ausgereicht hätte.

Die Frau blickte sich in ihrem winzigen Cottage um, als wäre sie soeben versehentlich hineingepflanzt worden.

»Oh, Entschuldigung, einen Tee vielleicht? Ich kann gleich den Kessel aufsetzen.«

Kat wollte eigentlich keinen Tee. Dennoch antwortete sie: »Das wäre nett.«

Die Frau drehte sich um und stellte den Gasherd an, dessen Flamme fauchend aufloderte.

Der Hahn spie gurgelnd und stotternd Wasser heraus.

Als der Kessel auf dem Feuer stand, drehte sie sich schließlich wieder zu Kat um, die fand, dass allein dieser schlichte Vorgang den Schmerz der Frau bestens illustriert hatte.

Der Tee wurde in zwei hübschen Tassen serviert, auf denen eine idyllische Landszene abgebildet war: Männer in Kniebundhosen umtanzten eine Frau im Ballkleid und mit Pompadour-Frisur.

Die dürften das Niedlichste in diesem Cottage sein.

Die Frau setzte sich ihr gegenüber an den kleinen Küchentisch.

»Elsie«, begann Kat. »Nicola sagte, dass Sie nicht glauben, dass der Tod Ihres Sohnes« – es kam ihr wie eine Ohrfeige vor, das Wort vor der Mutter auszusprechen – »ein Unfall gewesen sei.«

Kat hatte beim Sprechen ihr Notizbuch hervorgenommen, weil sie sich nicht sicher war, ob sie hier etwas Wichtiges erfahren würde.

Die Miene der Frau veränderte sich. Ihre schlaffen Wangen und die schweren Lider wichen einem unerwartet belebten Ausdruck.

»Unfall? Nein, das war kein Unfall! Mein Sohn, mein Syd … Jemand hatte es auf ihn abgesehen, da bin ich mir sicher!«

Elsie lehnte sich über den Tisch und starrte Kat an.

»Dieser … *Jemand*«, sagte Kat, »war das jemand, den Syd kannte? Den Sie kennen?«

Kat beobachtete Elsie aufmerksam, als ihre Worte langsam zu ihr durchdrangen.

»Kennen?«, wiederholte sie und ließ die Schultern erneut hängen. »Nein, ich … Es ist nur …«

Vielleicht gibt es hier gar kein Rätsel. Vielleicht haben wir hier nur eine arme trauernde Mutter, die sich verzweifelt eine andere Wahrheit wünscht.

Dann schien Elsie sich wieder zu konzentrieren.

»Vor zwei Monaten hat alles angefangen«, sagte sie. »Syd … Seit dem Frühling ist er immer öfter weggegangen, nicht? Die meisten Nächte war er unterwegs. Aber er hat anständiges Geld nach Hause gebracht und seinen Mietanteil bezahlt.«

»Haben Sie ihn nicht gefragt, woher er das Geld hatte?«

»Ach, das habe ich doch gewusst. Da, wo das von meinem Billy all die Jahre auch hergekommen ist. Aber Syd war nicht bloß hinter Kaninchen her.«

»Sie haben gewusst, dass er gewildert hat?«

Elsie antwortete mit einem Achselzucken.

»Und was ist dann passiert? Sind Leute gekommen und haben ihm gesagt, dass er aufhören soll? Wurde er bedroht?«

»Hm? Nein. Nichts in der Art. Nur ... er fing an, so zappelig zu werden, hat immerzu auf Geräusche von draußen gehört. Er war so nervös. Ich habe ihn gefragt, was los ist, und er hat gesagt ... Er hat gesagt ... dass jemand es auf ihn abgesehen hat. Ich habe ihn gefragt, wer es ist, aber da ist er ganz still geworden und hat gesagt, ich soll mich um meinen eigenen Kram kümmern.«

»Das hilft mir sehr, Elsie. Wirklich sehr«, sagte Kate nickend und machte sich eine Notiz. »War in den letzten paar Monaten etwas ungewöhnlich? Irgendwas ...?«

»Ungewöhnlich?«, fragte Elsie. »Nein, nichts. Obwohl ... Syd war für einen Tag weg.«

»Weg? Wo war er?«

»Weiß ich nicht. Er hatte sein gutes Hemd angezogen, sich gewaschen und ist los. Mit dem Zug. Am nächsten Tag war er wieder zurück.«

»Hatte er das vorher schon mal gemacht?«

»Herrgott, nein! Vielleicht mal eine ganze Nacht durchgesoffen, aber er ist nie so richtig weg gewesen.«

»Wann war das?«

»Ach, irgendwann im Juni. Anfang Juni.«

»Und wie war er bei seiner Rückkehr?«

»Hm, komisch, wenn Sie mich fragen. Er war ganz fröhlich, ja, das war er. Wie die Katze, die den Sahnetopf gefunden hat.«

Kat wollte gerade mehr zu dieser rätselhaften Reise fragen, als hinter dem Küchenbereich eine Tür aufging.

Ein Mann kam herein, zog die Träger seiner Latzhose hoch und leckte sich die Lippen. Auf seinem Gesicht sprossen schwarze und graue Stoppeln, während sein Kopf bis auf dünne Büschel zu den Seiten hin kahl war.

Elsie drehte sich um. Auf einmal strahlte sie eine spürbare Anspannung aus.

Und selbst aus dieser Entfernung nahm Kat den Alkoholgeruch wahr, den der Mann ausdünstete. *Elsies Ehemann.*

Und Syd Buckmans Vater.

»Was?«, fragte er, während er sich noch mit seinem Träger abmühte.

Kat erriet, wo der Mann herkam. Von draußen. Vom Austreten, genauer gesagt.

In Häusern wie diesem galten Toiletten als ein Luxus, von dem die Bewohner nicht einmal zu träumen wagten.

»Billy, das ist die Frau, die Nicola ...«

»*Die* schon wieder!«

Billy Buckman schüttelte den Kopf. Kat hatte den Eindruck, dass ein Mann wie er wenig Hochachtung vor dem hatte, was der WVS für die hiesigen Frauen tat.

»Wird uns ja eine Menge nützen! Aber ... Moment mal! Wo ist der andere, der hohe Herr? Der, der *angeblich* so schlau sein soll?«

Billy war einige Schritte näher gekommen. Dieses Haus war eindeutig sein Herrschaftsbereich.

Und obgleich Kat sich angewöhnt hatte, Menschen nicht auf den ersten Blick zu beurteilen – eine nützliche Vorgehensweise, vor allem wenn man durch die Welt reiste und seine Regierung zu vertreten hatte –, in diesem Fall machte sie eine Ausnahme. Sie mochte den Mann, diesen Trinker, nicht. *Kein bisschen.*

»Mr Buckman, Sir Harry und ich versuchen, Ihnen zu helfen, was Ihren Sohn« – hier blickte sie zu Elsie – »und seinen *Unfall* angeht.«

Billy machte noch einen Schritt auf sie zu, als führten sie ein Streitgespräch. Er hob eine Hand und zeigte mit dem Finger auf Kat.

Nein, ich mag diesen Mann wirklich nicht.

»Ich sag Ihnen mal was. Sie sind Amerikanerin, stimmt's? Dieser *Unfall* war genau das, nämlich ein Unfall. Und wir brauchen Ihre verdammte Einmischung nicht.« Billy Buckman gab ein Schnauben von sich, das anscheinend das Gesagte unterstreichen sollte, ihn hingegen eher wie ein Rindvieh wirken ließ. »Haben Sie mich verstanden?«

Wieder der Finger, der wie eine Waffe auf Kat gerichtet war.

Ich könnte diverse Dinge tun. Einschließlich gehen.

Doch dann sprach Elsie.

»Mylady.« Sie warf ihrem schwankenden Mann einen Blick zu, als wollte sie ihn daran erinnern, wer hier an ihrem klapprigen Küchentisch saß.

Es mochte alter Gewohnheit geschuldet sein, jedenfalls nickte Billy und gab sich ein wenig zerknirscht. »Schon gut. Schon gut. Die Sache ist die, dass wir hier so erschüttert sind. A-Aber ich kann Ihnen sagen, wieso ich weiß … was ich weiß.«

»Das wäre gut«, sagte Kat.

Nachdem er abermals geschnaubt hatte, trat Billy zu einem Schrank über dem Spülbecken und holte eine Flasche mit einer bernsteinfarbenen Flüssigkeit heraus. Er öffnete sie und schenkte etwas in ein Glas.

Kat beobachtete, wie Elsie beunruhigt zu ihrem Mann schaute.

Ihre ganze Haltung drückte … Furcht aus. *Furcht vor ihrem Ehemann.*

Billy trank einen Schluck und leckte sich die Lippen.

Dann fing er langsam und konzentriert zu sprechen an, als müsste er sich sicher sein, genau das zu sagen, was er wollte – nicht mehr und nicht weniger.

»Ich habe gewusst, dass mein Junge zum Wildern draußen war«, sagte Billy, der mit einer Hand sein Whiskyglas umschlang. »Verstehen Sie, daher muss er ja das Geld gehabt haben, mit dem er herumgelaufen ist.« Er nickte, als wäre die Erklärung zur Gänze einleuchtend. »Hat ja eine Menge von dem Wild eingesackt und auch noch gute Preise gekriegt! So war das, stimmt's nicht, Elsie?«

Kat sah kurz zu seiner Frau, deren Haltung nach wie vor ängstlich war. Misstrauisch beäugte sie ihren Mann.

Trotzdem bewegte sie nun ihre bis eben geschürzten Lippen.

»Ich … ich …«

Billy wartete. Und eine unausgesprochene Warnung hing in der Luft.

Unwillkürlich fragte Kat sich, *wie* brutal dieser Säufer von einem Ehemann sein könnte?

Als er Elsie mit seinen blutunterlaufenen Augen fixierte, nickte sie. Zweimal, dreimal nickte Elsie ruckartig, sah jedoch nicht zu Kat. Anscheinend musste sie ihm dringend bestätigen, dass sie zustimmte.

Eben weil sie es nicht tat. Billy lügt.

Er nahm noch einen Schluck Whisky. Bald müsste er nachschenken.

»Aber das Ding ist ja, dass ich dem Jungen gesagt habe … Immer wieder habe ich es ihm gesagt … Auch wenn er durch mich so gut mit dem Gewehr ausgebildet ist … er soll vorsichtig mit Waffen sein. Auch die Besten machen Fehler. Schrecklich …«

Es folgte ein dramatisch-beschwerliches Kopfschütteln, und Kat war umso überzeugter, dass der Vater des toten Jungen log.

»Das ist es, was uns den Jungen genommen hat. Eine Unachtsamkeit, ein Stolpern, tja, und …«

Und nun wandte Billy sich wieder an Kat. Er grinste beinahe, entweder weil er seine Täuschung losgeworden war … oder weil der Alkohol wirkte.

»Da haben Sie es. Leider. War ein Unfall.«

Und seinem Blick nach erwartete er, dass sie jetzt ging. All die Fakten, wie Syds Vater sie erfunden hatte, waren klar. Und Elsie war verstummt.

Genau das sorgte Kat am meisten. Die Frau war mit diesem Ehemann hier gefangen.

Aber Kat war noch nicht fertig. Es wurde Zeit, dass sie sich ansah, wie Billy sich bei schwierigeren Fragen hielt.

»Mr Buckman, ich muss Sie noch etwas anderes fragen.«

Billys gekünsteltes Lächeln erstarb, und er schüttelte den Kopf.

»Ich … *wir* … haben Ihnen alles gesagt, was wir wissen. Das war's, haben Sie verstanden?«

Kat nickte. »Ähm, ja, sicher denken Sie, dass es das war. Aber was wissen Sie über die Drohungen?«

Und hier zögerte Kat. Würde ihr nächster Satz das Leben der Frau noch härter machen?

»Die Drohungen gegen Ihren Sohn …« Sie blickte zu Elsie, die jedoch wie versteinert war und sie nicht ansah. »Morddrohungen, Mr Buckman. Von denen müssen Sie doch gewusst haben.«

Und nun stockte Billy aus einem gänzlich anderen Grund, bevor er antwortete. Er leerte sein Glas und knallte es fest auf die kleine Abstellfläche neben der Spüle.

»Hören Sie … klingt, als würden Sie *nicht* gut hören. Ist das ein Problem bei euch Amis? Dass ihr nicht hört? Nicht zuhört? Ich habe Ihnen gesagt, was wir wissen. Und wir wissen nichts von Drohungen.«

»Und von der kleinen Reise, die Syd im Juni unternommen hat? Ich nehme an, von der wissen Sie auch nichts?«

»Reise? Ich weiß nichts von einer Reise.«

Und dann machte Billy noch einen Schritt auf Kat zu. Zwar schwankte er, jedoch nicht so sehr, dass seine korpulente Gestalt und seine dicken Fäuste keine Gefahr darstellten.

»Jetzt raus hier! Sofort. Lassen Sie uns, zum Teufel noch mal, in Ruhe.« Mit einem hämischen Grinsen ergänzte er: »Mylady. In diesem Land gelten immer noch Gesetze, wissen Sie? *Mein* Haus. Ich bestimme, wen ich hier drinnen haben will und wen nicht.«

Hierauf erhob Kat sich und war froh, einige Zentimeter größer als Billy zu sein.

Außerdem fragte sie sich, wie es wäre, sich gegen diesen Rüpel von Ehemann zur Wehr zu setzen.

Sie schaute hinüber zu Elsie, die sich nun erst umdrehte.

Und richtete ihre Worte ausschließlich an Syds Mutter.

»Danke! Und ich lasse es *Sie* wissen, sollten wir etwas herausfinden.«

Die Frau nickte zaghaft, als Kat sich umdrehte und das schäbige Cottage mit der von Wut und Alkohol getränkten Luft verließ.

4. Ein Besuch beim Sergeant

Harry stieg die wenigen Steinstufen hinauf zur kleinen Wache, dem beruflichen Zuhause von Sergeant Timms und dessen Constables. Ein Ort, an dem er noch nie gewesen war.

Allein das machte dieses Unterfangen recht … *interessant.*

Er öffnete die Tür, und drinnen saß Timms in seiner Uniform am Schreibtisch. Wo er die Zeitung las.

Ja, das Verbrechen hat hier keine Chance.

Timms blickte auf, und kaum sah er Harry, schoss er aus seinem Stuhl hoch. Oder zumindest erhob er sich so schnell, wie es dem beleibten Polizisten möglich war.

»Sir Harry! Ist alles in Ordnung? Es gibt doch keine Schwierigkeiten im Herrenhaus, hoffe ich?«

Harry war beinahe versucht, dem Mann zu sagen, er möge es ruhig angehen lassen.

»Nein, dort ist alles gut, Sergeant Timms. Lady Lavinia lässt Sie grüßen.«

Auf diese Lüge hin strahlte Timms ihn an.

Harry fasste sich ans Kinn. »Da ist eine kleine … Angelegenheit … über die ich mit Ihnen sprechen muss.«

Timms zog die Augenbrauen hoch.

»Eine *Angelegenheit?*«

»Ja«, antwortete Harry lächelnd und hoffte, damit den Schrecken zu mildern, den seine Worte verursacht hatten.

Timms deutete zu einem schlichten Holzstuhl vor seinem Schreibtisch. »Möchten Sie sich setzen, dann können wir die Angelegenheit besprechen, Sir.«

»Nein danke, Sergeant, ich bleibe lieber stehen. Es dauert auch nicht lange, denn ich habe bloß einige Fragen. Zu Syd Buckman.«

Und Timms, der sein Bestes gab, mit Harrys Worten mitzuhalten, formte die Lippen zu einem Oval von bühnenreifer Perfektion, das oben von seinem sorgsam gepflegten Schnauzbart eingerahmt wurde.

»Der Junge, der den Unfall hatte?«

»Ebender. Seine Mutter, die arme Seele, hat meine Frau und mich gebeten, nun ja, uns die Sache einmal anzusehen.« Noch ein Grinsen. »Anscheinend haben wir uns durch diese Geschichte bei meiner Tante einen gewissen Ruf erworben.«

»Verstehe«, sagte Timms, was nicht besonders glaubwürdig klang. »Für die Mutter muss es ein Schlag gewesen sein. Gewiss ist sie verzweifelt.«

»Denke ich auch. Und der Vater gleichfalls.«

Hier verengte Timms die Augen.

»Billy Buckman? *Der?* Tja, vielleicht in den wenigen Minuten, die er mal nüchtern ist. Und die sind wahrlich selten, Sir.«

»Ein Trinker? Wie dem auch sei, ich habe einige Fragen zu dem Unfall, und Sie sind ja der Fachmann, nicht wahr?«

Ich muss aufpassen, es nicht zu übertreiben. Selbst Timms könnte merken, wenn er – de facto – verhört wurde. »Sie haben ziemlich eindeutig entschieden, dass es ein Unfall war?«

»Oh ja. Der Junge hatte gewildert. Er wurde mit einem jungen geschossenen Hirschbock gefunden. Er muss gestolpert sein und …«

»Das Gewehr ging los?«

»*Genau.* Und beim Sturz hat er sich auch noch den Kopf aufgeschlagen.«

»Ich würde dennoch meinen – und Sie sicherlich auch, Sergeant –, dass ein jagderfahrener Mann bei Nacht gemeinhin sehr vorsichtig wäre. Es sei denn, er hatte, wie sein Vater, vorher zu viel getrunken.«

Doch Timms schüttelte den Kopf. »Hätte ich auch gedacht, Sir, aber nein. Nicht einen Tropfen hatte er getrunken. Nicht einmal einen Flachmann gegen die nächtliche Kälte hatte er bei sich. Er war stocknüchtern, würde ich sagen.«

»Und trotzdem ist er jetzt mausetot. Gestolpert und gefallen … mit dem Finger am Abzug?«

Timms nickte, er war ganz offensichtlich überzeugt davon.

»Nur aus Neugier, Sergeant, halten Sie es für möglich, dass ich mir das Gewehr ansehe? Vorausgesetzt, Sie haben es noch.«

»Gewiss doch, Sir. Natürlich dürfen Sie das.« Timms ging auf ein Hinterzimmer zu. »Ist hier hinter Schloss und Riegel«, sagte er und blickte sich zu Harry um. »Es handelt sich ja schließlich um ein Beweismittel.«

»Ganz richtig.«

Wenig später kehrte Timms mit dem Gewehr zurück, den Lauf nach unten gerichtet.

Harry fiel sofort ein roter Schmierstreifen am Laufende auf. Wenigstens hatte Timms nichts an der Waffe verändert; Syd Buckmans Blut war noch dran.

Harry betrachtete das Gewehr, das ihm aus seiner

Militärzeit so vertraut war, zog den Bolzen zurück, um die Kammer zu öffnen, nahm das Magazin heraus, setzte es wieder ein und blickte durchs Visier. Dann überprüfte er den Schaft.

»Keine Seriennummer«, sagte er zu Timms.

»Weggeschmirgelt, Sir. Was mich nicht wundert. Viele solcher Waffen sind aus Frankreich zurückgekommen und auf Dachböden oder in Kellern gelandet. Oder eben in den Händen von Wilderern.«

»Ein gutes Gewehr. Ideal, um einen Hirsch zu schießen, denke ich. Aber eines ist hier, Sergeant …«

»Ja?«

»Die Sicherung – an einer Lee Enfield?« Harry klickte sie auf und zu. »Man kann nicht verwechseln, ob die Waffe gesichert ist oder nicht. Die Sicherung ist sehr praktisch platziert, nicht? Einfach mit dem Daumen zu bedienen, weshalb man willentlich entscheiden muss, das Gewehr *nicht* zu sichern.«

»Vielleicht hatte er es nur *noch nicht* gesichert.«

Harry sah zu Timms und staunte, dass er ihm das Offensichtliche erklären musste. Anscheinend war es für den Sergeant nicht ganz so offensichtlich.

»Wie Sie sagten, hatte er einen Hirschbock geschossen. Die Jagd oder vielmehr das Wildern war für jene Nacht erledigt. Da sichert man das Gewehr und geht nach Hause. Das, oder man holt die Patronen aus dem Magazin. Aber Sie sind überzeugt, dass genau das *nicht* geschehen ist?«

Harry glaubte, auf der Miene des Sergeants ein kurzes Aufblitzen wahrzunehmen, als wäre ihm soeben ein Licht aufgegangen.

»Nun ja, Sir, ich denke, ähm, tja, ja … Das ist ein bisschen merkwürdig, jetzt, da Sie es sagen. Trotzdem …« Rasch schwenkte Timms wieder zurück zu seiner Lieblingstheorie. »Wenn man alles bedenkt ... Die vernünftigste Erklärung ist, dass es schlicht und ergreifend ein Unfall war.«

Harry bezweifelte, dass Timms – wie behauptet – *alles* bedacht hatte.

Er gab dem Polizisten das Gewehr zurück.

Der nickte, während Harry sich Zeit mit seiner nächsten Frage ließ. Timms war nett und kooperativ gewesen – bisher. Weshalb indes nicht ausgeschlossen war, dass sich der Mann auf seine offizielle Position wie auch auf die Regeln der Bürokratie berief, um Harry die Antworten zu seinen Fragen zu verweigern. Wie beispielsweise auf die ...

»Haben Sie gewusst, dass Syd Buckman wilderte?«

»Na ja, Sir, es war mehr oder minder allgemein bekannt. Liegt in der Familie, das kann ich Ihnen sagen. Sein Dad Billy hat eine Akte so lang wie mein Arm. Kleinigkeiten, keine Frage, aber wir hier ... Ich und die Constables haben nicht die Mittel, durch den Wald zu pirschen und nach solchen Leuten zu suchen.«

»Das versteht sich von selbst«, stimmte Harry ihm eilig zu.

»Aber, ja, wir wussten, was Syd im Schilde geführt hat.«

»Und ebenso, vermute ich mal, wusste es der Grundbesitzer, Mr Shreeve.«

Könnte dies noch ein Gedanke sein, der dem Sergeant nicht gekommen war? *Gut möglich ...*

»Oh, ich denke, er hat es gewusst. Immerhin war es sein Grund, sein Wild. Sein Verwalter muss das Problem gekannt haben. Ich könnte mir vorstellen, dass er regelmäßig Patrouille ging und so.«

»Aber Sie wissen es nicht genau?«

Ein Kopfschütteln erfolgte. »Nein. Ich habe vergessen, ihn zu fragen.«

»Aber Sie haben mit dem Verwalter gesprochen? Wie heißt er noch gleich … Nailor?«

»Ja, Sir, Fred Nailor. Das habe ich. Es war ja Fred, der die Leiche gefunden hat.«

»Ah, verstehe. Das muss schlimm für ihn gewesen sein.«

»Gehört alles zum Beruf, nehme ich an.« Timms hatte auch das offensichtlich bisher nicht bedacht.

»Und das Wild?«

»Sir?«

»Was ist mit dem Hirschbock passiert, Sergeant?«

»Na ja, Sir, den habe ich seinem rechtmäßigen Besitzer zurückgegeben, Mr Shreeve. Er war gleich am nächsten Tag hier auf der Wache, sobald wir damit fertig waren.«

Harry nickte. »Und wie schien er über die Sache zu denken … über den Tod des Jungen? Diesen Unfall? War er erschüttert, oder …?«

Timms schüttelte den Kopf. »Kann ich nicht sagen. Fred Nailor war bei ihm. Er hat den Sack mit dem Hirschbock genommen und hinten in seinen Wagen gelegt. Mr Shreeve hat sich bei mir bedankt.« Er stockte. »Aber er hat etwas gemurmelt – verzeihen Sie meine Ausdrucksweise, Sir –, ›verfluchte Wilderer‹, hat er gesagt.«

»Und die, also die Wilderer, sind dieser Tage ein Problem?«

»Nun, Sie wissen ja, wie es ist, Sir. In der Gegend gibt es viele große Anwesen. Einige gute Jagden. Es dürfte hier nur wenige Einheimische geben, die noch nie Fasan gegessen haben, was? Und die je nachgefragt haben, wie der auf ihren Teller gekommen ist.«

»Aber Wildbret ist noch mal etwas anderes?«

»Oh ja. Das zu wildern ist ein ernstes Vergehen. Nur ein oder zwei Einheimische hier gehen auf Wildbret. Aber es gibt noch ein paar mehr üble Gesellen wie Buckman weiter unten in den Downs. Und einige richtig zwielichtige Typen, Wanderarbeiter, die von Dorf zu Dorf ziehen. Wahrscheinlich ist es auf die Art für sie langfristig sicherer.«

Harry lächelte. »Vielen Dank, Sergeant! Sie haben mir sehr geholfen zu verstehen, was genau« – und hier war eine sorgfältige Wortwahl gefragt – »geschehen sein mag. Eines noch …«

Timms atmete geräuschvoll durch die Nase ein, was seine Art zu sein schien, sich für die nächste Frage zu wappnen.

»Falls es – so unwahrscheinlich es auch sein mag – kein Unfall war, fiele Ihnen jemand ein, der einen Groll gegen Syd Buckman hegte?«

»Nicht, dass ich wüsste, Sir. Ich meine, wir sind nicht herumgegangen und haben Leute dazu befragt.«

Harry nickte, als wäre das vollkommen in Ordnung.

»Ja, dazu gab es ja auch keinen Grund, hm? Wo es doch ein Unfall war. Aber falls Sie zufällig irgendwas erfahren oder Ihnen jemand einfällt, bei dem der Junge angeeckt ist, meinen Sie – wahrscheinlich wird es nicht vorkommen –, dass Sie mich anrufen könnten?«

»Selbstverständlich, Sir. Obwohl ich sagen muss …«

»Sie sind ein guter Mann, Sergeant.« Harry zückte sein Notizbuch und riss eine Seite heraus.

»Hier ist meine Telefonnummer im Dower House. Nur wenn Ihnen irgendwas zu Ohren kommt.«

»Ja, sicher doch, Sir. Oh, da gibt es eine Sache. Der Vater des Jungen …«

»Ja?«

»Der kommt immer wieder her und verlangt sein Eigentum zurück.«

»Eigentum?«

»Das Gewehr, Sir. Ich habe ihm erklärt, dass es ein Beweisstück ist und unter Verschluss bleiben muss, bis der Fall endgültig abgeschlossen ist. Lange wird es ja nicht mehr dauern. Aber ich muss sagen, dass er ganz schön angriffslustig ist. Ich musste ihn schon verwarnen.«

»Aha, das ist seltsam. Er sorgt sich mehr um das Gewehr als um seinen Sohn?«

»Ja, scheint so.«

Harry ging bereits zur Tür, als er stehen blieb und sich umdrehte.

»Nochmals danke, Sergeant! Sie haben mir sehr geholfen.«

Hierauf schwoll dem Sergeant die Brust, und er erwiderte Harrys Lächeln.

5. Zwei halbe Pints im King's Arms

Kat hatte vor dem Pub auf Harry gewartet, weil der Nachmittag warm genug war, um es sich draußen angenehm zu machen.

Außerdem war sie bisher noch nicht in diesem Pub gewesen, und die Verhaltensregeln in dieser so sehr britischen Institution waren … ein wenig furchteinflößend. Doch dann sah sie Harry über den Platz zu ihr geeilt kommen.

Er legte eine Hand auf ihre Schulter.

»Bist du bereit, dich dem King's Arms zu stellen? Wir könnten auch ins Café gehen, obwohl es dort an einem schönen Tag wie heute recht voll sein dürfte. Oder wir könnten …«

»Der Pub. Es wird Zeit, meinst du nicht?«

»Ja, richtig. Na schön, gehen wir rein!«

Er ging voraus zu der schweren Holztür mit den Buntglasscheiben, die so geriffelt waren, dass sie nicht erkennen ließen, was sich drinnen verbergen mochte.

Harry blieb im Pub stehen und drehte sich zu Kat um.

»Wie wäre es, wenn du uns einen hübschen Tisch dort im Nebenraum suchst?«

Er zeigte zu einem Bereich, der halb abgetrennt von dem großen Schankraum war.

Kat blickte sich um. »Ich finde, wir könnten uns auch einfach an die Bar stellen, oder? Und uns dort unterhalten.«

Weiß Kat, dass ihr Vorschlag so gar nicht der Norm entspricht – für eine Frau bei einem Besuch im King's Arms? Natürlich weiß sie es.

Trotzdem versuchte er, sie von ihrer Idee abzubringen.

»Nun, *Lady Mortimer,* dieser entzückende kleine Raum dort drüben ist eigens gedacht …«

Kat sah noch einmal kurz in die Richtung, in die Harry zeigte, ehe sie sich wieder zu ihm wandte.

»Ich weiß … Das heißt, ich kann es mir denken. Der Nebenraum ist für das Weibervolk?«

»Richtig. So, ähm, ist es gedacht.«

Sie trat einen Schritt näher zu Harry. Sehr nahe, stellte er fest. Ihre Stimme wurde zu einem Flüstern, und ihre Lippen …

Nun, die waren auch sehr nah.

»Tja, *Sir Harry,* ich habe früher an einer Bar bedient. Einer ganz ähnlichen wie der hier. Deshalb kann ich auf kleine Holztische mit winzigen Lampen, an deren Schirmen Fransen baumeln, dankend verzichten.«

»Verstehe.« Und er verstand es wirklich. »Na gut.«

Er nahm ihre Hand und führte sie zum langen Tresen des King's Arms.

Kaum standen sie an der Bar, fühlte Kat die Blicke der wenigen Gäste an den Tischen in der Nähe. Es waren allesamt eher ältere Männer, die bei ihren Pints saßen und so aussahen, als wohnten sie hier. Nun jedoch beobachteten sie aufmerksam, was an der Bar vor sich ging.

Kat beschloss, sie nicht zu beachten.

Der Wirt, ein stämmiger Kerl mit dunklen Augen und einem buschigen grau melierten Bart, kam zu ihnen.

Harry sah von dem Wirt zu Kat. »Kat, darf ich dir einen alten Freund vorstellen? Johnny Fox. Ihm gehört dieses Lokal.«

Für einen Moment konnte Kat nicht erkennen, ob der Wirt mit dem Falstaff-Bart sie begutachtete oder sich lediglich eine angemessene Begrüßung überlegte.

»Also, also, Sir Harry, Sie haben mir gar nicht erzählt, dass Ihre amerikanische Braut *so* schön ist.« Nun erstrahlte ein breites Lächeln auf Johnny Fox' Gesicht.

»Nicht nur das, Johnny. Sie ist auch noch klug.«

Johnny nickte. »Lady Mortimer«, sagte er immer noch lächelnd und mit einem Blick, der besagte: *Freunde von Harry …*

Kat erwiderte das Lächeln. «Wenn ich hier Stammgast werden soll, beschränken wir uns vielleicht auf Kat?«

»Ha! Dann Kat!« Er beugte sich näher zu ihnen. »Und was darf ich Ihnen beiden bringen?«

»Zwei halbe Pints of mild, denke ich«, antwortete Harry und sah dabei zu Kat, als würde sie verstehen, wovon er sprach. »Hört sich das gut an, Kat?«

Sie lachte. »Ja, sicher.«

Johnny Fox ging ans andere Ende der Bar, um ihre Biere zu zapfen.

»Und was genau heißt jetzt halbe Pints of mild?«

»Ach, ich finde nur, dass es für ein ganzes Pint noch ein bisschen zu früh ist.«

»Wenn du mich fragst, ist es ein bisschen zu früh, um überhaupt Bier zu trinken.«

»Touché«, sagte Harry. »Aber andere Länder …«

»Und mild?«

»Ein typisch englisches Bier. Gab es das bei euch in den Kolonien nicht?«

Kat musste grinsen. In der Bar ihres Vaters hatte sie eine Menge unterschiedlicher Biere ausgeschenkt. Aber niemand hatte dort »ein mildes« Bier bestellt.

»Nein, das wird eine Premiere. Ich lebe mich noch ein, musst du wissen.«

»Und das machst du famos.«

»Okay, es ist recht ruhig, also können wir jetzt darüber reden, was wir erfahren haben, oder nicht?«

»Oh ja. Ich hatte eine sehr interessante Unterhaltung mit Sergeant Timms.«

Johnny Fox kam zurück und stellte ihnen zwei kleine Gläser auf Untersetzern hin.

Kat nahm ihres auf und nippte daran.

»Es ist warm«, sagte sie, als der Wirt außer Hörweite war.

»Ja, sicher. Warum sollte man ein Bier eiskalt trinken?«

»Tja, ich muss sagen, Harry – und am besten zeige ich es dir eines Tages –, dass nichts über einen sonnigen Nachmittag im Yankee-Stadion geht, wenn man dem großartigen Lou Gehrig zuschaut, einen warmen Hotdog in der einen Hand und ein eiskaltes Bier in der anderen.«

»Hm, ja, das kann ich mir vorstellen.« Er stieß mit ihr an. »Also Timms ist fest davon überzeugt, dass es ein Unfall war, obwohl alle Beweise dagegensprechen.«

»Die da wären?«

»Zunächst einmal das Gewehr. Ein Lee Enfield.«

»Bei Schusswaffen bin ich nicht auf dem Laufenden. Warum ist die Marke wichtig?«

»Wegen der Sicherung. Das Gewehr hat keinen versteckten Bügel. Man kann nicht übersehen, ob die Waffe gesichert ist oder nicht, und sie bleibt gesichert, bis man bereit zum Schuss ist.«

»Aber Syd Buckman hatte bereits …«

»*Eben.* Er hatte seinen Hirschbock schon geschossen und war auf dem Heimweg. Falls er sich mit der Waffe auskannte – was man bei jedem guten Wilderer voraussetzen würde –, müsste der Lauf nach unten gerichtet gewesen sein, das Gewehr gesichert und der Magazinschacht leer. Ach, und übrigens, ohne allzu sehr ins Detail gehen zu wollen, auf dem Lauf war ein deutlicher Streifen Blut zu erkennen.«

»Was nicht ungewöhnlich wäre, oder? Ich meine, das würde man bei einem Jagdunfall doch erwarten. Wo war die Eintrittswunde?«

»In der Brust, glaube ich.«

»Demnach passt es zu einem Sturz. Der Junge stolpert, kippt nach vorn auf sein Gewehr und drückt versehentlich ab …«

Harry trank noch einen Schluck Bier. »Und Timms zufolge gibt es auch noch eine hässliche Kopfwunde.«

»Hat Syd sich den Kopf angeschlagen, als er fiel?«

»Hm«, sagte Harry. »Wie es sich anhört, glaubst du auch, dass es ein Unfall war.«

»Ich ziehe nur alle Möglichkeiten in Betracht. Doch du hältst nichts von Timms' Theorie?«

»Nein, immer noch nicht.«

»Gut. Dann warte, bis du hörst, was *ich* erfahren habe.«

»Na, das wird richtig spaßig. Und ich dachte, dass ich dich in ein verschlafenes Dorf in Sussex bringe.«

»Oh, dieses Dorf ist ganz und gar nicht verschlafen«, entgegnete Kat, die ihr leeres Glas auf den Tresen stellte.

»Und ich brauche die andere Hälfte hierzu, wenn ich dir vom trauten Heim der Buckmans erzähle.«

Harry beobachtete, wie Kat den Wirt herbeiwinkte und noch zwei halbe Pints bestellte.

6. Syds Geheimnis

Harry nickte, während er dem Bericht seiner Frau zu dem Gespräch mit Elsie und Billy Buckman lauschte. Als sie fertig war, sah er sie an. Er bezweifelte, dass er es jemals leid sein könnte, ihr Gesicht mit den wachen dunklen Augen anzuschauen. Jetzt gerade war es sehr ernst.

»Die arme Frau, Harry. Es ist, als würde sie von ihrem Mann gefangen gehalten.«

»Den Typ Mann kenne ich. Und sollte er dir jemals drohen …«

Kat schmunzelte. »Oh, ich denke, mit einem Billy Buckman werde ich durchaus allein fertig.«

Harry lachte. »Dein berühmter linker Haken?«

»Ganz richtig. Gefolgt von einem Hieb in die Magengrube.«

»Autsch!«, sagte Harry lachend.

Er trank von seinem Bier. »Aber was Elsie gesagt hat, ist interessant. Könnte Syds kurze Reise mit diesen Morddrohungen zusammenhängen?«

»Möglich wäre es. Mehr konnte ich nicht herausbekommen, denn Billy machte dicht, als ich gefragt habe.«

»Und du hattest das Gefühl, dass er lügt?«

»Ja, eindeutig. Er verschweigt etwas.«

Harry blickte zur Seite. Nicht zum ersten Mal dachte

er – nun ja –, dass sie trotz ihrer Auslandserfahrungen im Dienst für König und Vaterland *wirklich* keine Detektive waren.

All das verwirrte ihn. *Was könnte Billy Buckman verschweigen? Und warum?* Nun kam ihm ein erst recht bizarrer Gedanke: Was, wenn *er* etwas mit dem Unfall seines Sohnes zu tun hatte?

»Ein Penny für deine Gedanken«, sagte Kat.

Grinsend schüttelte Harry den Kopf. »Oh, die dürften nicht einmal den Penny wert sein! Mir ging bloß gerade auf, dass wir anscheinend keine Ahnung haben, was los ist.«

»Noch nicht.«

»Mir gefällt dein Optimismus.«

»Es wird sich alles aufklären, Harry.«

Harry sah zum anderen Ende der Bar, wo Johnny Gläser polierte.

Doch der Wirt bemerkte Harrys Blick, legte sein Geschirrtuch weg und kam zu ihnen.

»Noch eine Runde, Sir Harry?«

»Leider nein, Johnny. Aber ich überlege gerade. Es ist nämlich so, dass Kat und ich … Elsie Buckman helfen möchten. Wir würden sie gern beruhigen, was ihre Zweifel an dem Unfall angeht.«

»Eine schlimme Geschichte. Die arme Frau.«

»Ja.« Harry sah Kat an und fragte sich, ob sie erriet, was er vorhatte.

»War Syd Buckman manchmal hier?«

»Klar, hin und wieder.«

»Und hatte er Geld?«

»Für ein paar Bier? Ja, das schien kein Problem zu sein. Erst recht nicht in letzter Zeit.«

Wieder blickte Harry zu Kat. *In letzter Zeit …*

Dann sah er zurück zu Johnny. «Haben die Leute gewusst, was er tat? Das mit dem Wildern, meine ich?«

Hierauf zögerte Johnny. »Wer wusste das nicht? Aber, na ja, hier kümmert sich jeder um seinen eigenen Kram, nicht? Der Junge hat eben ab und zu ein bisschen was dazuverdient, um Essen auf den Tisch zu bringen. Und eine Menge meiner Gäste sind nicht gut auf die Großgrundbesitzer zu sprechen.«

Harry grinste. »Sicher wird meine Tante froh sein zu hören, dass sie nicht eingeschlossen ist.«

»Auf keinen Fall. Sie hat ein großes Herz, aber das wissen Sie ja.«

Nun kam eine Frage von Kat, die Harry bewies, dass sie mit ihm auf einer Wellenlänge war.

»Hatten Sie irgendwelche Probleme mit Syd? Schlägereien oder Zank?«

Der Wirt sah zur Seite. »Nein, nicht hier in meinem Pub, das kann ich Ihnen sagen. Nichts, was ich gesehen hätte.«

Harry ahnte, dass Johnny mehr zu dem Thema zu sagen hatte.

»Aber es gab welche?«

»Ach, Syd platzte leicht mal der Kragen«, antwortete Johnny.

»Draußen, nach Ladenschluss?«

»Kann sein. Irgendein Streit … aus dem eine kleine Klopperei wurde.«

»Irgendwas Bestimmtes in den letzten paar Monaten?«, fragte Kat.

»Hm. Vor einigen Wochen habe ich gehört, wie er sich draußen auf dem Platz mit jemandem anlegte. Es hieß, dass es ein anderer Wilderer war. Aber, wie gesagt, nicht hier drinnen.« Johnny grinste. »Meine Gäste wissen das.«

Harry sah Kat an. *Eine Prügelei mit einem anderen Wilderer.* Sie nickte.

»Und gab es Freunde, mit denen er herkam?«

Johnny Fox kratzte sich den dicken Bart. »Na, Sie kennen ja die jungen Leute. Die haben nur Blödsinn zusammen gemacht. Ich weiß nicht genau ... ah, nein ... warten Sie mal. Ich glaube, mit *einem* Burschen war er besser befreundet. Chaz Todd.«

Harry bemerkte, wie Kat ihm zulächelte.

Ein Freund. Syds Kumpel. Und ein Name. *Sehr hilfreich.*

»Und«, hakte Harry umgehend nach, »wissen Sie zufällig, wo wir ihn finden?«

»Oh ja. Er arbeitet bei seinem Vater, dem Schmied. Oben in der Hill Lane? Hauptsächlich ist er als Hufschmied unterwegs, zumindest bei seinen Stammkunden. Und Chaz lernt bei ihm. Ich schätze, meistens wird er in der Schmiede sein.«

»Danke, Johnny«, sagte Harry. Dann fiel ihm noch etwas ein. »Übrigens, kommen hier manchmal Leute vom Shreeve-Anwesen her?«

»Ein oder zwei sehen manchmal auf ein Pint rein.«

»Was ist mit Fred Nailor?«

»Fred? Ja, der ist ab und zu hier. Jetzt übrigens auch.« Johnny drehte sich um und nickte zum hinteren Teil des Schankraumes, wo zwei Männer bei Pints an der Bar saßen. »Da drüben. Der große Kerl mit dem Schnauzbart. Wollen Sie mit ihm reden?«

»Gern. Nur kurz«, antwortete Harry.

Johnny nickte und ging hin.

Harry sah, wie er sich zu den beiden Männern beugte. Einer von ihnen, groß, mit Schnauzbart, in den Vierzigern, blickte zu Harry und Kat, klopfte seinem Trinkkumpan auf die Schulter und kam zu ihnen.

»Mr Nailor?«, fragte Harry, stand von seinem Barhocker auf und reichte ihm die Hand. »Harry Mortimer. Und dies ist meine Frau Kat.«

»Freut mich«, sagte Nailor, der ihnen beiden die Hand schüttelte. »Was kann ich für Sie tun?«

Harry lächelte. Ihm gefiel der Mann auf Anhieb, er trat umgänglich auf und hatte einen warmen Händedruck.

»Ich möchte Sie jetzt nicht stören, aber wir würden uns gern bei Gelegenheit mit Ihnen über den jungen Mann unterhalten, der vor ein paar Wochen oben auf dem Anwesen gefunden wurde.«

Nailors Züge verfinsterten sich. »Eine schreckliche Sache, wie der Junge sein Leben verloren hat.« Nailor holte tief Luft. »Seine arme Mum muss am Boden zerstört sein. Ich mag mir das gar nicht vorstellen.«

»Ja, ich weiß«, sagte Harry.

Nailor neigte sich etwas vor. »Mich macht vor allem wütend, was für eine Dummheit das war. Ich weiß ja, dass die Zeiten hart sind, aber mit Gewehren herumzuspielen und zu wildern?«

Kopfschüttelnd hielt er inne. Dann sah er zu Harry auf. »Aber warum fragen Sie?«

»Wir sind von Freunden der Familie gebeten worden, alles über den Fall herauszufinden, was wir können«, erklärte Kat.

Harry sah Nailor nicken. »Ah, damit sie beruhigt sind? So in der Art?«

»Ja, in der Art«, sagte Harry und ergänzte leiser: »Aber das King's Arms ist nicht der Ort, um das zu besprechen. Ginge es vielleicht irgendwo anders?«

»Natürlich. Ich will jetzt zurück zum Anwesen. Gegen sechs müsste ich fertig sein. Wie wäre es, wenn Sie dann auf einen Tee in mein Büro auf dem Anwesen kommen?«

»Hervorragend«, sagte Harry. »Danke für Ihr Verständnis, Mr Nailor!«

»Eine trauernde Familie, da tun wir doch alle, was wir können, nicht wahr?«

»Genau«, bestätigte Harry.

»Ich muss dann mal«, sagte Nailor, sah Kat an und tippte sich an den Hut. »Hat mich gefreut.«

»Mich auch«, antwortete Kat.

Dann winkte Nailor seinem Bekannten am anderen Ende der Bar zu, rief: »Bis dann, Johnny!«, und verließ den Pub.

»Wie es aussieht, haben wir heute Nachmittag einiges vor«, stellte Kat fest.

»Ganz richtig.« Harry zückte seine Brieftasche, als Johnny zu ihnen kam.

»Bedaure, Sir Harry«, sagte Johnny mit Blick zu der Brieftasche. »Der erste Besuch mit der gnädigen Frau? Der geht aufs Haus.«

Harry sah grinsend zu Kat. *Die gnädige Frau.*

Es gab vieles in diesem Dorf, was ihm gefehlt hatte.

Und Johnny zählte dazu.

Sie standen draußen vor dem Pub im warmen Nachmittagssonnenschein, und Kat fragte: »Wollen wir den Freund besuchen? Diesen Chaz?«

»Ja. Wenn jemand etwas über Syd weiß, wird es sein bester Freund sein.«

»Jeder hat Geheimnisse«, sagte Kat. Das wusste sie allzu gut, seit sie im Außendienst für ihr Heimatland gearbeitet hatte. *Und zugleich braucht jeder jemanden, dem er diese Geheimnisse anvertrauen kann.*

»Wollen wir zusammen hingehen?«, fragte Harry. »Und anschließend zum Shreeve-Anwesen?«

»Ich denke, ja. Das alles wird – um einen eurer Autoren, den fabelhaften Lewis Carroll und seine *Alice im Wunderland*, zu zitieren – *verquerer* ...«

»... und verquerer, stimmt. Eines noch, Kat, auch wenn es dir bereits bewusst sein dürfte.«

Sie sah, wie sich das Licht in Harrys dunkelblauen Augen spiegelte. Sein schwarzes Haar, das mal wieder geschnitten werden müsste, wehte in der sanften Brise.

»Falls Syd Buckmans Tod kein Unfall war, müssen wir uns über eines im Klaren sein.«

Er hatte den Satz noch nicht beendet, da nickte Kat schon.

»Dass irgendwo hier ein Mörder frei herumläuft? Du denkst, es gibt einen Täter, der ungestraft davongekommen ist?«

»Ja, und vielleicht«, sagte er leiser, »ist er nicht sehr froh über das, was wir tun.« Dabei bewegte er den Arm im Kreis, als würde er in einem großen Topf rühren.

»Sprichst du von Gefahr, Sir Harry?«

»Ich glaube, das tue ich, Lady Mortimer.«

Und sie grinste. »Ist angekommen. Jetzt lass uns Syds Freund suchen.«

Sie machten sich auf den Weg über den Marktplatz und die High Street hinauf, vorbei an einer Reihe von Geschäften und zu dem schmalen Weg, an dessen Ende sich die Schmiede befand.

7. Ehemalige Freunde

Lange bevor sie das Ende der Hill Lane erreicht hatten, hörte Kat das Hämmern aus der Schmiede und roch den scharfen metallischen Rauch.

»Eines ändert sich nicht, nirgends auf der Welt«, sagte sie mit Blick zu Harry, der neben ihr ging.

»Pferde brauchen immer noch Hufeisen, meinst du? So viel zu den modernen Zeiten.«

Sie öffneten die Pforte zum Hof. Kat sah alte Wagenräder, einige Teile von Landwirtschaftsmaschinen, einen großen Kohlehaufen, aufgestapeltes Werkzeug und ein Paar Zugpferde, die an ein Geländer gebunden waren und vermutlich darauf warteten, neu beschlagen zu werden.

Die Tür zur Schmiede stand offen, und drinnen nahm Kat sich bewegende Gestalten und im Licht des Feuers flackernde Schatten wahr, während die Hammerschläge hallten. Sie trat auf die Tür zur, Harry dicht hinter ihr. Als sie hineinschaute, blies ihr eine intensive Hitze aus dem kleinen Schuppen entgegen.

Zwei Männer mit freiem Oberkörper arbeiteten gemeinsam über einem Amboss: Ein rot glühendes, rauchendes Eisen, das sie mit Greifzangen bewegten, zischelte zwischen ihnen. Der Jüngere – dunkelhaarig und schweißüberströmt – hielt das Eisen still, und der andere – in den Fünfzigern, kahlköpfig und wie ein Stier gebaut – hieb mit einer Art Hammer und Meißel Löcher in das Metall.

Keiner von ihnen blickte auf, obgleich sie Kat und Harry zu bemerken schienen.

Harry sah Kat an und erhob die Stimme über das Metallscheppern und das Fauchen des Ofens hinweg. »Dürfen wir Sie kurz sprechen?«

Der ältere Mann, offensichtlich der Besitzer, sah immer noch nicht von dem glühend heißen Metall auf.

»Wir müssen diese Hufeisen fertig machen. Dann reden wir auf dem Hof«, rief er.

»Natürlich«, sagte Harry und nickte Kat zu. Sie folgte ihm zurück nach draußen in die frische Sommerluft.

Zehn Minuten später sah Harry die beiden Männer herauskommen. Sie hatten die fertigen Hufeisen bei sich und hängten sie an Nägeln neben den Pferden auf.

Der Jüngere tauchte seine Hände in einen großen Wassertrog und wusch sich das Gesicht, während der Schmied sich umdrehte und zu ihnen kam.

»Mr Todd?«, fragte Harry.

»Ja, der bin ich.«

»Harry Mortimer.«

»Ich weiß, wer Sie sind«, sagte Todd, der sich die Hände an einem Lappen abwischte. »Ich habe schon Pferde für Ihre Familie beschlagen, als Sie noch ein kleiner Junge waren.«

In dem Moment schien Todd, der sich so hart gab wie das heiße Metall, mit dem er arbeitete, zu stocken.

Dieser Mann hat meine Eltern gekannt. Und deshalb bin ich für ihn jetzt gerade nicht irgendein Landadliger, der ihn bei der Arbeit stört.

»Was kann ich für Sie tun?«

Harry lächelte. »Leider bringen wir Ihnen keine Arbeit.«

Der Schmied sah ihn für eine Sekunde nachdenklich an. »Nicht? Nichts für Ihre Tante?«

»Leider nicht. Aber meine Frau und ich würden gern mit Ihrem Sohn Chaz reden, falls Sie gestatten.«

»Das entscheidet er selbst. Fragen Sie ihn«, sagte Todd und rief nach seinem Sohn. »Chaz!«

Harry beobachtete, wie sich der junge Mann ein grobes Hemd überzog und zu ihnen kam.

»Er hat doch keine Schwierigkeiten, oder?«, fragte Todd, als Chaz bei ihm war.

»Nein, überhaupt nicht«, antwortete Harry. »Ich dachte, dass Chaz uns vielleicht bei der Sache mit Syd Buckman helfen kann.«

»Wir helfen Syds Familie«, ergänzte Kat.

»Wohltäter, hm?«, fragte Todd, spuckte auf den Boden und wandte sich an Chaz: »Fünf Minuten. Dann müssen wir mit der Stute anfangen.«

Chaz nickte brav, und Harry sah dem alten Schmid nach, der in die Werkstatt zurückkehrte.

»Kein Grund zur Sorge, Chaz. Wir haben nur ein paar Fragen«, sagte Harry und lächelte dem Jungen zu.

Chaz holte Tabak und Papier aus seiner Tasche, drehte sich binnen Sekunden eine Zigarette und zündete sie an. »Wie mein Dad schon gesagt hat, fünf Minuten.«

Dann ging er zu einem Holzstapel, setzte sich und wartete, dass sich Kat und Harry zu ihm gesellten.

Kat sah, dass Harry ihr kaum merklich zunickte. Sie wusste, was das bedeutete: *Du fängst an.*

Sie lächelte Chaz an. »Wir haben gehört, dass Sie gut mit Syd befreundet waren.«

Chaz zuckte mit den Schultern. »War halt ein Kumpel.«

»Kannten Sie ihn lange?«, fragte Kat.

»Was glauben Sie denn? Wir sind im selben Dorf aufgewachsen, nicht wahr?«

»Also waren Sie richtig gut befreundet?«

»Kann sein.« Chaz lachte. »Wir haben zusammen getrunken.«

»Sie waren enge Freunde, wie wir gehört haben«, sagte Harry.

Chaz' Grinsen schwand. »War vielleicht früher mal so.«

Kat beobachtete ihn aufmerksam. *Hier ist etwas. Irgendwas macht Chaz zu schaffen. Und wir haben nur fünf Minuten, um es herauszufinden.*

»Aber in letzter Zeit nicht mehr?«

Chaz zuckte mit den Schultern.

»Hatten Sie sich zerstritten?«, fragte sie.

»Syd ... der war mit anderen Sachen beschäftigt.«

»Was für Sachen?«, fragte Harry.

»Weiß nicht. Ist schon ein paar Monate her.«

»War das irgendwann im Juni?«, fragte Kat.

»Ungefähr, ja.«

Interessant, dachte Kat, die kurz zu Harry sah. *Es wird Zeit, zum Punkt zu kommen.*

»Mrs Buckman hat gesagt ... er schien ein bisschen Geld verdient zu haben«, meinte sie.

»Kann sein«, antwortete Chaz. »Wie gesagt ... weiß ich nicht.«

»Und das war nicht ganz legal verdient?«

»Hören Sie, ich habe keine Ahnung, was Sie beide wollen, aber ich weiß nichts davon.«

Jetzt war es Zeit für den großen Wurf.

»Waren Sie nie mit ihm wildern?«

Kat beobachtete, wie Chaz einen letzten Zug von seiner Zigarette nahm, das Ende abkniff und den Rest in seine Brusttasche steckte.

»Verdammter Mist! Was sollen denn diese Fragen? Helfen Sie der Polizei?«

»Nein«, antwortete Kat.

»Nur dass Sie es wissen, ich halte mich aus Schwierigkeiten raus, ehrlich. Mir geht es gut hier bei meinem Dad. Ich habe eine Arbeit. Eine *anständige* Arbeit.«

»Natürlich«, sagte Harry.

»Machen Sie sich keine Sorgen, Chaz«, beteuerte Kat. »Vertrauen Sie uns. Nichts von dem, was Sie uns erzählen, wird Sie in Schwierigkeiten bringen.«

»Das ist gut, denn ich habe *nichts* getan, klar?«, sagte Chaz, der sich nach der Schmiede und seinem arbeitenden Vater umblickte, bevor er wieder sie ansah.

»Gewiss doch«, antwortete Kat. »Wir versuchen nur zu ergründen, was mit Syd passiert ist.«

»Die letzten zwei Monate ...«, begann Harry. »Als Syd Geld hatte ... Ich nehme an, dass er viel unterwegs war und getrunken hat, oder?«

»Und wie! Er hat mehr getrunken, als ich mir leisten konnte, so viel steht fest. Hat Runden ausgegeben und so. Nicht bloß hier im Dorf. An manchen Abenden ist er runter nach Portsmouth. Auch nach Brighton. Hat sich richtig amüsiert.«

»Und er hatte neue Freunde, nicht wahr?«, fragte Harry.

»Davon weiß ich nichts. Wie gesagt, ich habe ihn ja kaum noch gesehen.«

»War er viel unterwegs?«, fragte Kat. »Wir haben gehört, dass er im Juni eine Nacht weg war. Erinnern Sie sich daran?«

Er zuckte mit den Schultern. »Kann sein. Ja, irgendwas war da.«

»Aber Sie wissen nicht, wo er war?«

»Hat er nicht gesagt.« Chaz schien mit jeder Frage verärgerter zu werden, wie Kat bemerkte. »Und ich habe ihn nicht gefragt!«

»Aber anscheinend kam er mit Geld zurück«, sagte Harry. »Und fing an, es auszugeben?«

Chaz überlegte kurz. »Nicht gleich. Aber … bald danach.«

Kat sah zu Harry, und der nickte. *Frag weiter!*

»Es muss ein Schock für Sie gewesen sein, zu erfahren, dass er tot ist«, sagte Kat.

»Natürlich.«

»Waren Sie überrascht?«

»Er hat doch gewusst, dass es verflucht gefährlich war!«

»Was? Das Wildern?«, fragte Kat.

»*Nicht* das Wildern«, erwiderte Chaz und zupfte sich einen Tabakkrümel von der Lippe. »Es war nicht das ›Wildern‹, was ihn umgebracht hat. Mitten in der Nacht in Shreeves Wald zu gehen, *das* hat ihn umgebracht.«

Kat war unsicher, was Chaz meinte.

»Ist der Wald gefährlich?«, fragte Harry. »Inwiefern?«

»Moment mal. Heißt das, Sie zwei wissen nicht, was Shreeve getan hat?«

»Wir würden es gern von Ihnen hören«, sagte Harry rasch und blickte kurz zu Kat. Diese Entwicklung hatten sie nicht vorausgesehen.

»Na, Shreeve hatte diesen Riesenkrach mit Syd – vor einigen Wochen an einem Samstag. Am Markttag. Da hat er ihn rumgeschubst und sogar gesagt, er würde ihn auspeitschen, wenn er ihn noch einmal auf seinem Land sieht.«

»Augenblick. Shreeve hat gewusst, dass Syd bei ihm wilderte?«, fragte Kat.

»Chaz!«, ertönte es aus der Schmiede.

Als Kat sich umdrehte, sah sie Mr Todd herauskommen. *Fünf Minuten sind schnell vorbei.*

Chaz stand auf und nahm einiges Werkzeug neben dem Holzstapel an sich.

Und jetzt ist sein spöttisches Grinsen wieder da.

»Es war nicht bloß Shreeves Wild, an dem Syd sich vergriffen hat«, sagte Chaz kopfschüttelnd. »Auch seine kostbare Tochter Melissa …?«

»Wie bitte?«, fragte Harry.

Kat sah Chaz grinsen. »Also, wenn Sie wissen wollen, was mit Syd passiert ist, fragen Sie diesen Mistkerl Shreeve.«

Mit diesen Worten nickte er ihnen zu und ging zu seinem Vater, der bei den Pferden wartete.

8. Ein Familienmensch

Harry schob das große alte Motorrad vor das Dower House und wartete auf Kat. Sie wollten zum Shreeve-Anwesen, um mit Fred Nailor zu reden. Und vielleicht eine Minute mit Arthur Shreeve persönlich.

Oder sogar Shreeves Tochter Melissa.

Falls Chaz das nicht bloß erfunden hat. Er könnte ihnen einfach etwas vorgeflunkert haben.

Die Haustür ging auf, und Kat erschien. Sie hatte ihr gepunktetes Kleid gegen einen Arbeitsanzug und kurze Stiefel eingetauscht.

»Na, du siehst bereit aus für eine Motorradfahrt«, sagte Harry, als sie auf ihn zukam.

»Ähm, wer fährt?«, fragte sie, während er ihr einen Helm und eine Schutzbrille reichte.

Harry stockte. *War das ein Scherz? Immerhin war es sein Motorrad und … und …*

Doch sie setzte fachmännisch Brille und Helm auf, als hätte sie es schon tausendmal gemacht.

Die Frage nach dem Fahrer war eindeutig offen.

»Und ich dachte, ich könnte dir endlich mal etwas beibringen«, sagte er. »Wie naiv von mir.«

»Tut mir leid, Harry. Aber falls es dir ein Trost ist: Ich weiß rein gar nichts übers Segeln.«

»Gott sei Dank! Vielleicht sollten wir uns ein Boot kaufen, hm? Und es auf dem Fluss liegen haben!«

»Wie nett. Du kannst es mir beibringen, und dann packen wir einen Picknickkorb und segeln bis zum Meer.«

»Warum nicht weiter? Übers Wochenende nach Frankreich! Vorausgesetzt, die Tide im Kanal spielt mit.«

»Oh ja. Ein romantisches Hotel *sur la plage!*«

»*Exactement.* Irgendwie möchte ich das jetzt gleich machen.« Für einen Moment hielt er ihren Blick und verlor sich in diesem recht köstlichen Tagtraum. »Tja, fürs Erste darf ich vielleicht vorschlagen – wenigstens bis die Leute dich etwas besser kennen und du diese Straßen –, dass ich dieses eine Mal fahre?«

»Selbstverständlich. Ich weiß, wie empfindlich das männliche Ego in derlei Dingen ist. Und du hast das Motorrad ja wieder flottgemacht.«

»Ah«, entgegnete er grinsend, »es ist eigentlich nicht mein Ego, das ich hier schützen möchte, sondern es sind die Einheimischen. Da ich mir denke, dass du ein Motorrad genauso fährst wie ein Auto, dürftest du ihnen eine Heidenangst einjagen.«

Er setzte sich aufs Motorrad und warf den Motor an. Ein tiefes Brummen ertönte. Hinter ihm stieg Kat auf den kleinen Beifahrersitz, schlang die Arme um Harry und lehnte sich dicht an ihn.

»Los geht's«, sagte sie. Ihre Lippen waren an seinem Ohr. »Und geize nicht mit den Pferdestärken!«

Er legte den Gang ein, gab Gas, und sie brausten die Einfahrt hinunter.

»Schneller!«, rief Kat, deren Arme Harry fest umfingen.

Sie sausten über die Downs, und in der Ferne glitzerte das Meer am blauen Horizont.

Fünf Meilen außerhalb von Mydworth wurde die

Straße gerade – von den Römern angelegt, vermutete Kat –, und sie konnte an der Tachoanzeige sehen, dass Harry siebzig Meilen die Stunde fuhr.

Plötzlich waren all ihre Ängste, dass die Heirat und der Umzug nach England endlose Teegesellschaften, Gärtnern, alte Damen und anstrengende Konversation in stickigen grauen Esszimmern bedeuteten, wie weggeblasen im Fahrtwind dieses fantastischen Motorrads.

Hier war sie mitten in einer Geschichte, die sich durchaus als Mordermittlung entpuppen könnte, und raste übers Land, um einen Verdächtigen zu treffen.

Ja, dies ist das Leben, das ich mir gewünscht habe – das ich schon immer führen wollte.

»Ein bisschen schneller?«, rief sie wieder und hielt sich fester an Harry, als er Gas gab und sie fühlte, wie das Motorrad beschleunigte, vorbei an Feldern und Hecken unter einem tiefblauen Himmel.

Auf der Kieszufahrt zum Shreeve-Anwesen kam das Haus in Sicht, und Harry begriff, wie vermögend Shreeve sein musste.

Bei seinem letzten Besuch hier nach dem Krieg hatte das Herrenhaus noch Lord und Lady Westland gehört und war kurz davor gewesen, in sich zusammenzufallen.

Jetzt, mit dem neuen Besitzer, blitzte es blendend weiß, hatte ein neues Dach, neue Ställe und Koppeln und seitlich vom Haus stand eine ganze Wagenflotte.

Sie ließen das Motorrad mit zehn Meilen die Stunde ausrollen und nahmen ihre Helme und Brillen ab.

»Wow, was für ein Bau«, sagte Kat. »Gehört dieser Shreeve auch zum hiesigen Landadel?«

»Ganz und gar nicht«, antwortete Harry. »Er ist Fabrikbesitzer und erst vor wenigen Jahren mit seiner Familie aus dem Midlands hergezogen.«

»Teuflische dunkle Webereien? Ein Vermögen auf Kosten der Massen gescheffelt?«

»Es kommt der Wahrheit recht nahe. Angeblich hatte er einen Betrieb, der Schnallen fertigte und bis 1914 eher unbedeutend war …«

»Ah, lass mich raten: Regierungsauftrag für den Krieg?«

»Genau. Hast du mal die Schnallen an einer britischen Uniform gezählt?«

»Und jede brachte ihm einen anständigen Gewinn ein, ohne Frage.«

»Anscheinend hat er Millionen gemacht. Danach hat er verkauft und ist hergezogen.«

»Ich muss wohl nicht fragen, wie du darüber denkst«, sagte Kat.

Nein, dachte Harry, der sich an die Schrecken der Westfront erinnerte. Nein, das musste sie nicht.

Als sie sich dem Haus näherten, sah Harry ein Schild mit der Aufschrift »Verwaltung«, das zur Seite des Hauses wies.

»Sieh mal«, sagte Kat. »Da oben in der Ecke.«

Harry blickte hinauf zu einem der Fenster. Dort stand eine Gestalt und schaute zu ihnen heraus.

Ein Mädchen in einem gelben Kleid, das im Sonnenschein leuchtete – eventuell auch eine junge Frau. Als Harry den Blick nach oben gerichtet hatte, war sie rasch in den Schatten zurückgetreten, als wollte sie nicht gesehen werden.

War das Melissa? Und, falls ja, könnte sie sich ernsthaft für Syd Buckman, den Wilderer, interessiert haben?

Er stellte den Motor aus, und Kat schwang sich elegant von ihrem Sitz. Harry klappte den Ständer aus und stieg ebenfalls ab.

»Eine schöne Fahrt, mein Gemahl«, sagte sie und klickte ihren Helm an das Motorrad.

Harry beobachtete, wie sie ihr offenes Haar aufdrehte, wobei sie eine Spange zwischen ihren Zähnen hielt und es zu einem ordentlichen Knoten fixierte.

»Gern geschehen«, sagte Harry. »Nächstes Mal fährst du, und ich darf dich festhalten.«

»Abgemacht.«

»Na schön, auf zu Fred Nailor.«

Und sie machten sich auf die Suche nach dem Verwalter.

Nailor war nicht schwer zu finden.

Als sie um das Herrenhaus herumgingen, sah Kat gleich vorn einen kleinen eingeschossigen Bau, vor dem ein Traktor stand. An dem lehnte Fred Nailor und unterhielt sich mit einer Frau, während ein kleines Mädchen zu ihren Füßen spielte.

Das Paar blickte auf, als Kat und Harry sich ihnen näherten.

»Sir Harry, Lady Mortimer«, sagte Nailor. Sanft legte er eine Hand auf den Arm der Frau und zog sie ein Stück vor. »Meine Frau Rosie, und die Kleine ist unsere Agnes.«

Kat sah, dass die Frau schüchtern und unsicher war, wie sie die beiden begrüßen sollte; das kleine Mädchen war kühner.

»Hallo«, sagte sie und linste hinter den Beinen ihrer Mutter vor.

»Hallo, du«, sagte Kat und schüttelte die Hand der Kleinen. »Freut mich sehr, dich kennenzulernen.« Sie hockte sich hin. »Du bist also Agnes. Was für ein hübscher Name!«

»Aggie«, erwiderte das Mädchen strahlend.

»Und ich bin Kat.«

Sie richtete sich wieder auf und sah Rosie an. »Was für eine bezaubernde Kleine.«

»Und ein wahrer Satansbraten«, sagte Fred lachend. Dann wandte er sich an seine Frau. »Ich muss wieder an die Arbeit. Wir sehen uns nachher zu Hause.«

»Komm nicht zu spät«, bat Rosie.

»Ich versuche es«, antwortete Fred, hob Agnes hoch und wirbelte sie einmal herum, bevor er sie an ihre Mum übergab.

Kat schaute Mutter und Tochter hinterher, die vom Haus in Richtung Wald gingen. Dann sah sie wieder zu Fred.

»Haben sie es weit?«, fragte sie.

»Ach, nur rund eine halbe Meile«, antwortete Fred. »Wir wohnen im alten Wildhüter-Cottage hinter dem Hügel da.«

Nun wurde er ernster. »Dann unterhalten wir uns, ja?«

Und er wies sie beide zum Büro.

»Nehmen Sie sich Milch und Zucker«, sagte Fred Nailor, der Kat einen verbeulten alten Zinnbecher reichte und auf zwei Stühle vor seinem Schreibtisch zeigte, bevor er auf seinem eigenen Stuhl Platz nahm.

Kat setzte sich und blickte sich um, solange sie wartete, dass Harry kam.

An den Wänden hingen Bücherregale und gerahmte Drucke, ein kleiner Ofen stand in der Ecke, daneben waren Aktenschränke, und Papierstapel lagen in Ablagefächern.

Auf dem Schreibtisch stand ein Foto von Fred und seiner Frau, die Agnes als Baby in den Armen hielt.

Obwohl das Büro praktisch eingerichtet war, wirkte es freundlicher, als Kat erwartet hätte. Nailor selbst saß geduldig da, während Harry sich seine üblichen drei Teelöffel Zucker in den Tee rührte.

»Also«, sagte er und sah erst Harry, dann Kat an. »Sie möchten herausfinden, wie Syd gestorben ist? Habe ich das richtig verstanden?«

Kat beschloss, den Anfang zu machen. »Seine Mutter glaubt nicht, dass er auf seine Waffe gestürzt sein kann«, antwortete sie. »Anscheinend war er stets sehr vorsichtig im Umgang mit Waffen, gut ausgebildet und so.«

Nailor nickte, dann zuckte er mit den Schultern. »Natürlich, das verstehe ich. Solche Unfälle kommen einem immer so … ich weiß nicht … unmöglich vor? Ist das der richtige Ausdruck?«

Kat bejahte stumm.

»Aber dies ist nicht der erste tödliche Unfall, mit dem ich es zu tun gehabt habe. Und sicher wird es auch nicht der letzte gewesen sein. Bei so gut wie allen galt das Opfer als jemand, der sich mit seinem Gewehr auskannte.«

»Gewohnheit macht nachlässig …«, sagte Harry. »Die Leute werden unvorsichtig, meinen Sie? Ja, das habe ich auch schon erlebt …«

»Genau. Und vergessen wir nicht, dass jemand, der im Ruf steht, sich gut auszukennen, ihn genießt, weil er vermutlich immerzu mit Waffen hantiert.«

»Ach, demnach ist es nur eine Frage der Zeit? Weil es zu viele Gelegenheiten gibt, einen Fehler zu machen?«, fragte Kat.

»Richtig. Es ist reine Wahrscheinlichkeitsrechnung, verstehen Sie?«, sagte Nailor. »Sie verbringen Tausende Stunden mit einer Waffe in der Hand – und einen Fehler, einen tödlichen Fehler zu machen, dauert nur eine Sekunde.«

Kat sah Harry an. Nailors Logik leuchtete ihr ein.

»Wie ich hörte, haben Sie die Leiche gefunden?«, fragte Harry.

»Ja, habe ich.«

»So etwas ist nie leicht zu verkraften«, sagte Harry.

»Nein.«

»Aber – Sie sagen, dass Sie solche Unfälle schon häufiger erlebt haben«, meinte Harry. »Darf ich fragen, ob etwas an diesem anders schien? Anders aussah?«

Kat sah, wie Nailor nachdachte. Dann schüttelte er den Kopf.

»Was war mit der Wunde?«, fragte Kat.

Für einen Augenblick wirkte er verwirrt, eventuell unsicher, wie er es erklären sollte.

Oder besorgt, weil eine Frau anwesend war.

Kat ergänzte eilig: »Mr Nailor, ich habe ein Jahr in einem Krankenhaus in Amiens gearbeitet, das war 1918.«

»Ah, ja, Verzeihung. Da haben Sie alles gesehen, hm? Na gut, also es war ein Schuss aus nächster Nähe, ohne Zweifel.«

»Gab es noch weitere Verletzungen?«

»Eine üble Schürfwunde im Gesicht des armen Jungen, und da war Blut auf der Erde, wo er gestürzt ist, deshalb nehme ich an, dass er auf einem Stein gelandet ist.«

»Und es gab nichts, was an einem tragischen Unfall zweifeln ließ?«

»Überhaupt nichts.«

Kat sah zu Harry. *Zeit, die Taktik zu ändern.*

»Haben Sie Syd gekannt?«, fragte Harry, der Kats stummen Hinweis verstand.

»Ihn *gekannt?*« Die Frage wunderte Nailor offenbar.

»Ich hatte natürlich von ihm gehört. In den Downs dürfte es kaum einen Verwalter oder Wildhüter geben, der nichts von Syd Buckman weiß. Und von seinem Vater.«

»Dann dürften viele Leute froh sein, dass er ihnen keinen Ärger mehr bereitet?«

»Kann sein ... Aber das ist ein bisschen unfair, Sir Harry«, sagte Nailor. »Keiner wünscht sich, dass ein junger Bursche so zu Tode kommt. Doch sicher werden auch nicht allzu viele Tränen vergossen.«

»Haben Sie gewusst, dass er hier auf dem Anwesen wilderte?«

»Na ja, ich wusste, dass es *jemand* tut. Diesen Sommer haben wir schon zehn Hirsche verloren.«

»Das ist eine Menge.«

»Kann man so sagen.«

»Mehr als sonst?«

Nailor stockte. »Viel mehr. Den Rest des Jahres waren es insgesamt zwei, und dann auf einmal zehn.«

Harry entging die zeitliche Übereinstimmung nicht. *Syd, der sich seltsam verhält, reichlich Geld hat ... Die Wilderei, die außer Kontrolle gerät ...*

Fraglos hing das alles zusammen. Nur wie?

»Also handelte es sich um eine neue Entwicklung, die sich erst über die letzten paar Monate abzeichnete?«

»Oh ja«, antwortete Nailor. »Und raten Sie mal, wer die Schuld dafür bekam? Ja, stimmt genau – ich.«

»Mr Shreeve war wütend auf *Sie?*«

»Und ob. Allerdings nicht nur auf mich. Er hat allen, die auf dem Anwesen angestellt sind, den Marsch geblasen. Wir mussten länger arbeiten, mehr Wachgänge durch den Wald machen. Er hat sogar zusätzliche Hilfe aus Arundel angeheuert, um die Nordgrenze zu bewachen. Und an manchen Abenden ist er selbst rausgegangen.«

Das ist interessant. Shreeve wollte selbst Patrouille gehen?

Er warf Kat einen Blick zu und fuhr fort. »Ein harter Job«, sagte er. »Das Anwesen muss … zweitausend Morgen groß sein?«

»Eher knapp vier.«

»Und in der Nacht, in der Syd starb, waren Sie da draußen?«

»Ja, waren wir alle.«

»Im Wald?«

»Leider nicht. Wir waren nördlich vom Haus – ein paar Meilen weit weg. Dort sammelten sich immer die großen Herden, wie zum Wildern bestellt. Aber wir haben den Schuss gehört.«

»Zur rechten Zeit am falschen Ort?«

»Genau.«

»Aber, Mr Nailor«, sagte Kat, »all diese zusätzlichen Wachen müssen Mr Shreeve doch mehr kosten, als er für einige wenige Hirsche bekommt. Kann er sich den Verlust denn nicht leisten?«

Erstmals reagierte Nailor verärgert.

»Sich *leisten?* Es geht nicht darum, ob er sich den Verlust leisten kann, sondern ums Prinzip. Wildern ist Diebstahl! Ein dreister Raub!«

»Tut mir leid«, sagte Kat. »Ich wollte nicht entschuldigen, was geschehen ist, sondern möchte nur herausfinden, wie die Leute empfunden haben. Und anscheinend kochen die Gefühle recht hoch.«

»Ja, und wie sie das tun.« Er verstummte kurz. »Aber ich muss mich entschuldigen, dass ich laut geworden bin. Unverzeihlich.«

»Nein, bitte machen Sie sich deshalb keine Gedanken«, entgegnete Kat. »Ich verstehe das vollkommen.«

»Es ist nur so, dass ich wegen dieser Geschichte unter enormem Druck stehe. Oft muss ich länger arbeiten –

auch schon mal die Nacht durch. Und Mr Shreeve, nun …«

Weiter kam er nicht, denn von draußen ertönte ein lautes Rufen.

»Nailor! Nailor, was zum Teufel ist hier los?«

Harry sah, wie Fred für eine Sekunde die Augen zukniff, als müsste er sein Temperament zügeln.

»Verzeihen Sie«, sagte er und stand auf. »Ich gehe lieber. Das ist Mr Shreeve.«

Rasch drängte er sich an den beiden vorbei nach draußen.

Harry sah Kat an. Worte waren überflüssig.

Beide erhoben sich und folgten Fred Nailor.

9. Auf in den Wald

Draußen sah Kat Nailor um die Ecke zur Vorderseite des Hauses verschwinden. Mit Harry an ihrer Seite lief sie ihm nach.

Vorn erblickte sie den Mann, bei dem es sich um Arthur Shreeve handeln musste, neben Harrys Motorrad.

Vierschrötig, fast kahlköpfig und trotz der warmen Witterung im Tweedanzug, stand er mit verschränkten Armen vor Harrys Motorrad und wartete, während Fred Nailor auf ihn zulief.

»Was zur Hölle macht dieser *Schrotthaufen* hier?«

Hierauf sah Kat zu Harry.

Hatte ihr Mann bei dem Wort »Schrotthaufen« eben die Augen verengt?

»Entschuldigen Sie, Sir«, antwortete Fred. »Es ist nur …«

»Lieferungen, Telegramme … wie oft habe ich es Ihnen schon gesagt? Was oder wer es auch ist, die sollen zum Dienstboteneingang fahren und nicht hier vor meinem verdammten Haus parken!«

Kat bemerkte, dass er nun zu ihnen blickte.

»Wer zur Hölle sind *Sie?*«

Kat setzte ihr nettestes Lächeln auf und trat vor. Ihr war bewusst, dass ihr Overall und ihre leicht windzerzauste Erscheinung dieses Zusammentreffen nicht erleichtern würden.

»Mr Shreeve?«, fragte sie und streckte ihm die Hand hin. »Kat Reilly.«

»Wer?« Shreeves Wort wirbelte einer Waffe gleich durch die Luft.

Kat lächelte weiter und bot ihm auch weiterhin ihre Hand an.

»Das mit dem Motorrad tut mir *so* leid. Was haben wir uns nur dabei gedacht, es hier stehen zu lassen, wo das Öl auf Ihre hübsche Einfahrt tropft. Harry?« Sie wandte sich zu Harry, der inzwischen neben ihr stand. »Wir müssen wirklich darauf achten, wo wir parken, meinst du nicht?«

»Du hast vollkommen recht, meine Liebe.« Harry spielte mit und ging auf das Motorrad zu, als wollte er es wegschieben. »Ich stelle es gleich jetzt um.«

Kat blickte wieder zu Shreeve, dem es offensichtlich die Sprache verschlagen hatte. »Was müssen Sie jetzt von uns denken?«

»Sir Harry, gewiss ist das nicht nötig«, unterbrach Nailor, um seinem Chef die Peinlichkeit zu ersparen.

»*Sir* Harry …?«, fragte Shreeve.

Kat musste zugeben, dass es ein wunderbarer Moment war. Shreeve war wie versteinert – und das inmitten seiner Tirade.

Harry winkte ab. »Zwei Sekündchen. Ich schaffe nur diesen … ähm … *Schrotthaufen* aus dem Weg, Mr Shreeve.«

»W-warten Sie«, stammelte Shreeve, und Kat sah ihm an, dass er langsam begriff. »Sir Harry Mortimer? Lady Mortimer? Aus Mydworth? Oh Gott, verzeihen Sie! Das war mir nicht klar. Es ist doch nicht nötig … Bitte, lassen

Sie es stehen. Es ist nur so, dass wir gewöhnlich keine Gäste haben, die mit dem ...«

»Motorrad kommen?«, half Kat ihm aus. »Ein wenig unkonventionell, ich weiß, aber was für eine herrliche Form der Fortbewegung an einem Sommernachmittag.«

»Ja, ja, gewiss doch«, sagte Shreeve, der auf einmal sehr breit lächelte. »Dennoch muss ich mich entschuldigen. Ich hatte keine Ahnung, dass Sie mich besuchen wollten.«

»Eigentlich sind sie hier, um *mich* zu sehen, Sir«, erklärte Nailor. »Die Herrschaften hatten einige Fragen zu dem Jungen, der gestorben ist. Dem Wilderer.«

»Fragen?«, wiederholte Shreeve und wandte sich zu Harry um, als wäre Kat nicht mehr wichtig.

»Wir helfen Syd Buckmans Eltern, zu ergründen, was genau mit ihrem Sohn geschehen ist, Mr Shreeve«, sagte Kat unverdrossen. »Wie er gestorben ist und wo.«

»Er ist in meinem Wald gestorben, mit einem meiner Hirsche tot neben sich«, antwortete Shreeve eisig.

Dann bemerkte Kat, dass er hinüber zum Haus sah. Sie folgte seinem Blick. Das Mädchen in dem gelben Kleid saß nun auf einer Bank neben der Haustür, den Kopf in ein Buch versenkt.

Aber durchaus in Hörweite.

Ihre Erscheinung schien eine beruhigende Wirkung auf den aufbrausenden Shreeve zu haben.

»Wir hatten eigentlich gehofft, dass Mr Nailor uns die Stelle zeigen könnte, an der Syd gestorben ist, Mr Shreeve«, sagte Harry. »Mit Ihrer Erlaubnis versteht sich.«

Shreeve drehte sich wieder zu Kat um. »Sie helfen den Eltern, ja? Verstehe. Nun, ich nehme an, da Sie gefragt haben und da *Sie* es sind, Lady Mortimer, sollte ich mich Ihnen nicht in den Weg stellen. Im Gegenteil! Nailor, wir nehmen den Wagen und fahren alle zusammen hin!«

Kat und Harry wechselten einen Blick, und sie nickte kaum merklich zu dem Mädchen vor dem Haus.

Melissa. Dies ist meine Chance, mit ihr zu sprechen.

Sie hoffte, dass Harry ihr ansah, was sie dachte.

»Das ist furchtbar nett von Ihnen, Mr Shreeve«, sagte Harry. »Aber ich denke, nur wir drei. Meine Frau möchte vermutlich ungern im Wald umherstaksen. Stimmt es nicht, Katherine?«

Kat verkniff sich ihr Grinsen. *Sehr hübsch formuliert. Dabei weiß er nur zu gut, dass ich in puncto Staksen mit allen mithalten kann!*

»Oh nein, ganz sicher nicht«, sagte sie, wobei sie *ganz* wie eine scheue Ehefrau betonte und mit den Wimpern klimperte. »An solch einem schönen Tag? Ich kann mir nichts *Schrecklicheres* vorstellen.«

Shreeve nickte zu dem Mädchen beim Haus. »Hervorragend. Meine Tochter wird sich Ihrer annehmen. Möchten Sie vielleicht etwas Tee und Gebäck?«

Ehe sie antworten konnte, rief er: »Melissa!«

Perfekt, dachte Kat, als das Mädchen von ihrem Buch aufblickte und zu ihrem Vater sah.

»Pfff«, machte er. »Ist ihr wohl zu viel, herzukommen und Guten Tag zu sagen. Ich fürchte, Sie müssen zu ihr gehen.«

»Keine Sorge, Mr Shreeve. Ich war selbst mal ein junges Mädchen. Ein schwieriges Alter, hm?«

»Gott, und wie! Jedenfalls, Sir Harry, Nailor, je schneller wir das hinter uns haben, desto eher können wir wieder hier sein. Dann darf ich Ihnen vielleicht eine angemessene Erfrischung anbieten?«

»Klingt wunderbar«, sagte Harry.

Dann sah er zu Kat. Es war offensichtlich, dass Harry

sich sehr amüsierte. »Plaudere du hier schön, Kat, und … ähm … ich sehe dich später. Kommst du hier zurecht?«

»Oh, ich denke schon, Schatz. Und sei vorsichtig im Wald, ja?«

»Werde ich sein.«

Sie blickte ihm nach, als er hinter Shreeve und Nailor her zu der Reihe von Fahrzeugen ging, die seitlich des Hauses parkten.

Und als sie fort waren … drehte Kat sich um und ging auf Melissa Shreeve zu.

Nun ergründe ich mal, was wirklich zwischen diesem Mädchen und Syd Buckman stattgefunden hat.

Harry ging hinter Shreeve und Nailor her den Pfad im Wald entlang. Obwohl es noch einige Stunden bis Sonnenuntergang waren, sorgten die dichten Eichen und Birken dafür, dass kaum Licht bis ins Unterholz drang.

Alle schwiegen. *Nicht verwunderlich, wenn man bedenkt, warum wir hier sind.*

Nach zehn Minuten erreichten sie eine Lichtung, und Nailor blieb stehen. »Hier hat Buckman den jungen Bock erlegt«, sagte er und zeigte zu einer Stelle, an der das Unterholz platt gedrückt war. »Und vergraben, was er nicht tragen wollte.«

Harry holte ihn ein, blickte auf den Boden und dann zur Lichtung. »Hat er dort drüben irgendwo auf der Lauer gelegen?«, fragte er.

»So ein Lump«, sagte Shreeve.

Harry sah Nailor an – und sagte nichts. »Wie weit ist es von hier zur Straße?«, wollte er dann wissen.

»Eine halbe Meile«, antwortete Nailor.

Harry nickte, und Nailor ging voran. Nun folgte Shreeve ihm.

»Was lesen Sie?«, fragte Kat, die sich neben Melissa auf die Bank gesetzt hatte.

Das Mädchen hob das Buch hoch, sodass Kat den Titel lesen konnte: *Zum Leuchtturm.*

Dann legte sie es wieder hin, als würde der Titel Kat ohnedies nichts sagen.

»Wirklich? Das war früher mein Lieblingsbuch von Virginia Woolf«, sagte Kat, die zu den Wiesen und den fernen Bäumen schaute, sich aber sehr wohl Melissas Aufmerksamkeit bewusst war.

»War?«

»Ja, bis ich *Orlando* gelesen habe. Kennen Sie den Roman?«

»Nein, bisher nicht. Ähm, ich weiß nicht recht, ob mein Vater einverstanden wäre … mit solch einem Buch. Er kann sehr altmodisch sein.«

»Ich leihe es Ihnen. Es ist witzig. Und meiner Meinung nach überhaupt nicht … gefährlich. Nun ja, zumindest nicht gefährlicher als andere Bücher dieser Autorin.«

Melissa lachte, und Kat lächelte ihr zu. Auf einmal mochte sie diese junge Frau mit ihrem Buch.

Melissa war eventuell älter, als sie aussah. Siebzehn? Hübsch, aber auch ein bisschen stämmig. Sie strahlte eine gewisse Entschlossenheit aus. *Erkenne ich da einen Hauch von Ähnlichkeit mit ihrem Vater?*

»Ich mag es gefährlich«, sagte Melissa.

»Ah, da sind wir uns ähnlich. Ich auch!«

»Dieses Motorrad …«, sagte Melissa und legte ihr Buch beiseite.

»Gefällt es Ihnen?«, fragte Kat.

»Ich hätte zu gern auch so eins oder würde zumindest gern mal eins fahren.«

Kat zuckte mit den Schultern. »Tja, worauf warten wir?«

»Sie scherzen«, sagte Melissa und riss die Augen weit auf. »Können Sie es fahren?«

»Ob ich es fahren kann?« Kat stand auf. »Oh ja, das kann ich.«

Sie ging hinüber zu Harrys Motorrad, griff sich die beiden Helme und drehte sich zu Melissa um, die mit offenem Mund auf sie zukam.

Kat warf ihr einen der Helme zu, stieg auf das Motorrad, öffnete die Benzinzufuhr und hielt die Kupplung fest, bevor sie den Motor anließ, der herrlich pulsierend losbrummte.

»Kommen Sie«, sagte Kat und drehte an der Gaszufuhr. »Setzen Sie sich drauf, halten Sie sich gut an mir fest, und lehnen Sie sich zur Seite, wenn ich es sage.«

Sie wartete, bis Melissa ihren Helm aufgesetzt hatte und hinter sie geklettert war. Ihr gelbes Kleid rutschte sehr weit nach oben.

»Vertrauen Sie mir?«, fragte Kat.

»Ohne Vorbehalt.«

»Dann fahren wir mal.«

Sie ließ die Kupplung los, drehte wieder an der Gaszufuhr und lenkte das Motorrad in einem Bogen über den festen Kies die Einfahrt hinunter in Richtung untergehender Sonne.

»Jaaaa!«, rief das Mädchen hinter ihr. »Jaaaa!«

»Sind Sie aus dieser Gegend, Fred?«, fragte Harry, als sie vorsichtig über den schmalen, von aufragenden Baumwurzeln geäderten Pfad zurückgingen.

»In Worcester geboren und aufgewachsen.«

»Wie lange sind Sie schon hier?«

»So sieben oder acht Jahre«, sagte Fred. »Ich bin hergezogen, habe Rosie kennengelernt und war kein Jahr später mit ihr verheiratet.«

»Er ist ein guter Mann, Sir Harry«, sagte Shreeve hinter ihnen. »Verlässlich … wenn ihn nicht gerade seine Familie von der Arbeit ablenkt.«

Harry entging nicht, dass Fred nichts sagte.

Wahrscheinlich ist er es gewohnt, in Gegenwart seines Chefs den Mund zu halten.

Doch ehe noch einer von ihnen mehr reden konnte, blieb Fred stehen.

»Da wären wir«, sagte er.

Und zeigte auf eine dichte Wand aus Unterholz und Gebüsch etwa zwanzig Meter vom Pfad entfernt. Harry folgte ihm. Er konnte erkennen, dass der Boden hier sehr uneben und ein wahres Geflecht aus aufragenden Baumwurzeln war.

Da konnte man im Dunkeln schon mal etwas übersehen und stolpern, dachte Harry.

Nailor hockte sich hin und berührte den Boden.

»Es war gegen zehn Uhr morgens, als ich ihn gefunden habe. Oder vielmehr einer meiner Hunde. Er lag auf dem Bauch nach Süden ausgerichtet – zur Mauer hin, die an der Straße nach Arundel verläuft. Das ist die Grenze des Anwesens. Wo er hinwollte, schätze ich.«

Harry schaute sich um und versuchte, die Szene in Gedanken nachzuspielen. Der Junge lief durch den Wald, den Hirschbock über der Schulter, das Gewehr in der Hand.

»Wenn er hier lag … Wo lag das Gewehr?«

»Unter dem Toten. Er war eindeutig schon seit mehreren Stunden tot.«

Harry nickte.

»Wie weit ist es zur Mauer?«

»Ähm, hundert Meter vielleicht – viel mehr nicht«, antwortete Fred.

Harry richtete sich auf, ging zum Pfad zurück und blickte sich nach der Lichtung um. Er konnte sehen, dass der Pfad weiter zwischen den Bäumen hindurchführte.

»Da hinten?«, fragte er.

»Ja, da«, sagte Fred. »Wir haben ein Teilstück an der Mauer entdeckt, das so verändert worden war, dass man leicht auf das Anwesen steigen konnte.«

Langsam ging Harry hinüber zu der Stelle, an der die Leiche gefunden wurde.

»Haben Sie genug gesehen?«, fragte Shreeve.

Harry nickte.

»Gut. Dann schlage ich vor, dass wir zurückfahren und uns im Haus einen Whisky gönnen.«

Harry sah, dass nun Shreeve vorausging und Fred ihm folgte, er selbst bildete die Nachhut.

Doch kurz bevor sie die Lichtung verließen, blieb er erneut stehen und stellte sich Syd vor, der im Dunkeln durch den Wald lief. Etwas daran ergab keinen Sinn.

Etwas stimmte nicht. Ganz und gar nicht.

Wenn die Straße beinahe in Sicht war, warum verließ Syd den Pfad und ging ins Unterholz?

Hätte er eine Verschnaufpause gebraucht, wäre er doch nicht dorthin gerannt. Und falls nicht … Was tat er dann? Man verließ den Pfad nur … wenn man sich verstecken musste.

Aber hier hatte sich niemand befunden. Die Wildhüter waren meilenweit weg gewesen.

Es sei denn … es war noch jemand in jener Nacht in dem Wald? Jemand, vor dem Syd sich verstecken wollte …

Und falls ja, wer?

10. Ein Mordmotiv?

Kat ging mit Melissa zurück zu der Bank. Die wilde Fahrt mit dem Motorrad hatte ihre Freundschaft besiegelt.

Und ehe ihr Vater zurückkam, hatte Kat Gelegenheit, der jungen Frau einige Fragen zu stellen.

Melissa sah sie an. »Möchten Sie irgendwas? Tee? Ein Glas Wasser? Ich kann Ihnen etwas bringen lassen.«

Kat lächelte. »Nein, vielen Dank. Eigentlich nicht, aber …«

Kat setzte sich, in der Hoffnung, dass die junge Melissa es ihr gleichtat.

»Ich habe mich gefragt, ob ich Ihnen einige Fragen stellen darf? Über den Jungen, der gestorben ist.«

»Syd«, sagte Melissa.

Kat nickte und sah, dass Melissa sich abwandte. Unwillkürlich fragte sie sich, ob all das Wohlwollen, das sie aufgebaut hatte, plötzlich verblasste.

»Mein Mann Harry und ich stellen Fragen, reden mit Leuten.« Kat holte tief Luft. »Um herauszubekommen, ob es wirklich ein Unfall war.«

Melissa sah sie nach wie vor nicht an. Und jetzt, da sie schon mal angefangen hatte, blieb Kat nichts anderes übrig, als weiterzumachen.

»Ich meine, er ist auf dem Land Ihres Vaters gestorben … Es könnte vermutlich ein Unfall gewesen sein … aber wir fragen uns …«

Langsam drehte sich das Mädchen zurück zu ihr. Das sonnige Lächeln war verschwunden, und was ihr jetziger Gesichtsausdruck bedeutete, konnte Kat nicht erkennen.

»Sie meinen, weil er beim Wildern gestorben ist, das Wild meines Vaters gestohlen hat …« Sie legte eine längere Pause ein und richtete ihre grünblauen Augen direkt auf Kat. »… dass mein Vater damit etwas zu tun hatte?«

»Das habe ich nicht behauptet.«

Hierauf schüttelte Melissa den Kopf. »Er hat Männer, die auf seinen Wildbestand aufpassen.« Wieder sah sie weg. »Ich würde lügen, wenn ich sagte, dass er Syd nichts Böses wollte. Nicht nachdem er erfahren hatte, dass Syd und ich … uns gut verstanden. Das wollen Sie doch eigentlich wissen, oder?«

»Ich musste Sie das fragen. Wir beschuldigen niemanden.«

Melissa schaute wieder Kat an. »Ach, tun Sie nicht?«

Kat beschloss, weiter Fragen zu stellen. »Standen Sie ihm sehr nahe, Melissa?«

»Ich habe ihn gemocht«, sagte die junge Frau und sah abermals weg. »Nichts Ernstes, falls Sie das meinen. Syd war bloß … *witzig*. Aber das war für meinen Vater nicht gut genug.«

»Verstehe. Und was ist mit Ihrer Mutter? Was hat sie …?«

»Oh, die ist tot. Sie ist gestorben, als ich noch sehr klein war.«

Kat nickte und verstand die junge Frau noch ein bisschen besser.

»Also gefiel Ihrem Vater nicht, dass Sie sich mit Syd trafen.«

»*Gefiel ihm nicht?* Er hat mir befohlen, mich von ihm fernzuhalten. Weiß der Himmel, was er zu ihm gesagt hätte, wäre er ihm jemals begegnet.« Melissa schüttelte den Kopf. »So ist mein Vater eben. Doch er hätte nie irgendwas getan.« Noch mehr Kopfschütteln erfolgte, als würde sich Melissa das Unvorstellbare vorstellen.

Und nun war in der Ferne ein Automotor zu hören. *Sie müssen von der Stelle zurückkommen, an der Syd gefunden wurde.*

Dann jedoch sah Kat einen anderen Wagen ... Und was für einen!

»Erwarten Sie Besuch?«

Kat beobachtete, wie ein roter offener Wagen – sportlich, windschnittig und dem Aussehen nach schnell – die Zufahrt hinunterkam und vor dem Shreeve-Haus langsamer wurde.

Sie drehte sich gerade rechtzeitig zu Melissa, um zu erkennen, wie ihre neue Freundin die Augen verdrehte.

»Das ist Tim. Tja, *den* soll ich heiraten, wenn es nach meinem Vater geht.«

»Zwischen euch beiden hat es wohl nicht gefunkt?«

Melissas Stimme nahm einen trotzigen Ton an. »Ich bin mir nicht sicher. Er ist Jahre älter als ich, schon recht gut aussehend, aber ihn heiraten? Ihn und seinen MG, diesen neuen Wagen? *Und* seine gesamte Familie!«

Das Mädchen beugte sich näher zu Kat und flüsterte: »Die Familie ist so steif und altmodisch!«

Kat lachte.

»Aber der Wagen ist nicht schlecht. Ich meine ja nur ...«

Der kirschrote MG kam schlitternd vor der Haustür zum Stehen.

Der Fahrer mit der feschen Schirmmütze warf die Wagentür auf und kam zur Treppe geschlendert, an deren unterem Ende er stehen blieb, um zu ihnen hinaufzusehen.

»Hallihallo! Guten Tag, Melissa … und … Eine neue Freundin?«

Melissa nickte. »Kat … Ich meine, Lady Mortimer.«

»Aha!« Er tippte sich an die Mütze. »Guten Tag, Mylady!«

Kat nahm an, dass dieser Tim tatsächlich wusste, wer sie war. *In einer Gegend wie dieser? Hier weiß jeder alles.*

»Willkommen in Mydworth! Sie wohnen im Dower House, wie ich hörte.« Tim schaute sich um, als fehlte noch jemand. »Und wo ist Ihre bessere …?«

»Mein *Ehemann* ist mit Mr Shreeve unterwegs«, sagte Kat, die ihn nicht gleich wegen des Ausdrucks »bessere Hälfte« schelten wollte.

»Hm. Ich frage mich … ist natürlich nur geraten« – was es, wie Kat ahnte, ganz und gar nicht war –, »ob es um diese unerfreuliche Geschichte mit dem Buckman-Jungen geht.«

Und die ganze Zeit lächelte Tim weiter.

Mochte Melissa diesen offensichtlich vermögenden jungen Mann mit dem unverschämten Auftreten wirklich, oder wollte sie lediglich ihren Vater friedlich stimmen?

Und Kat fragte sich, ob im Jahr 1929 eine junge Frau entschied, wen sie heiratete und was sie mit ihrem Leben anfing, oder ob es vielmehr ihr reicher und herrischer Vater tat. Ein Mann, der gewiss nichts für Syd Buckman übriggehabt hatte.

»Ich würde ja eine Ausfahrt für uns alle vorschlagen, aber der alte Midget ist ein Zweisitzer, leider. Also, was sagst du, Melissa, wollen wir eine kleine Spritztour machen?«

Und wieder einmal hatte Kat den Eindruck, dass sie hier einen – zweifellos gut aussehenden – Mann vor sich hatte, der einer Frau *seine* Wünsche überstülpte.

Um es leichter zu machen, sagte Kat: »Mir macht es nichts aus, hier allein zu warten, Melissa.«

Melissa wandte sich zu Tim. »Ich weiß nicht recht, ob ich möchte, Tim. Ich hatte eben eine fantastische Ausfahrt hinten auf dem …«

Tim trat einen Schritt näher.

»Natürlich möchtest du! Das Verdeck ist offen, die Sonne scheint, es wird primissima!«

Dann sah er Kat an.

Sie hatte das Gefühl, dass ihm ihre Unterhaltung mit der jungen Frau, die er als seine Freundin zu betrachten schien, nicht gefiel. Oder wähnte er gar, sie sei seine Braut?

Kat wiederholte: »Nur zu. Es wird gewiss lustig, und noch ist das Wetter sehr schön.« Dann ergänzte sie: »Wir reden ein anderes Mal weiter, einverstanden?«

Hierauf lächelte Melissa, stand auf und ging die Stufen hinunter zu Tim, der bereits zur Beifahrertür des MG flitzte und sie ihr öffnete.

Als Kat dem davonbrausenden roten Wagen nachsah, stellte sie fest, dass Melissa ihr eine Menge Stoff zum Nachdenken gegeben hatte … und einiges, was sie mit Harry besprechen musste.

Durchs Wagenfenster sah Harry Kat auf der Veranda der Shreeves sitzen und winken. Allein.

Hat sie mit Shreeves Tochter sprechen können? Und warum ist sie allein? Das werde ich bald erfahren.

Shreeve stoppte den Wagen, und kaum dass Harry

seine Tür geöffnet hatte und ausstieg, drehte Shreeve sich um.

»Sir Harry, Sie gesellen sich doch auf einen Whisky zu mir, nicht?«

Es war weniger eine Frage als eine Annahme.

Kat war von der Veranda gekommen, und er sah zu ihr.

Eventuell wären von Shreeve und Nailor noch mehr Informationen zu bekommen, doch wichtiger war, dass er sich zunächst mit Kat unterhielt.

Syd Buckmans Unfall wirkte mit jedem neuen Gespräch, das sie führten, verdächtiger.

»So gern ich es auch täte, ich denke doch, dass Lady Mortimer und ich zurückmüssen.«

»Ach, nur ein *schneller Drink*, Sir Harry?« Shreeves Wut auf den toten Buckman und eventuell auch auf Harrys und Kats Einmischung war bei der Aussicht auf einen wärmenden Whisky einer herzlichen Leutseligkeit gewichen.

Nailor war zur Fahrerseite gewechselt und wollte den Wagen wegfahren.

»Fred kann sich auch zu uns gesellen. Und …« Als bemerkte er es jetzt, dass noch jemand aus heiterem Himmel erschienen war, wandte Shreeve sich an Kat. »Lady Mortimer, sicher können wir Sie zu einem Sherry verleiten. Oder einem Glas Portwein?«

Inzwischen war Kat bei ihm und hakte sich, sehr zu Harrys Erleichterung, fest bei ihm ein.

Bildete er es sich ein, oder lehnte sie sich leicht gegen ihn?

Was Shreeves Angebot betraf, konnte er es nicht erwarten, ihre Antwort zu hören.

»Portwein? Sherry? Ich denke, ein Whisky wäre mir

recht. Doch, wie Harry schon sagte, haben wir noch einiges zu erledigen.«

Wohl wissend, dass Shreeve sie ansah, blickte sie scheu zu Harry auf. *Mein Gott, sie spielt mit dem Mann. Was für ein Spaß!*

Nach dieser letzten Abfuhr schien Shreeve die Fantasie auszugehen, denn er nickte. »Ähm, richtig, ja. Dann nächstes Mal.«

»Haben Sie *vielen* Dank«, antwortete Kat für sie beide.

Dann ging sie voraus zu der Stelle, an der sie das Motorrad geparkt hatte, und sie setzten ihre Helme auf.

Wie angekündigt, stieg sie vorn auf, ließ den Motor an und kickte den Ständer weg. Harry schwang sich auf den hinteren Sitz und schlang die Arme fest um sie.

»Sitzt du bequem?«, fragte Kat.

»*Ziemlich.* Ja, ich denke, ich könnte diese Position hier sogar dem Fahren vorziehen.«

»Halt dich fest … Es wäre zu bedauerlich, sollte ich über einen Hubbel fahren und mein Mann herunterpurzeln.«

»Oh ja, das müssen wir verhindern. Was für ein Skandal es im Dorf wäre!«

Und Harry wand seine Arme noch ein wenig fester um Kats Mitte.

Sie gab einmal probeweise etwas Gas.

Harry blickte hinüber zu Shreeve, der die Vorführung beobachtete.

Lächelnd nickte er ihm zu, und im nächsten Augenblick lenkte Kat das Motorrad in einem kleinen Kreis in die Auffahrt, dass Kieselsteine aufflogen. Harry war nicht sicher, ob er diese Wendung hinbekommen hätte. *Wo mag sie das nur gelernt haben?*

Nun fuhr Kat die lange Auffahrt hinauf zum Tor hinaus und ihrem nach wie vor neuen Heim entgegen.

11. Eine merkwürdige Kündigung

Als sie die Auffahrt hinaufpreschten, neigte Harry sich zu Kats rechter Seite, sodass sein Mund nahe an ihrem Ohr war.

»Ich denke, es macht Sinn«, sagte er laut über den Motorenlärm hinweg, »mit dem Reden zu warten.«

Kat sah sich kurz um. »Wir sind bald zu Hause, mein Harry. Und ich könnte mir vorstellen, dass wir eine Menge zu erzählen haben. Machen wir das lieber bei einem anständigen Whisky.«

»Ehrlich, ich liebe dein Planungstalent«, rief er noch ein wenig lauter, da Kat auf der langen, geraden Strecke mehr Gas gab.

Nun lehnte er sich näher an sie und genoss die Fahrt im Sonnenuntergang mit seinem sagenhaften Chauffeur.

Als sie vor ihrem Zuhause, dem Dower House, vorfuhr, hatte Kat damit gerechnet, dass Maggie schon heimgegangen war.

Andererseits hatten sie bisher nicht über die Arbeitszeiten der Haushälterin gesprochen, daher konnte Kat es nie so genau sagen. Anscheinend war Maggie auf magische Weise zu den passenden Zeiten da, seien die am sehr frühen Morgen oder wie jetzt, bei Sonnenuntergang.

Als würde sie über diese in London gerade so sehr moderne »übersinnliche Wahrnehmung« verfügen. Oder aber sie sprach sich nebenher mit Harry ab.

Nun jedenfalls stand Maggie drinnen in der Diele, hatte ihre Handtasche dabei und sah aus, als wollte sie nach Hause gehen.

»Maggie!«, sagte Harry. »Sie sind noch hier?«

Die Frau nickte. Seit Harry ein kleiner Junge war, arbeitete sie bereits als Haushälterin für die Familie und betrachtete ihn als ihren Schützling. »Ich hatte noch einiges zu tun, um das Haus für den Rest der Woche zu ordnen. Ich, ähm, war so frei, Ihnen ein leichtes Abendessen vorzubereiten, weil ich nicht sicher war, wann Sie nach Hause kommen würden. Da sind ein paar schöne Schinkenscheiben vom Schlachter, etwas Käse und diese Feigen, die Sie so gern essen, Sir Harry. Oh, und es ist eine Flasche von dem Wein kalt gestellt, den Sie erwähnten. Ich hoffe, ich habe den richtigen ausgesucht.«

»Den Montrachet 1925 Grand Cru?«

»Ich glaube, ja, Sir Harry.« Maggie lachte. »Sie wissen ja, ich und mein Französisch! Es ist hoffnungslos.«

Kat, an deren Overall wie auch an der dünnen Jacke und dem weißen Blusenkragen Sprenkel von Straßenstaub zu sehen waren, trat einen Schritt vor.

»Maggie, Sie sind ein Phänomen. Das klingt perfekt! Können wir Sie nach Hause fahren oder …«

Doch die Haushälterin schüttelte den Kopf. »Nein, nein, nicht nötig. Es ist ein wunderbarer Abend, da wird der kurze Weg ins Dorf herrlich sein, aber … oh …«

Auf einmal blickte sie unglücklich drein, als hätte sie etwas Wichtiges vergessen. Kat sah, wie Maggie ihre

Handtasche mit einem lauten Klicken öffnete und einen Umschlag herausnahm.

»Dies hier wurde für Sie abgegeben.«

Maggie streckte den Umschlag vor, und Kat nahm ihn entgegen.

Die saubere Kursivschrift auf dem Brief hätte die Nonnen von St. Vincent in der Bronx stolz gemacht.

»*Sir Harry und Lady Mortimer.*«

Harry wandte sich an Maggie.

»Von wem ist der Brief?«

Maggie nagte nervös an ihrer Unterlippe. Offenbar wusste sie, dass versiegelte Nachrichten in solchen Umschlägen nie gute Nachrichten waren.

Dem stimmte Kat zu.

»Von Elsie Buckman. Sie hat ihn heute Nachmittag gebracht. Ich weiß nicht, ob sie dachte, sie würde einen von Ihnen hier antreffen. Aber sie war sehr nervös, fast zappelig. Ich habe ihr versprochen, dafür zu sorgen, dass Sie ihn bekommen, tja, und dann … So schnell habe ich noch niemanden weglaufen sehen.«

Kat lauschte nickend.

»Als wollte sie nicht hier gesehen werden?«

Maggie bejahte stumm.

Kat sah zu Harry, bevor sie einen Fingernagel unter die Lasche schob und den Umschlag aufriss.

Darin steckte ein einzelnes Blatt.

»Lies schon vor«, sagte Harry. »Du weißt, dass ich die Spannung nicht aushalte.«

Kat schüttelte den Kopf.

»Das entspricht nicht der Wahrheit! Hör zu: *Sehr geehrte Sir Harry und Lady Mortimer, ich muss mich entschuldigen, dass ich Sie gebeten habe, den Tod meines armen Syd zu überprüfen. Ich habe meinen Jungen geliebt, aber mir ist jetzt ziemlich klar, dass es nur ein tragischer Unfall war. Ich muss Sie bitten, keine weiteren Fragen zu dem schrecklichen Ereignis zu stellen. Hochachtungsvoll, E. Buckman.*«

»Sieh an, sieh an«, sagte Harry. »Wie es scheint, sind wir soeben *entlassen* worden?«

»Ich habe dir ja erzählt, wie es dort war, Harry. Erst hat Elsie geredet, dann tauchte ihr Mann auf, und plötzlich wurde sie stumm.«

»Und er konnte dich nicht schnell genug loswerden?«

Kat nickte.

Harry nahm ihr das Blatt ab. »Meinst du, er hat sie gezwungen, das hier zu schreiben?«

Kat sah zu Maggie, die alles wortlos beobachtete.

»Maggie, wie wirkte sie, als sie das hier abgegeben hat?«

»Wie gesagt, Lady Mortimer, nervös und in Eile.«

»Ängstlich?«

»Kann sein. Ich meine, sie hat mir schnell den Umschlag gegeben, und, schwups, war sie wieder weg.«

Kat nickte. »Maggie, Sie wohnen schon lange hier im Dorf …«

Immerhin zauberten diese Worte ein Lächeln auf das Gesicht der Haushälterin. »Oh, das tue ich, Mylady. Zu lange, was, Sir Harry?«

»Nonsens, englische Dörfer brauchen *mehr* Menschen wie Sie, Maggie. Womit ich sagen will, denken Sie ja nicht daran, sich in den Ruhestand in ein kleines Cottage am Meer zurückzuziehen.«

»Ha, ich und an einem Strand! Oh, wäre das mal ein Anblick!«

Sosehr Kat es genoss, wie ihr Mann freundlich mit der Haushälterin scherzte, brannte ihr doch eine ernste Frage auf den Lippen.

»Also, da Sie schon so lange hier leben, haben Sie Elsie Buckman und deren Ehemann häufiger gesehen, nicht wahr? Sind Ihnen vielleicht bestimmte Dinge aufgefallen?«

Maggie blickte zur Seite und schien ein wenig verlegen.

»Na ja, gewöhnlich kümmere ich mich nicht um die Angelegenheiten anderer, Mylady. In solch einem kleinen Ort sollte man das tunlichst vermeiden.«

Kat bejahte stumm. Und anstatt Maggie weiter zu bedrängen, wartete sie ab. *Falls die Frau etwas zu erzählen hat, wird sie es tun.*

Schließlich sah Maggie wieder zu ihr. »Es ist ein kleines Dorf, ja, und man hört Sachen – und sieht Sachen, auch wenn man es nicht will. Und, nun ja, dieser Mann … der ist ein ziemlicher …« Maggie stockte. An welches Wort sie auch denken mochte, es auszusprechen fiel ihr nicht leicht. »Ein ziemlicher Taugenichts. Die Familie ist schon immer so arm. Er wildert, wie er es zweifellos auch seinem Sohn beigebracht hatte. Und immer vertrinkt er alles Geld, das sie haben. Jeden Abend ist er unten im The Old Station, verlässlich wie ein Uhrwerk. Einer von der Sorte …«

»Ich verstehe.« Nun wandte Kat sich an Harry. Denn sie hatte eine Idee.

»Harry, diese Nachricht hat Elsie nicht freiwillig geschrieben. Da möchte ich wetten.«

»Ich dachte, du hältst nichts vom Glücksspiel.«

»Ich sollte noch mal zu ihr gehen. Sie muss etwas wissen. Ihr Mann hat irgendein Geheimnis.«

»Solange der alte Säufer im Pub festsitzt?«, fragte Harry und blickte versonnen ins Leere, als müsste er über den Plan nachdenken. »Einen Versuch wäre es wert, ich meine, wenigstens in Erfahrung zu bringen, warum wir ›gefeuert‹ wurden.«

Dann räusperte Maggie sich. »Sir Harry, Lady Mortimer, wenn ich mir die Bitte erlauben darf: Seien Sie vorsichtig! Dieser Billy trinkt eine Menge, und er ist sehr reizbar, falls Sie verstehen, was ich meine. Es wäre entsetzlich, sollte Ihnen etwas zustoßen!«

Offenbar wusste Harry genau, was zu tun war, denn er ging zu der Haushälterin und legte einen Arm um ihre Schultern.

»Aber, Maggie, denken Sie, ich würde *jemals* zulassen, dass meiner Frau etwas passiert? Oder auch nur mir?«

Hierüber musste Maggie lachen.

Sehr gut. Wir wollen nicht, dass sich diese nette Frau sorgt.

»Na schön«, sagte Harry. »Wir nehmen den Wagen, ja? Sobald Billy im Pub ist, fahren wir …«

»Nein«, unterbrach Kat ihn.

»Hm?«

»Das Cottage der Buckmans ist nicht weit weg, und an solch einem Abend können wir zu Fuß gehen. Auf dem Weg reden wir.«

»Und was ist mit dem Whisky, der auf uns wartet?«

»Der, Maggies Abendessen *und* der Montrachet müssen warten, bis wir zurück sind.«

Harry zwinkerte Maggie zu. »Ein solches Angebot kann ich unmöglich ablehnen.«

»Danke, Maggie, für alles, wie immer«, sagte Kat. »Und Sie sind sicher, dass Sie nicht gefahren werden möchten?«

»Nein. Ich bin im Nu zu Hause.«

Kat drehte sich bereits zur Tür, und Harry war an ihrer Seite, als Maggie an ihnen vorbeiging und sagte: »Nochmals, seien Sie beide vorsichtig!«

Während Harry mit einem überzeugenden »Unbedingt!« antwortete, öffnete er die Tür.

Kat indes kam in den Sinn … Falls Syd ermordet worden war … sollten sie Maggies warnende Worte nicht auf die leichte Schulter nehmen.

12. Häusliche Geheimnisse

Harry ging mit Kat die Einfahrt hinunter, jedoch nicht über die Straße in Richtung Marktplatz, sondern nach links und am Dorfrand entlang.

»Eine Abkürzung. Als Junge habe ich die früher benutzt. Sie führt am Cricketplatz vorbei und dahinter weiter bis Myer's Hill. Der war unser Lieblingsplatz zum Rodeln im Winter. Großartig! Und hier kommen wir direkt zum anderen Ende der Briar Lane – und zu den Buckmans!«

»Du als Kind. Es ist irgendwie schwer vorstellbar.«

»War es für mich auch, doch seit ich wieder hier bin, werden viele Erinnerungen wach.«

Was stimmte. Und obgleich Harry es vor allem genoss, wieder in diesem Winkel der Welt zu sein und Kat das England zu zeigen, in dem er aufgewachsen war … so lauerten hier doch auch jene anderen Erinnerungen – die an seine Eltern.

Ja, er wusste, dass er es gut verbarg.

Aber eines Tages, eventuell bei einem Spaziergang wie diesem, müsste er mit Kat über die Vergangenheit sprechen.

Über das, was geschehen war.

Jetzt jedoch nicht.

»Weißt du, Kat, ich habe darüber nachgedacht, wo sie Syds Leiche gefunden haben.«

»Ja? Du hast vorhin kurz erwähnt, es mutete beinahe an, als hätte er sich versteckt.«

»Richtig. Die Sache ist die ... Vor wem er sich auch immer versteckt haben mag, derjenige muss sich in dem Wald sehr gut ausgekannt haben.«

»Stimmt«, bestätigte Kat. »Ein anderer Wilderer vielleicht? Johnny hat erzählt, dass Syd sich vor einigen Wochen mit einem anderen Wilderer geprügelt hatte.«

»Hm, das hatte ich schon wieder vergessen. Wir sollten versuchen, den Mann aufzuspüren. Wer passt deiner Meinung nach noch ins Bild? Shreeve?«

»Kann sein. Er hat in jener Nacht Jagd auf Wilderer gemacht. Allerdings glaubt Melissa nicht, dass ihr Vater wegen ihres Umgangs mit Syd hinreichend wütend gewesen sein könnte, um solch drastische Maßnahmen zu ergreifen.«

»Das zu glauben, dürfte jeder Tochter schwerfallen, hm? Doch ein Mann wie er? *Emporkömmling* wäre der passende Ausdruck, nicht wahr? Keiner bringt es aus dem Nichts so weit, ohne dass ihm einige Leute in die Quere kommen, die er, nun ja, aus dem Weg räumen muss.«

»Stimmt. Aber wir dürfen auch nicht vergessen, dass Fred Nailor den Wald gut kennt – wie überhaupt das ganze Anwesen. Erinnerst du dich, wie wütend er wurde, als ich ihn fragte, ob das Wildern wirklich so schlimm sei?«

»Du hast recht. Und Shreeve hat ihn ganz schön unter Druck gesetzt.«

»Nicht zu vergessen Billy Buckman«, sagte Kat. »Wie passt er mit dem, was er verheimlicht, ins Bild? Ich habe das Gefühl, dass sich Vater und Sohn nicht besonders grün waren.«

»Eine ausgezeichnete Frage. Und was ist mit Syds Freund Chaz? Ich wette, ihm ist der Wald dort auch nicht fremd. Könnte er sich mit Syd wegen Geld zerstritten haben ... oder wegen etwas anderem? Einem Mädchen vielleicht? Apropos Mädchen, du hast doch diesen Tim kennengelernt, von dem du vorhin erzählt hast. Hat er das Zeug, sich einen Rivalen vom Hals zu schaffen?«

»Das bezweifle ich«, antwortete Kat. »Ich denke, den würde schon ein stärkerer Windhauch umhauen. Aber wenn Liebe im Spiel ist, wer weiß!«

Sie gingen um eine Biegung auf einen schmalen Weg, der schließlich zu der staubigen Straße führte, in der die Buckmans wohnten. Hier standen keine Bäume, sodass sie vom abnehmenden Mond beschienen wurden.

Das Licht fiel direkt auf Kats Gesicht.

»Aber weißt du was?«, fragte Harry. »Und das *ist* wichtig. Hat dir schon mal jemand gesagt, dass Mondschein auf deinem Gesicht, so wie jetzt, einen ziemlich verblüffenden Effekt hat?«

Kat lachte.

So schön sie auch war ... Harry wusste, dass sie, wenn man ihr schmeichelte, entwaffnend schüchtern sein konnte.

»Ich glaube, etwas Ähnliches hast du mir an dem Abend in Paris gesagt, erinnerst du dich?«

»Oh ja, und ob ich mich erinnere!«

Und dann konnten sie die Haustür der Buckmans hinter dem überwucherten Vorgarten und dem klapprigen Zaun sehen, der eher eine Zumutung fürs Auge war als ein echter Schutz.

Wie es aussah, brannten drinnen nur ein oder zwei Petroleumlampen.

»Tja, da wären wir«, sagte Harry.

Er bemerkte, wie Kat Luft holte.

Was immer jetzt kommt, es wird nicht einfach …

Elsie Buckman öffnete die Tür einen Spalt, und ihr Blick in dem spärlichen Licht verriet, dass sie das Klopfen sehr überrascht hatte. Zunächst sah sie nur Harry und schien verwirrt.

Doch dann, als sie Kat erblickte, wechselte ihr Ausdruck.

Furcht.

Kat stellte sie vor. »Mrs Buckman … Elsie … Sir Harry.«

Die Frau nickte. Harry sah, dass Kat lächelte, merklich bemüht, so behutsam wie möglich vorzugehen.

»Wir haben Ihre Nachricht erhalten. Dürfen wir kurz reinkommen und mit Ihnen reden?«

Elsie rührte sich nicht. »I…ich habe gesagt … was ich gesagt habe. Sie beide müssen nichts mehr tun. Und Sie sollten …«

Kat machte einen Schritt vor und legte ihre Hand auf die der Frau an der Türkante.

»Nur ein paar Minuten, versprochen. Es gibt etwas, das wir nicht verstehen.«

Die Frau schaute zu Harry auf.

Es geschieht vermutlich nicht oft, dass sich ein Mitglied des Adels zur Abendessenszeit einfindet.

Und Harry fragte sich, ob Billy irgendwo im Haus lauern könnte, ungeachtet dessen, was Maggie erzählt hatte. Würde diese ganze Szene gleich unangenehm? Möglich war alles.

Doch nun nickte Elsie Buckman, wich zurück und öffnete die Tür weiter.

Kat war bewusst, dass Harry von ihr erwartete, zügig ihre Fragen aufzubauen, um schließlich zu der entscheidenden zu gelangen …

Und sie hatte ein schlechtes Gewissen. Diese Frau wurde offensichtlich von ihrem Mann misshandelt, und jetzt verlangten sie beide von ihr, dass sie ein Risiko einging und ihnen vertraute.

Kat wartete, während Elsie für einige Sekunden hinaus in die Dunkelheit spähte – als müsste sie überprüfen, dass niemand draußen war. Dann schloss die sie Tür und drehte sich zu den beiden um.

»Elsie, als ich hier war, wurde Ihr Mann wütend auf mich und wollte, dass ich verschwinde.«

Anscheinend kamen ihre Worte nicht überraschend.

»Er wollte, dass Sir Harry und ich aufhören, Fragen zu stellen, dessen bin ich mir sicher. Und …«

Kat tat die Frau leid. Schlimm genug, dass sie einen Sohn verloren hatte, doch jetzt noch all diese Fragen. Die Verdächtigungen …

»Gehe ich recht in der Annahme, dass Ihr Mann Sie gedrängt hat, das hier zu schreiben?«, fragte Kat, holte den Umschlag hervor und hielt ihn in die Höhe.

Beim Anblick des Schreibens ließ Elsie Buckman die Schultern hängen.

»Er hat gesagt, dass Sie sich *einmischen.* Er hat gesagt, wir müssen es gut sein lassen. Und … wenn ich Sie beide noch mal ins Haus lasse, dann …«

»Als ich vorhin hier war, hat sich Ihr Mann benommen, als hätte er etwas zu verbergen«, sagte Kat.

Sie fühlte, wie Harry einen Schritt näher zu ihr trat.

»Wissen Sie, was das sein könnte?«, fragte er.

Hierauf wandte sich die Frau ab.

Und nun, als suchte sie Halt, stützte sie die Hände auf die Rückenlehne eines Küchenstuhls.

Fürs Erste kam nichts. Kat sah Harry an, und stumm einigten sie sich, zu warten, bis Elsie so weit war, mit ihnen zu reden. Was auch geschah …

»Ich … ich weiß *gar nichts.* Billy redet ja kaum mit mir. Aber eines kann ich Ihnen erzählen. Es war im Juni, da habe ich gehört, wie er mit Syd geredet hat. Er wurde laut. Die beiden haben gestritten.«

»Kam das oft vor?«, fragte Harry.

Die Frau nickte. »Immerzu. Aber dieses Mal … Ich weiß nicht, worum es ging, aber Syd war irgendwo gewesen und ist erst am nächsten Tag zurückgekommen. Vielleicht ging es um Geld. Billy … redet dauernd von Geld. Es kann auch etwas anderes gewesen sein, aber …«

Ihre Lippen begannen zu beben, und sie rang nach Luft.

»Irgendwie glaube ich, dass Billy herausbekommen hat, was Syd getrieben hatte. Aber ich … ich …«

Und hierauf sah Kat, wie Harry, der viel zu groß für dieses winzige Cottage wirkte, zu Elsie ging, als wollte er sie stützen.

Sanft legte er eine Hand auf ihren Arm.

»Mrs Buckman«, sagte er sehr ruhig, »dürfen wir uns mal Syds Zimmer ansehen? Vielleicht finden wir dort etwas, das uns verrät, was vor sich ging. Eventuell sogar, was mit Syd passiert ist. Meinen Sie …?«

Kat hörte ein Knacken draußen – ein Zweig oder ein toter Ast, der in der sommerlichen Abendbrise herabfiel.

Oder Billy.

Das würde die Sache wahrlich interessant machen.

Aber niemand kam zur Tür, während Harry und sie auf eine Antwort warteten.

Elsie Buckman trat von Harry weg und sah erst ihn, dann Kat an.

»Ja. Na ja, ich war überhaupt nicht mehr oben, seit es passiert ist. Das ertrage ich nicht. Aber ja. Sehen Sie sich ruhig um. Helfen Sie mir …« Ihre Stimme versagte, und Tränen glänzten in ihren Augen. »… meinen Sohn zur letzten Ruhe zu betten. Finden Sie heraus, was Sie können.«

Harry nickte ihr zu und blickte zu Kat.

»Wir beeilen uns«, versprach sie, als Harry sich bereits zu der schmalen Treppe wandte, auf der sie sich beide ducken mussten, um zum Dachgeschoss zu kommen. Zu Syd Buckmans Zimmer.

»Gott, was ist das für ein *Gestank?*« Kat hielt sich eine Hand vor die Nase.

Harry schob die Tür zu Syds kammerartigem Zimmer auf, das er beinahe vollständig ausfüllte. Hier war der Geruch … richtig intensiv.

»Tja, ich könnte mir vorstellen, wenn man die Nächte damit verbringt, Wild zu schießen und für den Transport und Verkauf zu zerlegen, bleibt etwas davon an einem haften. Buchstäblich.«

»Das muss es sein. Tja, falls hier irgendwas ist, sollte es bei der überschaubaren Größe des Zimmers nicht schwer zu finden sein.«

»Ich erspare dir den … ähm … Spaß, in seiner alten Kleidung zu wühlen … in die Taschen zu sehen und so.«

»Was habe ich doch für einen Gentleman geheiratet! Ich übernehme die Kommode und diesen Tisch. Sehr vielversprechend sieht es nicht aus, was?«

»Leider nicht. Trotzdem könnten wir Glück haben.«

Kat drängte sich an Harry und einem schmalen Bett, dessen Bezüge schon lange nicht mehr gewechselt worden waren, vorbei zur Kommode. Sie zog die Schubladen auf.

Drinnen befanden sich Gewehrpatronen.

Handwerkszeug.

Ein großes Jagdmesser in einer Scheide.

Wahrscheinlich hatte Syd mehrere von denen.

Und – welche Überraschung! – eine Fotografie.

Drei Mädchen in Schuluniform, Arm in Arm. Es dauerte ein bisschen, bis Kat die Person in der Mitte erkannte.

»Fündig geworden?«, fragte Harry.

»Dies hier ist Melissa«, antwortete Kat und hielt Harry den Schnappschuss hin. »Syd muss sie gebeten haben, ihm die Fotografie zu schenken.«

»Hattest du nicht gesagt, die beiden waren eigentlich kein Paar?«

Kat schüttelte den Kopf. »Waren sie auch nicht. Ich denke, sie wollte einfach nur ihren Spaß. Für sie zumindest war es nichts Ernstes. Eher wohl ein Aufbegehren gegen den Vater.«

»Und was für ein Vater! Igitt!«

Er hielt einen Overall hoch, auf dem lauter dunkelbraune Flecken waren – Blut von einer nächtlichen Wilderei, vermutete Kat. Dann sah sie, wie er unter das Bett griff.

»Hal-looo, was haben wir denn hier?«

Harry zog eine etwas sauberere Hose hervor – aus Cord. Aus einer der Taschen holte er eine Handvoll Papiere, die er auf dem Bett ausbreitete.

»Okay. Eine Quittung für eine Übernachtung. The Old Orchard. Ah, sieh mal, eine Zugfahrkarte nach Bristol und zurück, datiert vom dritten Juni. Bristol? Hm. Was wollte er in Bristol?«

Dann nahm Kat etwas auf, das wie ein Ausriss von einer Zigarettenpackung aussah, nicht größer als drei mal drei Zentimeter und in der Mitte gefaltet.

Sie las.

»*Tom Mulcahey.*«

»Na, das ist interessant«, sagte Harry. »Ich frage mich, wer dieser Tom Mulcahey sein mag.«

»Der Name sagt dir nichts?«

»Nein. Aber ich war auch lange weg. Er könnte durchaus von hier sein.«

»Andererseits schreibt man einen Namen nur so sehr sorgfältig auf die Rückseite einer Zigarettenpackung, wenn man denjenigen *nicht* kennt. Nicht den von einem Bekannten, sondern eher den von jemandem, den man sich merken muss.«

»Ja. Jedenfalls würde ich es tun«, stimmte Harry ihr zu. »Könnte der Name mit Syds Ausflug nach Bristol zusammenhängen?«

»Möglich wäre es.«

In diesem Moment knallte unten eine Tür gegen die Innenwand des Hauses, gefolgt von einem Brüllen, das selbst aus dieser Entfernung sehr gelallt klang.

»Verflucht noch mal, Weib!«

»Wir haben Gesellschaft«, flüsterte Kat.

»Ah, schön. Ich liebe Überraschungen«, sagte Harry grinsend.

Doch dann schwand sein Grinsen. »Allerdings halte ich es nicht für den günstigsten Moment, den entzückenden Billy Buckman kennenzulernen«, fügte er hinzu und wandte sich zu dem kleinen Fenster über dem Bett.

»Denkst du dasselbe wie ich?«, fragte Kat.

»Kann nicht höher als zweieinhalb Meter sein. Und vergessen wir nicht, dass ich dich schon mal durch ein Fenster habe fliehen sehen.«

Sie stieg auf das Bett, öffnete das Fenster so leise wie möglich und blickte hinaus.

Kein Problem, dachte sie.

»Worauf warten wir?«, flüsterte sie, stieg nach draußen, drehte sich um und ließ sich nach unten fallen.

Von dort blickte sie hinauf zu Harry, der halb auf dem Sims hockte und das Fenster lautlos hinter sich schloss, bevor er sprang, sich aufrichtete, seine Hände abklopfte und Kat zuzwinkerte.

Zusammen standen sie im Schatten und lauschten.

Horchten, ob Billy auf seine Frau losging.

Doch nun war alles still im Haus.

»Er muss umgekippt sein«, sagte Harry.

»Hoffentlich. Die arme Elsie hat keine Ahnung, was mit uns ist.«

Und während sie an dem Gestrüpp vorbei zur kaputten Pforte gingen, überlegte Kat sich schon einen Plan.

»Morgen früh, hm? Wir beide nach Bristol?«

»Müssen wir. Dieses Zugbillett ist die einzige Spur, die wir zu Syds mysteriöser Reise haben. Hoffen wir, dass sich das Wetter hält.«

Draußen auf dem Weg hakte Kat sich bei ihm ein …

»Also, verrate mir, Sir Harry, wie weit weg ist Bristol?«

Harry musste lachen.

»Ich vergesse immer wieder, dass du rein *gar nichts* über mein Heimatland weißt. Überhaupt nicht weit weg. Nur wenige Stunden.«

»Wie es aussieht, wird morgen ein, ähm, spannender Tag.«

»Oh ja, das wird er.«

»Aber erst mal zu unserem … Schinken, zu Käse und Feigen.«

»Und zu dem gekühlten Montrachet. Wie konnte ich jemals ohne Kühlschrank leben?«

»Warte ab, bis die Waschmaschine da ist.«

»Wir werden zum Gesprächsthema Nummer eins im Dorf, Kat Reilly.«

»Ich glaube, das sind wir bereits«, entgegnete sie.

13. Notlügen

Harry parkte den Alvis am Ende der Straße, in der sich der Pub The Old Orchard befand, und schaltete den Motor aus. Dann wandte er sich an Kat.

»Was für eine Fahrt, hm?«

»Kann man wohl sagen. Das war eine eindrucksvolle Kuhherde, die wir vorbeilassen mussten. Vielleicht sollten wir nächstes Mal den Zug nehmen.«

Harry öffnete die Wagentür, stieg aus und streckte seinen schmerzenden Rücken.

Bei Tagesanbruch waren sie losgefahren, doch sie hatten beinahe vier Stunden von Mydworth nach Bristol gebraucht. Unterwegs hatten sie sich mit dem Fahren abgewechselt und ein paar Pausen gemacht, um Luft zu schnappen. Trotzdem war Harry erschöpft. Er beobachtete, wie Kat ausstieg, sich gleichfalls streckte und sich umschaute.

The Old Orchard war nicht schwer zu finden gewesen – mitten im Hafenviertel von Spike Island, wo sich sonst lauter sehr kleine Reihenhäuser befanden.

Hier parkten keine Autos an der Straße, allerdings waren reichlich Lieferwagen, Lastwagen und klapprige Pferdefuhrwerke unterwegs.

Harry sah hinüber zum Pub. Die Läden waren geschlossen, und das Gebäude wirkte verlassen. Er blickte auf seine Uhr.

»Sie müssten bald aufmachen«, sagte er. »Wie wollen wir es angehen?«

»Wir improvisieren«, antwortete Kat grinsend. »Ich bin schließlich zum ersten Mal in Bristol.«

Just in diesem Augenblick schwang die Pubtür auf, und eine mürrische Frau in einer geblümten Schürze erschien, die ihr Haar mit einem Geschirrtuch zurückgebunden hatte. In einer Hand trug sie einen Wassereimer und eine Bürste. Damit kniete sie sich hin und fing an, die Eingangsstufen zu schrubben.

»Ich habe eine Idee«, sagte Kat.

Noch ehe Harry etwas sagen konnte, schnappte sie sich seine Aktentasche von der Rückbank und marschierte über die Straße auf den Pub zu.

»Wir haben geschlossen«, rief die Frau, ohne aufzusehen, als Kat sich ihr näherte.

»Weiß ich«, sagte Kat.

Die Frau hielt inne, drehte sich um und beäugte Kat misstrauisch.

»Was wollen Sie?«

»Ich würde mich gern kurz mit Ihnen unterhalten«, antwortete Kat.

»Egal, was Sie verkaufen, wir brauchen es nicht.«

»Ich verkaufe nichts«, entgegnete Kat. »Ich kaufe.«

»Haben Sie keine Ohren? Wir haben geschlossen!«

»Ich will auch keinen Drink kaufen – auch wenn ich einen brauchen könnte. Ich kaufe fünf Minuten Ihrer Zeit.«

Hierauf ließ die Frau ihre Bürste in den Eimer fallen, wischte sich die Hände an ihrer Schürze ab und richtete sich auf. Kat wartete, während die Frau sie musterte und dann hinüber zu dem Wagen sah, an dessen Motorhaube Harry lehnte.

Er tippte sich höflich an den Hut.

»Fünf Minuten«, sagte die Frau und verschwand im Pub.

Kat drehte sich zu Harry um, hob eine Hand und sagte stumm: »Fünf Minuten!« Dann verschwand sie durch die Tür des Pubs.

»Dann lassen Sie mal hören«, sagte die Frau, als sich Kat zu ihr an einen zerkratzten Tisch in der Ecke des Schankraums gesellte.

Da die Läden nach wie vor geschlossen waren, konnte man kaum etwas sehen. In ihren jungen Jahren hatte Kat in einer New Yorker Bar gearbeitet, die diesem Pub nicht unähnlich gewesen war, und entsprechend waren ihr das Bild und die Gerüche vertraut. *Die umgedrehten Stühle auf den Tischen, der Geruch von starker Bleiche, der sich mit dem vom Tabakqualm der letzten Nacht, von verschüttetem Bier, Whisky, Schweiß und billigem Parfüm vermengte.*

Sie zog sich einen Stuhl heran, setzte sich und legte zwei Pfund auf den Tisch.

»Zwei jetzt und zwei, wenn Sie mir erzählen, was ich wissen möchte.«

Sie beobachtete, wie die Frau die Scheine nahm, sie zusammenfaltete und oben in ihre Bluse steckte.

»Schießen Sie los.«

»Wie lange arbeiten Sie schon hier?«

»Seit zehn Jahren.«

»Haben Sie auch im Juni hier gearbeitet?«

»Kann sein.«

»Ja oder nein?«

»Ja«, antwortete die Frau achselzuckend.

»Gut. Und Sie haben Zimmer, nicht wahr?«

»Haben wir.«

Kat hob die Aktentasche an, holte die Quittung hervor und legte sie auf den Tisch. *Die Frau lässt sich alles aus der Nase ziehen.*

»Die habe ich geschrieben«, sagte die Frau. »Na und?«

»Der Mann, dem Sie die Quittung gegeben haben, Syd Buckman, erinnern Sie sich an ihn?«

»Wir haben vier Zimmer, Fräulein. Die sind im Sommer alle ausgebucht. Jede Nacht ein anderer verdammter Seemann. Wie soll ich mich da an einen Kerl erinnern, der im Juni hier war? Und wieso auch? Der steckt doch nicht in Schwierigkeiten, oder?«

Kat lehnte sich zurück. Es wurde Zeit, kreativ zu werden.

»Ganz im Gegenteil. Ich vertrete eine Mandantin aus New York, die in dem Monat in Bristol war. Eine sehr wohlhabende Mandantin, die anonym bleiben möchte. Sie war übel gestürzt. Ein freundlicher junger Mann war ihr zu Hilfe gekommen, hatte seine Jacke um sie gelegt und sie ins Krankenhaus gebracht. Meine Mandantin hat ihn danach nie wiedergesehen. Nun möchte sie diesen jungen Mann belohnen. Und der einzige Hinweis, den wir auf seine Identität haben, ist diese Quittung aus seiner Jackentasche, auf der steht, dass er Syd Buckman heißt. Ich bin aus New York hergekommen, um ihn zu suchen. Und ich *muss* ihn finden.«

Sie nahm noch zwei Pfund aus ihrer Geldbörse, legte sie auf den Tisch, behielt jedoch ihre Hand fest auf den Scheinen. Die Frau blickte zu dem Geld und wieder zu ihr.

Fällt sie auf die Geschichte herein?

»Na gut. Jetzt, wo ich darüber nachdenke, erinnere ich mich. Ein junger Bursche, richtig?«

»Ja, richtig.«

»Ist nur die eine Nacht geblieben.«

»Sind Sie sicher, dass er es war?«

»Der war ja kein Seemann. Ein Junge vom Land, der ist hier sofort aufgefallen.«

»Haben Sie mit ihm geredet?«

»Eher hat er mit mir geredet. Tat auf Charmeur – na ja, hielt sich für einen.«

»Hat er gesagt, wo er wohnt?«

»Nee, viel hat er nicht verraten. Aber dem Dialekt nach würde ich sagen, Sussex vielleicht? Keine Ahnung.«

Kat holte ihr Notizbuch hervor und begann zu schreiben. Im Laufe der Jahre hatte sie erst in New York, dann im Regierungsdienst gelernt, dass Notizbücher Zeugen konzentrierter machten.

»Das hilft mir sehr, danke«, sagte Kat und ergänzte beiläufig: »Ich nehme an, er hat nicht gesagt, warum er hier in Bristol war? Glauben Sie, dass er mit einem Schiff weitergereist ist? Falls ja, dann habe ich ihn wohl verpasst.«

»Nein, ich glaube nicht, dass er richtig verreisen wollte.«

»Nicht?«

»An dem Morgen, an dem er abgereist ist, hat er gefrühstückt und mich hinterher nach dem Weg zur Bücherei gefragt.«

Kat musste ihre Verblüffung überspielen. »Der *Bücherei?* Meinen Sie, die örtliche Bücherei?«

»Nein, die große oben am College Green.«

»Sind Sie sicher?«

»Klar bin ich sicher.« Die Frau lachte. »So eine Frage

höre ich nicht jeden Tag! Und er sah gar nicht wie ein Bücherwurm aus – deshalb weiß ich es noch.«

»Der Schein kann trügen«, murmelte Kat mehr zu sich selbst.

»Ja, nicht?«, sagte die Frau und sah zu einer großen Wanduhr. »Fünf Minuten.«

Kat schob die beiden Scheine über den Tisch, und die Frau ließ sie in ihrem Versteck verschwinden.

»Eine letzte Frage noch.«

»Nur zu«, antwortete die Frau und lachte. »Die geht auf mich!«

»Da war noch ein junger Mann, von dem wir glauben, dass er geholfen hat: Tom Mulcahey. Sagt Ihnen der Name etwas?«

Die Frau schüttelte den Kopf. »Nein. Mulcahey? Nichts.« Dann stand sie auf und lächelte spöttisch. »Anscheinend waren an dem Tag eine Menge *hilfsbereiter* junger Männer in Bristol unterwegs. Ihre … *Chefin* … hat richtig Glück gehabt, was?«

»Ja«, sagte Kat, blickte der Frau in die Augen und griff nach der Aktentasche, ehe sie zur Tür ging.

Draußen drehte sie sich um. »Danke für Ihre Hilfe!«

Die Frau stand mit verschränkten Armen in der Tür.

»Jederzeit«, sagte sie und nickte an Kat vorbei zu Harry, der seinen Hut in der Hand hielt und wartete. »Übrigens, wer ist *er?*«

Kat blickte sich nach ihm um und sah zurück zu der Frau.

»Er? Oh, er ist mein Fahrer.«

»Sieht nicht übel aus.«

»Nein, finde ich auch. Er gehört zu dem Wagen.«

»Ist er vergeben?«, fragte die Frau.

»Ich glaube, ja.«

»Ein Jammer.« Dann nickte die Frau und kniete sich wieder zu ihrem Eimer.

Kat ging an einem langsamen Pferdefuhrwerk vorbei zum Wagen.

»Zur Bristol Library bitte, Fahrer«, sagte sie und stieg auf den Beifahrersitz, ohne eine Miene zu verziehen.

»Sehr wohl, Madam«, antwortete Harry, salutierte kurz und ließ den Motor an.

Harry ging mit Kat durch die prachtvolle Eingangshalle der Bristol Library, wo ihre Schritte auf dem blanken Marmorboden hallten.

»Sieht nicht übel aus?«, fragte Harry.

»Das hat sie gesagt.«

»Gefällt mir. Die Frau verfügt über ein gutes Urteilsvermögen und hat auch noch Geschmack.«

»Findest du nicht wichtiger, was ich über Syd herausgefunden habe?«

»Natürlich«, antwortete Harry. »Aber weniger hätte ich von dir auch nicht erwartet.«

Weiter vorn sah Harry den Empfangstresen für die Präsenzbibliothek, vor dem sich eine kleine Schlange gebildet hatte. Hinter dem Tresen saß eine Frau vor Ablagefächern mit Papieren und Karteikarten, die sich der Besucher annahm.

Harry sah zu Kat, die ihm stumm zunickte, was so viel heißen sollte wie »Du bist dran!«.

»Hast du eine Idee, wie du es angehst?«, fragte sie. »Heute ist eine Menge Improvisieren gefragt.«

»Oh, nicht die geringste. Ich werde mich wohl auf meine hervorragenden Instinkte verlassen müssen.«

Er grinste ihr zu, drehte sich um und beobachtete, wie es am Tresen voranging.

Dabei dachte er nach …

Sie wussten, dass Syd wahrscheinlich im Juni hergekommen war. Aber sie konnten nur *raten*, ob er in der Bibliothek gewesen war, und selbst wenn, würde sich kaum jemand hier an ihn erinnern.

In letzter Minute jedoch sah er, wie der Mann vor ihm ein Formular ausfüllte, ehe er in die Bibliothek ging, und da fiel Harry etwas ein.

»Ja?«, fragte die Frau hinterm Tresen, die nur flüchtig aufsah.

»Guten Tag«, begrüßte Harry sie und schenkte ihr sein charmantestes Lächeln. »Ich war im Juni schon mal hier und habe ein wenig recherchiert, und jetzt muss ich meiner Kollegin das Material zeigen. Sie ist aus New York zu Besuch und nur den Tag in Bristol.«

Die Frau schaute auf und musterte Kat aufmerksam. »Die Dame muss ein Formular ausfüllen.«

»Hervorragend«, sagte Harry und beobachtete, wie Kat vortrat, um sich einen Stift und ein Formular zu nehmen.

»Sicher ist es ein schrecklicher Umstand, aber die Sache ist die«, sagte Harry, »dass ich mich partout nicht mehr erinnere, an welchen Bänden ich hier gearbeitet habe. Deshalb frage ich mich, ob Sie vielleicht so freundlich wären, in den alten Suchkarten nachzusehen? Es würde mir so viel Zeit ersparen …«

»Hm. Eigentlich tun wir so etwas nicht.«

»Ich wäre Ihnen überaus dankbar«, sagte Kat, die ihr das ausgefüllte Formular reichte. »Es ist meine einzige Chance, und diese Bibliotheken hier sehen so viel besser aus als die in New York.«

Ein starker amerikanischer Akzent und ein perfektes Zeitgespür, dachte Harry.

»Na gut, ausnahmsweise«, antwortete die Frau und sah wieder zu Harry. »Der Name?«

»Buckman«, antwortete Harry lächelnd. »Sydney Buckman.«

14. Die Wahrheit tritt ans Licht

Kat saß neben Harry an einem freien Tisch im Hauptlesesaal der Bibliothek. Um sie herum beugten sich viele andere Leute – Studenten oder Akademiker vielleicht – über Notizblöcke und Bücherstapel.

Bisher waren die geheimnisvollen »Bände«, die Syd Buckman im Juni eingesehen hatte, noch nicht da.

Harry blickte auf seine Uhr.

»Es ist schon Mittag«, sagte er. »Was mag nur …?«

»Pst!«, zischte eine Stimme hinter einem der Bücherstapel.

Kat grinste Harry zu und wollte etwas flüstern, als zwei Bibliotheksmitarbeiter mit lauter riesigen Lederbänden auf sie zukamen.

»Mr Buckman?«, fragte einer leise und blieb vor ihnen stehen.

Harry nickte.

Nahezu ehrfürchtig legten die beiden die großen Bände auf ihren Tisch und gingen ohne ein weiteres Wort ihrer Wege.

Kat sah zu Harry, zog einen der Bände heran und las den Aufdruck auf dem Rücken: »*Bristol Evening Press, 1920, 1. Januar bis 31. März.* Was …?«

»Vier Bände, die das gesamte Jahr abdecken?«, fragte

Harry kopfschüttelnd und zog sich ebenfalls einen Band heran. »Gebundene Ausgaben der Lokalzeitung. Und ich frage mich, was an 1920 so besonders gewesen sein mag.«

Gemeinsam hoben sie langsam den schweren Lederdeckel des ersten Bandes, unter dem die Originalzeitungen zum Vorschein kamen – eng bedruckt und sorgfältig gebunden.

»Dreihundertfünfundsechzig Ausgaben«, flüsterte er. »Ich fürchte, das wird eine Weile dauern.«

»Dreihundertsechsundsechzig, um genau zu sein«, sagte Kat. »Und kein Schlagwortverzeichnis. Wonach suchen wir denn bloß?«

»Ich habe keinen Schimmer«, antwortete Harry achselzuckend. »Wenn ich raten muss, alles, was mit Mydworth zu tun hat – vielleicht auch mit Wildern.«

»Und Shreeve?«

»Ja, gute Idee. Vergessen wir auch nicht unseren mysteriösen Unbekannten Mr Mulcahey.«

Er stand auf, zog sein Jackett aus und hängte es über seinen Stuhl, ehe er sich wieder setzte und mit einem Band anfing.

»Erinnert mich an Schulprüfungen«, sagte er. »Und nicht auf nette Weise, wohlgemerkt.«

»Deine Zeit läuft ab jetzt«, flüsterte Kat, die sich vorbeugte und zu lesen begann.

Zwei Stunden später stand Harry abermals auf, um den ersten seiner zwei Bände zuzuklappen. Ihm verschwamm schon die Sicht vom anstrengenden Überfliegen der vielen Artikel, weil er sich bei der kleinen Schrift enorm konzentrieren musste.

Er schaute hinüber zu Kat, die gleichfalls mit ihrem Band durch war und ihn erschöpft wegschob.

»Nichts, hm?«, fragte sie.

»*Rien!* Obwohl ich einige Cricketergebnisse nachlesen konnte, die ich in dem Jahr verpasst hatte. Furchtbare Testmatches. Ich bin froh, dass ich die nicht sehen konnte. Da war ich, glaube ich, gerade in Athen.«

Er sah auf seine Uhr. Nur noch zwei Stunden, bis die Bibliothek schloss.

Gemeinsam nahmen sie sich die nächsten zwei Bände vor. Allein zum Aufschlagen brauchten sie beide Hände.

»Das ist wie die Suche nach der Nadel im Heuhaufen, ohne überhaupt zu wissen, ob man nach einer Nadel sucht«, flüsterte er und beugte sich über die erste Seite.

Doch Kat reagierte nicht. Er blickte zu ihr und erkannte sofort, dass sie gefunden hatte, wonach sie auf der Suche gewesen waren.

»Kat?«

Sie bejahte stumm und sichtlich schockiert.

Harry rückte näher zu ihr, legte eine Hand auf ihren Arm und schaute auf die Stelle in der Zeitung, auf die ihr Finger zeigte.

Dort, auf der Titelseite der ersten Zeitung, inmitten der engen Schrift und der winzigen Anzeigen kleiner Geschäfte am Ort, prangte eine Fotografie mit einer Überschrift und einem Artikel darunter.

Die Überschrift lautete: *Mordverdächtiger entkommt bei Gerichtstumult.* Und die Fotografie bildete ein sehr vertrautes Gesicht ab, wenngleich zehn Jahre jünger.

In dem Artikel stand: *Tom Mulcahey, Hafenarbeiter, 25, angeklagt des brutalen Mordes an einem Kollegen und zweifachen Vater, Sam O'Leary, bei einer Kneipenprügelei im März, konnte gestern aus dem Gericht entkommen und gilt nun als flüchtig …*

Harry las den kurzen Artikel, betrachtete erneut die

Fotografie und sah dann zu Kat. Er konnte kaum fassen, dass es wahr war. Doch es bestand kein Zweifel.

Tom Mulcahey, der wegen Mord gesucht wurde … war Fred Nailor, Verwalter auf dem Shreeve-Anwesen in Mydworth.

»Er ist es, oder?«, fragte er.

»Ich mag es gar nicht glauben«, flüsterte Kat sehr leise. »Nailor wirkte so … so sanftmütig.«

»Er muss entkommen sein, hat eine neue Identität angenommen und ein neues Leben in Sussex angefangen.«

»Aber was bedeutet das? Denkst du, hiernach hatte Syd gesucht – und es gefunden?«

»Ein Zufall kann es nicht sein, würde ich sagen. Die Frage ist, was Syd mit dieser Information gemacht hat.«

Plötzlich fühlte sich der stickige Lesesaal kalt an.

»Glaubst du, er ist deshalb gestorben?«

Harry zuckte mit den Schultern, denn er war noch dabei, die Einzelteile zu einem Ganzen zusammenzufügen.

»Ich kann nur an Nailors arme Frau denken – und an das niedliche kleine Mädchen. Oh Gott, Harry!«

Sie sah ihn an, und eine unfassbare Trauer spiegelte sich in ihren Zügen. Harry dachte daran, welche entsetzlichen Wogen ihre Entdeckung auslösen würde. Wogen, die sich zu einem Wellenberg auftürmen und so viele Leben zerstören würden.

Sekundenlang starrte Kat ihn an, dann holte sie tief Luft.

»Wir müssen uns Notizen machen«, sagte sie. »Alle Fakten aufschreiben. Und dann ab nach Hause, okay?«

Sie griff nach einem Stift und zog ihr Notizbuch näher zu sich. Es war erstaunlich, wie sie ihre Gefühle bändigen und deren Energie in rationales Handeln umlenken konnte.

Während sie schrieb, überlegte Harry, was als Nächstes zu tun wäre. Sie mussten herausbekommen, wie diese Entdeckung zu Syd Buckmans Tod geführt haben konnte. Und bald formte sich ein Plan, wie genau sie das anstellen wollten …

Es war noch hell, als sie wieder in Mydworth ankamen, und Kat sah die Einheimischen auf den Gehwegen plaudern oder vor den Pubs sitzen und scherzen, während Harry den großen Wagen vorsichtig in Richtung Briar Lane lenkte.

Die ganze Fahrt über hatte ihr Magen gegrummelt – allerdings nicht vor Hunger. Sie hatten sich unterwegs in Salisbury einen späten Imbiss in Form von Brot, Käse und einer Flasche Wasser besorgt, den sie auf der Fahrt zu sich genommen hatten.

Nein, Hunger war es nicht gewesen. Vielmehr eine tiefe Traurigkeit und Furcht vor dem, was auf Fred Nailors Familie zukommen würde.

Während die Meilen vorbeigerollt waren, hatten sie besprochen, was sie nun tun mussten, um den Mann zur Rechenschaft zu ziehen. Was auch immer er an Verbrechen begangen haben mochte. Und wie sie in dieser schrecklichen Situation die Unschuldigen schützen konnten.

Danach hatten beide geschwiegen.

Harry hielt auf dem schmalen Weg vor dem Cottage der Buckmans an. Gemeinsam stiegen sie aus und gingen zur Haustür. An dem lauten Gebrüll drinnen erkannte Kat, dass Billy Buckman zu Hause war.

Gut, denn seinetwegen sind wir hier.

Harry klopfte fest an die Tür. Die Stimme im Haus verstummte, und Sekunden später schwang die Tür auf. Billy stand da, das Gesicht gerötet und die Augen blutunterlaufen. »Sie! Ich habe Ihnen doch gesagt« – Billy zeigte mit dem Finger auf Kat –, »dass wir genug von Ihren blöden Fragen haben. Dies ist mein verdammtes Haus, und ich will …«

Billy kam nicht dazu, den Satz zu beenden, denn Harry trat vor. Als würde er ein lästiges Insekt einfangen, packte er den Finger und benutzte ihn, um Buckman den Arm umzudrehen.

Dessen erste Reaktion war ein Heulen. Und um sich dem Schmerz zu entwinden, kam er einen Schritt vor und sank auf der Schwelle auf die Knie.

Alles in einer geschmeidigen Bewegung.

Was haben die beim diplomatischen Corps meinem Mann bloß beigebracht? Das ist ein hübscher Kniff.

»Bedaure, alter Knabe«, sagte Harry, der Buckmans Finger losließ, nachdem der seinen Zweck erfüllt hatte. »Hatte ich nicht erwähnt, dass meine Frau es nicht schätzt, wenn Leute mit dem Finger auf sie zeigen? Stimmt doch, nicht wahr, Liebling?« Harry sah zu Kat.

»Ich kann es nicht ausstehen«, bestätigte sie.

»Da hören Sie es«, sagte Harry an Billy gewandt, der sich noch auf den Knien krümmte, obwohl die Ursache seiner Verrenkungen bereits beseitigt war.

»Muss eine amerikanische Eigenart sein. Wer weiß! Jedenfalls, Mr Buckman, Billy, wie wäre es, wenn wir diese kleine Unterhaltung drinnen fortsetzen? Es ist furchtbar unhöflich, uns vor der Tür stehen zu lassen, meinen Sie nicht?«

Mit diesen Worten schritt Harry an Billy vorbei ins Cottage.

Kat staunte, wie er eben noch witzig und unbekümmert sein konnte, um im nächsten Moment so energisch zu werden … *falls nötig.*

Und während sie ihm folgte, musste sie zugeben … dass ihr das gefiel.

Drinnen stand Elsie Buckman in eine Ecke gedrängt, wrang einen Lappen zwischen ihren Händen und hatte den Blick eines verschreckten Kaninchens, als ihr Mann zurück ins Haus stolperte und sich den Arm hielt.

»Also, fangen wir noch mal von vorn an«, sagte Harry. »Sie hatten mit Ihrem Sohn Syd etwas ausgeheckt. Und ich schätze, dass Sie sehr wohl von seinem kleinen Ausflug nach Bristol wussten.«

Harry wedelte mit der Quittung vor dem Gesicht des Mannes herum.

»Sie haben gewusst, was Syd gemacht hat, stimmt's, Mr Buckman?«, fragte Kat. Sie stockte, weil die Mutter des Jungen alles mit anhörte, doch anders ließ es sich nicht formulieren: »Was vielleicht zu seinem Tod geführt hat?«

Für einen Moment kam es Kat vor, als wäre Billy, der wie Quasimodo dort stand, sprachlos. Ein-, zweimal öffnete er seinen fast zahnlosen Mund und schluckte Luft wie ein Fisch auf dem Trockenen.

»Wir waren heute in Bristol, Billy. Und ich könnte mir denken, dass sich Sergeant Timms gern mit Ihnen unterhalten würde, wenn wir ihm sagen, was wir wissen«, ergänzte Harry.

Kat war, als würden sie ein schwindelerregendes Tennis-Doppel spielen, aber sie hielt wacker mit. »Oder Sie erzählen uns alles. Helfen Sie uns und Ihrer Frau, dann müssen Sie eventuell nicht ganz so lange einsitzen.«

Langsam machte Billy sich gerade.

Er schniefte und blickte um sich, als suchte er nach einem ihm bisher unbekannten Fluchtweg.

Oder er versuchte bloß, ein wenig Würde zu gewinnen. *Die er ohnedies nicht im Übermaß besitzt.*

»Na gut. Ich erzähle es Ihnen. Ist nicht nötig, die Polizei zu holen.«

Der Mann blickte kurz zu seiner Frau. Und dieser Blick signalisierte: Was immer er zu sagen im Begriff war, es würde schmerzhaft für sie werden.

»Ich habe dem Jungen alles beigebracht, was ich weiß. Aber diese Geschichte, auf die er sich da eingelassen hatte … Das hatte er nicht von mir.«

Beim Reden ging Billy zu dem Küchenschrank, in dem der billige Whisky stand.

Doch ehe er die Halbliterflasche herausholen konnte, sah Harry ihn an und schüttelte den Kopf.

Er sollte lieber so klar wie irgend möglich bleiben.

Tatsächlich gehorchte Billy dem stummen Kommando und nahm die Hand wieder herunter.

Und Harry konnte es nicht erwarten, zu hören, was er zu sagen hatte.

»Als Syd zurückgekommen ist und angefangen hat, mit Geld um sich zu schmeißen, habe ich gleich gewusst, dass was nicht stimmte. Ich habe rausgefunden, dass er in Bristol gewesen war, und, na ja … Ich habe ihm gesagt, dass er seinem alten Herrn verdammt noch mal sagen soll, was er im Schilde führt. Immerhin haben wir ihn ja all die Jahre durchgefüttert.«

Harry schwieg. Sollten sie gleich erfahren, wie es zu dem Mord an Syd kam?

»Und dann hat er es mir erzählt. Alles hatte unten im King's Arms angefangen. Mit einem anderen Wilderer. Der hatte Syd erzählt, dass jemand im Dorf nicht der ist, der er sagt, und dass er in Bristol was Übles getan hatte. Und dass das für einen hellen Burschen, der gern mal was riskiert, eine günstige Gelegenheit wäre.«

»Erpressung?«, fragte Harry.

Billy nickte.

»Haben Sie gewusst, wen Ihr Sohn erpresst hat?«, fragte Kat.

Harry bemerkte ihren strengen Tonfall. *Sie weiß wahrlich, wie man schwierige Fragen stellt.*

»Nein, deshalb war er ja in Bristol gewesen. Er hatte einen Namen.«

»Tom Mulcahey?«

»Hä? Ja, *der.* Mulcahey. Jedenfalls hat Syd gewusst, als wer sich dieser Mulcahey ausgibt – aber er hat nicht gewusst, was der verbrochen hatte. Das hat er aber rausgekriegt, nicht wahr? In Bristol.«

Harry sah zu Kat und holte Luft. *Jetzt kommt die Preisfrage.*

»Und hat er es Ihnen verraten?«

Billy schüttelte den Kopf. »Nee, das wollte er mir nicht sagen. Egal wie sehr ich den dummen Jungen angeschrien habe! Aber er hat gesagt, wenn ich still bin, gibt er mir was von dem Geld ab. Und weil ich ja sein Dad bin und so habe ich gemacht, worum er mich gebeten hat.«

»Deshalb und weil Sie Geld bekommen haben«, fügte Harry hinzu. *Welch liebender Vater!*

»Das war doch bloß gerecht! Er hat hier im Haus gewohnt, hier gegessen … ja, klar.«

»Damit ich es richtig verstehe, Billy. Syd ist mit dem Namen nach Bristol gefahren und hat herausgefunden, was die Person getan hatte. Dann war er neben dem Wildern auch noch als Erpresser unterwegs? Und Sie haben es gewusst und ihm geholfen?«

Billy schaute ihn wie ein gefangenes Tier an.

Und benetzte sich die Lippen, als er wortlos bejahte.

Nun machte Harry einen Schritt auf den Mann zu. War ihm jemals der Gedanke gekommen, seinen Sohn vor der Gefahr zu warnen, in die er sich begeben hatte? Nein, nicht Billy Buckman.

»Gibt es sonst noch etwas, das wir wissen sollten?«

»N…nein, nichts, was ich weiß, Sir Harry. Ich *schwöre!*«

Harry nickte und wandte sich zu Kat, die sich ihrerseits zu Elsie Buckman umdrehte. Die arme Frau war aus so vielen Gründen verängstigt.

Was wird als Nächstes passieren?

Leise sprach Kat mit ihr. »Elsie, ich möchte, dass Sie weiter mit Nicola in Kontakt bleiben. Sie zieht mit dem Büro des Women's Voluntary Service um, aber es bleibt in Mydworth. Und sie kann Ihnen helfen, falls Sie irgendetwas brauchen.«

Harry bemerkte, wie sie Billy einen hübsch warnenden Blick zuwarf.

»*Egal was.* Und Sie wissen ja, wo Sie Sir Harry und mich finden.«

Die Frau nickte.

»Tja, Kat, ich denke, wir sind hier fertig«, sagte Harry.

Er ging zur Tür, öffnete sie, und etwas kühle, aber immer noch milde Abendluft wehte herein.

Draußen blieb Kat stehen und horchte, ob Billy wieder seine Frau anbrüllte.

Stille.

»Ich denke … er wird sich zusammenreißen«, sagte Harry zu ihr, der wusste, warum sie innehielt.

»Das will ich ihm auch geraten haben.«

Sie stiegen in den Wagen. Bevor Harry den Motor anließ, sah Kat ihn an.

»Als Nächstes müssen wir wohl die Polizei hinzuziehen, hm?«

»Ja, es muss sein. Wir wissen nicht, ob Nailor Syd Buckman umgebracht hat, aber sehr wohl, dass er wegen eines anderen Mordes gesucht wird. Und für den muss er vor Gericht gestellt werden.«

»Es ist aber schon spät, nicht?«

»Meinst du, es kann bis morgen warten?«

»Ich meine, wir sollten damit bis morgen warten«, antwortete Kat. »Wir können es der Familie nicht heute Abend eröffnen – nicht um diese Zeit. Das wäre herzlos. Ganz gleich, was Nailor getan hat oder nicht, ich möchte es nicht noch schlimmer machen – für noch mehr unschuldige Opfer.«

Harry nickte. »Du hast recht. Warum sollte er fliehen? Sei ihnen diese letzte gemeinsame Nacht gegönnt.«

Er ließ den Wagen an, und als er losfuhr, rutschte Kat zu ihm und lehnte ihren Kopf an seine Schulter.

So fuhren sie bis nach Hause.

15. Gerechtigkeit

Im frühen Morgensonnenschein stand Kat mit Harry bei dem Alvis und schaute zu, wie zwei von Timms' Constables Fred Nailor in Handschellen aus dem Verwalterbüro des Anwesens führten und hinten in einen Polizeitransporter setzten.

Bevor sich die Doppeltüren schlossen, blickte Nailor hinüber zu Harry und ihr.

»Wissen Sie«, sagte er plötzlich, »ich w…wollte bloß meine Familie schützen.«

Kat kam es so vor, als wollte er diesen vermutlich letzten Moment nutzen, um sich zu verteidigen.

»Ich konnte doch nicht zulassen, dass ihnen was passiert, oder?«

Ja, er legte sich seine Verteidigung zurecht. Und als Timms' Constables die Türen zuknallten, dachte Kat … Manchmal fühlten sich verzweifelte Menschen in die Ecke getrieben. Vielleicht war es sogar meistens der Grund, weshalb jemand mordete.

Eine Bewegung am Shreeve-Haus lenkte sie ab, und Kat drehte sich um.

An einem der Fenster vorn stand Melissa und blickte hinaus. Diesmal trat die junge Frau nicht zurück in den Schatten.

Der Polizeitransporter fuhr über den Kiesweg fort, und Kat sah, wie Shreeve aus dem Verwalterbüro und auf sie zukam.

«Eine schlimme Sache«, sagte er und schüttelte ihnen die Hände. »Eine ganz schlimme Sache.«

Kat nickte.

»Und verflucht unangenehm«, fuhr Shreeve fort. »Gute Verwalter findet man nicht wie Sand am Meer, wissen Sie? Er wird schwer zu ersetzen sein.«

»Ich hoffe, dass Mr Nailors Frau und Tochter vorerst noch in ihrem Cottage bleiben können«, sagte Kat.

»Das Cottage gehört zu der Stellung«, antwortete Shreeve. »Sie können es so lange behalten, bis ich einen Ersatz gefunden habe.«

Kat spürte, dass Harry sie ansah – eventuell um ihr zu bedeuten, dass es nicht der richtige Zeitpunkt für diesen Kampf war.

Er hat recht. Aber ich werde dennoch einen Hinweis fallen lassen …

«Natürlich«, sagte sie. »Doch Nailor stand bisher nicht für den Mord in Bristol vor Gericht, und es gibt keinen Beweis, dass er mit Syd Buckmans Unfall etwas zu tun hatte.«

»Oh, für eine von beiden Taten wird er hängen. Für beide, wenn es nach mir ginge«, sagte Shreeve. »Ich sage Ihnen, es ist offensichtlich, dass Nailor ein falscher Hund ist. Das Tragische ist, dass er uns alle so lange an der Nase herumführen konnte. Ich bin nur verteufelt froh, dass Sie beide sein Spiel durchschaut haben.«

»Mr Shreeve«, erwiderte Kat. »Ich denke wirklich …«

»Na aber«, sagte Harry, der etwas näher auf Shreeve zuging. »Seien wir nicht voreilig, was, Mr Shreeve? Nun, Lady Mortimer wäre bereit, zu Nailors Cottage zu gehen und alles zu erklären, falls es Ihnen recht ist.«

»Ist sie?« Shreeve sah Kat an. »Nur zu, Lady Mortimer. Lieber Sie als ich, meine Gute.«

Kat lächelte nicht, und Shreeve wandte sich verlegen wieder Harry zu.

»Deshalb dachte ich«, fuhr Harry fort, »dass es vielleicht eine gute Gelegenheit wäre, diesen Whisky zu trinken, den Sie bei unserem letzten Besuch angeboten hatten.«

»Whisky? Hm, ein wenig früh, aber was soll's? An einem Morgen wie diesem – mit der Polizei und allem – warum nicht? Und ich könnte Ihren Rat brauchen, woher ich einen Ersatz für Nailor bekomme, Sir Harry. Ich will ja keinen faulen Apfel pflücken, nicht?«

Kat bemerkte, dass Harry ihr zunickte, bevor er mit Shreeve zusammen zum Haus zurückging. Gleichzeitig trat Melissa aus der Haustür und winkte ihrem Vater auf dem Weg zum Auto sehr knapp zu.

»Lady Mortimer«, sagte sie.

»Kat, bitte. Wie geht es Ihnen?«

Melissa zuckte mit den Schultern, ehe sie auf die Polizeiwagen deutete, die noch vor dem Verwalterbüro standen.

»Was glauben Sie, was die da machen?«, fragte das Mädchen.

»Nach Hinweisen suchen, vermute ich. Nach Beweisen.«

»Ist es nicht furchtbar? All das hier, meine ich. Mein Vater sagt, dass Sie und Sir Harry alles herausgefunden haben.«

Kat bejahte stumm. Dann fiel ihr etwas ein.

»Melissa, wie gut kennen Sie Mrs Nailor und ihre kleine Tochter?«

»Sehr gut«, antwortete Melissa. »Die kleine Aggie ist so witzig.«

»Es ist nur so, dass ich zum Cottage gehe, um Mrs Nailor zu erzählen, was passiert ist. Es wird ein schrecklicher Schock für sie sein, keine Frage. Und ich überlege …«

Mehr brauchte sie nicht zu sagen.

»Ob ich mich so lange um Agnes kümmere? Und in der Nähe bleibe? Ja, selbstverständlich. Wann wollen wir hingehen? Jetzt?«

»Ja, jetzt wäre ideal«, antwortete Kat.

Zusammen wanderten sie in Richtung Wald, wo Nailors kleines Cottage stand.

Sollte das Schlimmste eintreten und Nailor für schuldig befunden werden, müsste jemand diese Frau und ihre Tochter unterstützen.

Und Kat hatte das Gefühl, dass Melissa sich für die beiden starkmachen würde.

»Cheers«, sagte Harry, erhob seinen Whisky mit Soda und stieß mit Kat an.

»Chin-Chin«, entgegnete sie. Nachdem sie einen Schluck von ihrem Gin-Tonic getrunken hatte, lehnte sie sich auf dem großen Chesterfield-Ledersofa zurück. Die Abendsonne fiel durch die Stabkreuzfenster hinein. »Gott, das habe ich gebraucht!«

Die Bar im Eagle and Child – Mydworth' ältestem Hotel, das innen ganz auf Eichenbalken und große Sofas setzte – war leer, und obwohl Harry den Gläser polierenden Barkeeper sehen konnte, bezweifelte er, dass jemand ihr Gespräch mithörte.

»Was für ein Tag, hm?«, fragte er.

»Das kann man wohl sagen. Es war eine gute Idee, zum Abendessen herzukommen. Wir haben uns eine kleine Belohnung verdient, denke ich.«

»Unbedingt.«

»Gibt es Neuigkeiten von Timms?«

»Nailor hat seine wahre Identität gestanden. Anscheinend wirkte er beinahe erleichtert, dass man ihn entlarvt hat.«

»Das kann ich gut verstehen. Ich nehme an, dass er hier neu angefangen hat, aber die Vergangenheit muss ihn belastet haben. Was sagt er zu Syd Buckman?«

»Nicht viel. Er hat bestätigt, dass der Bursche ihn erpresst hat. Deshalb ließ er ihn auch wildern.«

»Aber er gesteht nicht, ihn ermordet zu haben?«

»Nein«, antwortete Harry kopfschüttelnd. »Und wenn sie nicht beweisen können, dass er in dem Wald war, haben sie keine Anklage.«

»Denkst du, dass er es war?«

»Ja, das denke ich«, sagte Harry. »Einer von Shreeves Leuten – ein junger Kerl – hat gesehen, wie er sich in der Nacht von der Gruppe weggeschlichen hat.«

»Und es nicht direkt erwähnt?«

»Aus Loyalität, schätze ich. Als Timms ihm von Nailors Vergangenheit erzählt hat, hat er gestanden, was er gesehen hatte. Ob Nailor Syd töten wollte oder es lediglich ein Kampf war, der aus dem Ruder lief, weiß ich nicht. Doch letztlich dürfte es für ihn mit dem Fall in Bristol ohnehin vorbei sein.«

»Also hat Shreeve recht? Er wird mit seinem Leben bezahlen?«

Harry nickte. »Höchstwahrscheinlich. Heute Morgen bei Nailors Frau muss es hart gewesen sein. Was ist mit der kleinen Tochter?«

»Ohne Melissa hätte ich es nicht gekonnt«, sagte sie. »Ich mag sie. Sehr viel lieber als ihren Vater, muss ich zugeben.«

»Das dürfte auf Gegenseitigkeit beruhen. Übrigens

hatte ich sie gegenüber Nicola vom WVS erwähnt. Ich denke, sie könnte eine nützliche Freiwillige sein.«

»Gute Idee. Dann hast du Nicola heute gesehen?«

»Ja, ich war heute Nachmittag kurz bei ihr, um sie auf den neuesten Stand zu bringen.«

»Schön«, sagte Harry. »Nichts hiervon wäre ohne Nicolas Hartnäckigkeit geschehen … und ihrem Wunsch zu helfen.«

Er sah Kat an, die sich ein wenig aufgesetzt hatte und die Stirn runzelte. Sofort spürte Harry, dass sie ihm etwas Wichtiges mitzuteilen hatte. »Was hat sie gesagt?«

»Ha, du kennst mich zu gut, Harry!« Kat nahm noch einen Schluck von ihrem Gin, stellte das Glas ab und beugte sich näher zu ihm. »Da war wirklich etwas Interessantes. Sie hat ein neues Büro gefunden, direkt in der Dorfmitte, ein wenig größer … und rate mal! Sie hat genug Geld, um das nächste Jahr abgesichert zu sein. Anscheinend gibt es einen anonymen Wohltäter.«

»Gut für sie.«

»Oh ja. Doch es heißt – nun ja – sie hat mich gebeten, hin und wieder auszuhelfen. Beim WVS. Nur ein paar Tage die Woche. Was meinst du?«

»Ich hoffe, du hast zugesagt!«

»Habe ich. Am Montag fange ich an.«

»Sehr gut«, sagte Harry und erhob sein Glas. »Es ist für einen exzellenten Zweck, und du weißt, dass du es wunderbar machen wirst.«

»Natürlich ist es erst mal Büroarbeit. Und mit den Frauen reden, die reinkommen, mir Notizen machen. Überhaupt nicht wie … nun … wie dieser *Fall.*«

»Du lieber Himmel, nein!«, sagte Harry.

»Na ja, eigentlich ist Mydworth ja ein ruhiger kleiner Ort, nicht? Sicher gibt es hier Eheprobleme, Schwierigkeiten auf der Arbeit, ungezogene Kinder …«

»Ohne Frage.«

»Nicht, dass ich etwas gegen die Aufregung gehabt hätte.«

»Natürlich nicht.«

»Oder es vermisse, einige jener … *Fertigkeiten* zu nutzen, die ich mir im Dienst für mein Land angeeignet habe.«

»Kein bisschen.«

»Also, auf das ruhige Leben, mein Gemahl!«, sagte sie und erhob ihr Glas erneut.

Doch ehe Harry mit ihr anstoßen konnte, kam der Hotelportier zu ihnen und beugte sich über den Tisch.

»Sir Harry Mortimer?«

»Der bin ich.«

»Ein Anruf für Sie, Sir, im Büro des Geschäftsführers. Und, ähm, sie haben gesagt, dass es dringend ist.«

Harry blickte Kat fragend an, und sie zog gleichfalls die Augenbrauen hoch.

Dann stand er auf und stieß mit ihr an.

»Auf das ruhige Leben!«, sagte er. »Und möge es lange so weitergehen.«

Nachdem er sein Glas geleert hatte, stellte er es hin und ging zum Telefon.

Fall fünf und sechs der charmanten englischen Cosy-Reihe

Helena Marchmont
BUNBURRY - EIN IDYLL ZUM STERBEN
Zu tot, um schön zu sein & Mord in guter Gesellschaft
Aus dem Englischen von Sabine Schilasky
240 Seiten
ISBN 978-3-404-18537-5

Mord im Schönheitssalon! Die steinreiche Immobilienbesitzerin Eve Mosby ist die beste - leider aber auch unfreundlichste - Kundin in Debbies Kosmetikstudio. Als sie während einer der Behandlungen stirbt, stellt sich die Frage: War es Mord?

Alfies bester Freund Oscar kommt endlich nach Bunburry. Natürlich hat er einen guten Grund, denn auf dem herrschaftlichen Anwesen der Saviles findet eine glamouröse Party statt. Die Feier beginnt ausgelassen - aber sie endet tödlich ...

Lübbe

Pudel, Schurken und gefährliche alte Damen

Ellen Barksdale
TEE? KAFFEE? MORD!
DIE BLAUEN PUDEL
DES SIR THEODORE /
DER BESUCH DES
LÄCHELNDEN BELGIERS

368 Seiten
ISBN 978-3-404-18531-3

Nathalie Ames fühlt sich im idyllischen Süden Englands mittlerweile richtig zuhause. Ihr Café ist ein beliebter Treffpunkt im pittoresken Örtchen Earlsraven – und langweilig wird es hier auch nie: Ein Skandal erschüttert die jährliche Hundeshow! Und dann hat auch noch jemand den Antiquitätenhändler mit seinem eigenen Samuraischwert umgebracht. Gemeinsam mit ihrer Köchin Louise nimmt Nathalie die Ermittlungen auf …
Lösen Sie gemeinsam mit Nathalie und Louise den dritten und vierten Kriminalfall im beschaulichen Earlsraven!

Lübbe